MÉMOIRE
SUR LA MUSIQUE
DES ANCIENS.

MÉMOIRE

HISTORIQUE ET PRATIQUE

SUR LA MUSIQUE

DES ANCIENS,

Où l'on expose le PRINCIPE des Proportions authentiques, dites de Pythagore, & de divers Systêmes de Musique chez les Grecs, les Chinois & les Egyptiens.

AVEC un Parallèle entre le Systême des Egyptiens & celui des Modernes.

Par M. l'Abbé ROUSSIER, Chanoine d'Ecouis.

SECONDE ÉDITION.

Satis via strata est, ut posteri perfectam uno tractatu Musicam exponant.

Aristid. Quint. de Mus. in fine lib. 3.

A PARIS,

Chez LACOMBE, Libraire, rue Christine.

M. DCC. LXXIV.

AVEC APPROBATION ET PRIVILÉGE DU ROI.

AVERTISSEMENT.

Le Principe fur lequel étoient fondés & la plûpart des fyftêmes de Mufique des anciens Peuples, & ces proportions Muficales, connuës fous le nom de Pythagoriciennes, n'eft autre chofe qu'une Série de confonnances de même nature, fuites d'une première confonnance donnée.

La forme, & pour le dire en termes propres, le *Rapport* de cette première confonnance une fois apprécié & fuffifamment conftaté par l'expérience, a fervi de modèle pour former, par une fucceffion de femblables rapports, ce qu'on appelle une Progreffion géométrique (*a*).

(*a*) D'une feule Quarte ou d'une feule Quinte donnée, découle tout le fyftême Mufical, puifque la quarte d'une première Quarte, ou la quinte d'une première Quinte, devra naturellement être dans la même proportion qu'on aura reconnuë pour la première, quelle que foit cette proportion; & l'on conçoit qu'il ne fçauroit être permis d'altérer cette proportion ou d'y en fubftituer une autre, fans fortir du Principe qu'on fe feroit fait. Par cette feule raifon, une troifième Quarte ou une troifième Quinte, devra néceffairement être comme la première & comme la feconde, & ainfi de fuite de l'une de ces confonnances à l'autre, en obfervant toujours entr'elles le rapport établi pour la première.

Or, c'eft de l'affemblage d'un certain nombre de ces confonnances, combinées de différentes manières, que naiffent les *Tierces*, les *Sixtes*, le *Ton*, & les divers *Demi-tons* dont on peut raifonnablement faire ufage dans un fyftême de Mufique.

Un Principe fi fimple n'auroit befoin, ce femble, que d'être

Comme une très-grande partie des objets dont je dois traiter dans ce Mémoire, porte essentiellement sur deux Progressions de ce genre, l'une dite *Triple*, l'autre *Double*, j'ai cru devoir expliquer ici avec quelque détail, en quoi consistent ces deux Progressions, afin que ceux à qui elles ne sont pas familières, ne puissent être arrêtés dans les matières dont l'intelligence dépend absolument de la connoissance de ces Progressions; & je dois avertir que presque tout en dépend dans cet Ouvrage.

Pour ce qui est de quelques termes peu connus du commun des Lecteurs, & dont j'ai été obligé de me servir dans différentes occasions, j'ai compté, lorsque je ne les ai point expliqués, sur l'excellent Dictionnaire de M. Rousseau, que je crois entre les mains de tout le monde, & auquel on pourra recourir dans le besoin. Comme ce Mémoire n'est pas un ouvrage élémentaire, qu'il ne doit pas d'ailleurs, pour une infinité de raisons, être mis à la portée de ceux qui n'ont aucune connoissance de la théorie de la Musique, encore moins de ceux qui, totalement étrangers aux Lettres, ignorent ou contestent que la Musique soit une Science, je pense que les expli-

---

indiqué, si une multitude de fausses idées ne nous mettoient hors d'état d'en suivre le fil : & c'est-là une des principales raisons de la longueur de ce Mémoire, ou pour mieux dire, de la multiplicité des Notes dont j'ai été obligé de l'accompagner. Ce que j'avois à y exposer se réduit à bien peu de chose : mais il falloit que ceux qui ont fait une étude de nos erreurs pussent m'entendre ; & je crois devoir ajouter ici, que je ne pourrai être bien entendu que de ceux qui auront réfléchi sur ce Principe.

cations ou les développemens que j'ai fournis en quelques endroits, que le fens fous lequel j'ai préfenté plufieurs objets qu'on n'a pas coutume de faire envifager d'une manière qui puiffe ou qui doive s'entendre, feront, avec le Dictionnaire de M. Roufleau, des fecours plus que fuffifans pour les Gens de Lettres ou les Muficiens inftruits qui pourront lire cet Ouvrage.

C'eft uniquement entre leurs mains que j'ai voulu configner ce que le hafard a pu me faire découvrir à l'égard des divers fyftêmes dont je traite dans ce Mémoire. Je dis le hafard, car certainement tout ce que les Modernes, fur-tout dans ces derniers tems, ont cru pouvoir imaginer, au fujet de quelques-uns de ces fyftêmes, tout ce que les Anciens même nous ont laiffé, touchant celui des Grecs en particulier, étoit peu propre à me laiffer foupçonner qu'il y eût un Principe qui les liât tous (*b*). Mais je n'ai

---

(*b*) M. Tartini fait à peu près les mêmes plaintes dans fa *Differtation fur les Principes de l'Harmonie*, Padoue, 1767. *Egli e refo ficuro*, dit-il, pag. 1 de la Préface, *che la mancanza della intima cognizione del Diatonico genere muficale impedifce, e impedirebbe perpetuamente la cognizione de' veri principj dell' armonia; e che i Dotti sì quelli, che privatamente hanno favorito l' autore* (lui M. Tartini), *sì quelli che publicamente fi fonno prodotti con difcorfi, ed opere muficali, fono affatto privi di quefta piucchè neceffaria cognizione* (M. Tartini ne fe plaindra plus s'il lit mon Mémoire).

Suppongono, ajoute-t-il, *che il Diatonico genere in nulla più confifta, che nella fcala naturale della Mufica, &c. S' ingannano, ma fenza loro colpa, perch' era loro impoffibile il faper di più fu quefto argomento. E come faperlo? non certamente dai libri degli autori della Profeffione: non ve n' è pur uno, che folidamente tratti quefto genere ne' fuoi principj primi. Non dai Greci fteffi benchè iftitutori del medefimo. I due primi, Pitagora*

pas plutôt apperçu, dans la *Progreſſion Triple*, les vrais fondemens du *Syſtême des Grecs*, que j'ai vu les différens ſyſtêmes dont je traite dans cet Ouvrage, venir ſe ranger pour ainſi dire d'eux-mêmes ſous ce Principe, & dans une ſorte d'ordre chronologique qu'il n'eſt pas libre d'intervertir, comme nous le verrons bientôt.

C'eſt à ce Principe unique, ce fondement inconteſtable de tous les ſyſtêmes anciens, que je dois l'intelligence d'une infinité de matières qui, non-ſeulement n'avoient pas encore été entendues, mais qui ne pouvoient guères l'être, en ſuivant le fil de nos idées. Comment connoître, en effet, la nature de certains objets, dès que les erreurs ou les opinions particulières de quelques Auteurs Grecs, touchant le ſyſtême ſur lequel ils écrivoient, forment,

---

e *Platone*, hanno inteſo benſì di ſcoprir la ſuperficie della *Diatonica muſicale iſtituzione* come parte di quell' *Armonia univerſale*, che per eſſi era la legge dell' Univerſo; ma nello ſteſſo tempo hanno procurato, con eſtrema geloſia di coprir la ſoſtanza, di cui hanno fatto miſtero. *I Greci poſteriori, Didimo, Ariſtoſſeno, Tolomeo* (M. Tartini pouvoit nommer hardiment les autres Auteurs qui nous reſtent), *verſarono ſolamente ſulla ſuperficie dai due primi ſcoperta, e iſtituita: nulla nella ſoſtanza, che non era il loro oggetto.* Je n'accorde point ce dernier membre de la propoſition de M. Tartini. L'*Objet* des Auteurs Grecs qui ont traité de Muſique, étoit de nous faire connoître les principes de leur Syſtême; & à cet égard, ils ont écrit ce qu'ils en ſçavoient: pluſieurs même l'ont fait très-diffuſément. J'ajouterai, au ſujet de Théon de Smyrne en particulier, que l'*objet* de cet Auteur eſt d'expliquer ce qui concerne les Proportions muſicales dans *Platon*, de diſſiper, en un mot, ce que Cicéron appelloit l'*Obſcurité des nombres de Platon*. Or Théon de Smyrne n'auroit pas caché le ſeul Principe qui puiſſe mettre ces Proportions dans tout leur jour, s'il l'avoit connu.

le

chez nous, les définitions de ces mêmes objets, & la base de la plûpart de nos Principes!

Je vais exposer ici, comme je l'ai promis, en quoi consistent la Progression *Triple* & la Progression *Double*. Je donnerai ensuite un Précis de ce que renferme essentiellement le Mémoire touchant les Systêmes anciens. L'on aura ainsi moins de peine à voir ensuite, dans le courant de l'Ouvrage, & le rapport & l'ordre qu'ont entr'eux ces Systêmes, & à saisir l'ensemble des matières que j'ai traitées à leur occasion, soit dans le Texte, soit dans les Notes, particulièrement dans celles que j'ai placées à la fin du Mémoire.

Ceux qui connoissent les Progressions dont nous allons parler, n'ont qu'à passer à la page viij, où commence le Précis du Mémoire.

DE LA PROGRESSION TRIPLE.

La Progression dite Triple, consiste à multiplier par 3, ou si l'on veut, à *tripler* d'abord un nombre donné : l'on multiplie ensuite, également par 3, le produit de la première multiplication, & ainsi de suite les produits des produits, à l'infini. C'est cette chaîne de rapports semblables, cette série de nombres en même proportion, qui forme ce qu'on appelle une *Progression géométrique ;* & celle-ci est une Progression-géométrique *triple.*

Les sons qu'on suppose correspondre à cette Progression, forment entr'eux des intervalles de *Douzième,* qui ne sont autre chose que des octaves de l'intervalle appellé *Quinte* par les Musiciens.

Si je prends, par exemple, le nombre 2, j'obtiendrai, en le multipliant par 3, le triple de 2, c'est-à-dire, 6. Ce dernier nombre, multiplié par 3, me donnera 18 ; celui-ci me donnera 54, & ainſi du reſte. Les ſons qui correſpon-droient à la ſérie 2, 6, 18, 54, &c, feront, comme nous l'avons dit, à la *Douzième* l'un de l'autre, ſoit qu'on les conçoive en montant, ſoit qu'on les conçoive en deſcen-dant. Ainſi, ſi je fais correſpondre le ſon *ſol* à 2, j'aurai pour le nombre 6, la Douzième *re* ou la Douzième *ut*, ſelon que j'aurai pris l'intervalle en montant ou en deſcen-dant ; en la manière ſuivante :

$$
\begin{array}{cccc}
\textit{ſol} & \textit{re} & \textit{la} & \textit{mi} \\
2 & 6 & 18 & 54 \quad \&c. \\
\textit{ſol} & \textit{ut} & \textit{fa} & \textit{ſi}\flat
\end{array}
$$

Les Modernes ſont dans l'uſage, pour leurs ſyſtêmes, d'appliquer la Progreſſion triple à des Douzièmes en mon-tant ; ils commencent communément par *ut* ou par *fa*, quelquefois par *ſi*♭, &c, & ils prennent l'Unité pour le premier terme de la Progreſſion.

Quant à ce qui regarde les ſyſtêmes des Peuples anciens, & particulièrement celui des Grecs, les nombres que les Pythagoriciens attachent à leurs ſons, donnent, en les analyſant, une Progreſſion Triple, appliquée à des Dou-zièmes deſcendantes. Cette Progreſſion commence également par l'unité ; & le ſon qui correſpond à ce premier terme, eſt préciſément une des octaves de la Corde que les Grecs appelloient avec tant de raiſon, l'*Hypate*, la *Première* ou *Principale*, & qui, dans notre ſyſtême, répond à la note *ſi*, déſignée par la lettre B, c'eſt-à-dire, au *ſi*, cinquième degré au-deſſous de la Clef de *fa*.

Voici une Série de huit termes de cette Progreſſion, com-mençant par *ſi*, relativement aux ſyſtêmes dont je parlerai bientôt.

SÉRIE EN PROGRESSION TRIPLE.

$$
\begin{array}{cccccccc}
1 & 3 & 9 & 27 & 81 & 243 & 729 & 2187 \\
\textit{ſi} & \textit{mi} & \textit{la} & \textit{re} & \textit{ſol} & \textit{ut} & \textit{fa} & \textit{ſi}\flat
\end{array}
$$

DE LA PROGRESSION DOUBLE.

La Progreffion dite *Double*, confifte à multiplier par 2, c'eft-à-dire, à *doubler* un nombre donné : l'on multiplie enfuite, également par 2, le produit de la première mul- tiplication, & ainfi de fuite les produits des produits autant qu'on en a befoin.

Les fons que fournit cette Progreffion, ne font pas, à certains égards, différens entr'eux, comme ceux de la Progreffion Triple ; ils ne font que des répliques ou *octaves* les uns des autres. Ainfi, 1 multiplié par 2, donne 2 ; celui-ci multiplié de même donne 4 ; 4 donne 8, &c. Si le fon qui correfpond à 1, eft *ut*, ou *fa*, ou *fol*, &c, les termes 2, 4, 8, &c, feront également des *ut*, des *fa*, des *fol*, &c, pris à différentes octaves. De même, le nombre 3 multiplié par 2, donne 6 ; celui-ci donne 12 ; 12 donne 24, &c ; or, fi 3 eft *fol* ou *ut*, &c, les termes 6, 12, 24, &c, feront également *fol* ou *ut*, &c, pris à différentes octaves.

On trouvera à la fin de l'Ouvrage, pag. 243, une Série de la Progreffion Triple, plus étendue que celle que j'ai donnée à l'article précédent, & plufieurs *Tables* de la Progreffion Double, qui peuvent fervir ici d'exemples.

L'objet de ces Tables eft de préfenter, comme dans une forte de Dictionnaire, la fource, &, pour ainfi dire, l'éty- mologie des différens nombres que j'ai employés dans cet Ouvrage. Le premier nombre de chaque Table eft toujours radical, & pris de la Progreffion Triple ; ceux qui le fuivent ne font autre chofe que fes différentes octaves.

Ainfi, pour retrouver l'origine d'une octave quelconque, prife dans ces Tables, il ne s'agit que de remonter, de cette octave, au premier nombre par lequel commence chaque Table.

L'on doit même regarder tous les nombres qui fuivent ce premier, comme autant de fynonymes qui le repréfen- tent, & qui fe repréfentent encore mutuellement entr'eux,

b ij

puifqu'ils font les octaves les uns des autres. Or, on fçait qu'en Mufique, l'octave d'un fon n'en eft que la répétition, foit au grave, foit à l'aigu, &, pour ainfi dire, l'image ou plus grande ou plus petite, mais, image qui *repréfente* toujours le même objet. L'*identité* que les Muficiens attribuent à l'*Octave*, fuffit pour convaincre de la réalité, &, fi j'ofe le dire, de la vérité de cette *repréfentation.*

Au refte, j'ai borné les Tables dont je parle, ainfi que la Série de la Progreffion Triple qui les précède, aux feuls nombres dont je fais principalement ufage dans cet Ouvrage. Il auroit été inutile, & hors de mon objet, de les pouffer plus loin.

PRÉCIS DU MÉMOIRE.

LE plus ancien fyftême qui nous foit connu, & dont Severin Boëce fait mention, fous le nom de *Lyre de Mercure*, eft formé des trois premiers termes de la Série de la Progreffion Triple expofée ci-devant, page vj; la combinaifon des trois fons *fi mi la*, qui répondent à ces termes, & la répétition de *mi*, fourniffent ce fyftême. Le premier *mi*, celui qui occupe le haut du fyftême, forme, en defcendant, une quarte avec *fi*, une quinte avec *la*, & il fonne l'octave avec le *mi* inférieur; d'où réfulte le chant defcendant *mi fi la mi*, diftribué en deux quartes, *mi fi* & *la mi*; l'une fupérieure, l'autre inférieure, & féparées par l'intervalle d'un ton, *fi la*. La difpofition de ces fons, & le principe qui en fournit l'intonation, font la bafe fur laquelle s'élèvent divers autres fyftêmes : nous allons voir qu'ils ne font qu'une extenfion de celui-ci, toujours fournie par la même Progreſſion qui vient de nous le donner (*c*).

Le ſecond ſyſtême qui ſe préſente à nous, eſt celui des Chinois, le même dont Rameau parle dans ſon *Code de Muſique*. Il eſt formé des trois ſons *ſi mi la*, & des deux qui les ſuivent dans la Série que je viens de citer (*Voyez pag. vj*), ſçavoir, *re* & *ſol*. Ceux-ci, ſont inſérés dans l'interſtice des deux Quartes *mi ſi* & *la mi* de la Lyre de Mercure : le premier, dans la Quarte ſupérieure *mi ſi;* le ſecond, dans la Quarte inférieure *la mi*, formant le chant *mi re ſi la ſol mi*, en cette mánière :

MI *re* SI LA *ſol* MI.

Le ſyſtême qui ſuit naturellement celui-là, eſt l'Heptacorde des Grecs, contenu dans les ſept cordes de l'ancienne Lyre ou de la Cithare à ſept cordes, dite *Cithare-heptacorde*. Ce troiſième ſyſtême n'embraſſe qu'un Terme de plus que le Syſtême Chinois; il eſt formé des ſix Termes *ſi mi la re ſol ut* (*Voyez la Série, pag. vj*), en cette manière :

MI *re ut* SI LA *ſol* MI.

(*c*) Ce Précis n'eſt point fait pour les preuves : on les trouvera dans le Mémoire. J'avoue que, ſans les preuves, tout ce que j'ex-poſe ici ne ſeroit qu'un beau rêve, un ſyſtême bien arrangé, mais fait à plaiſir.

Un quatrième fyftême, dit *Octacorde* ou Lyre
de Pythagore, nous offre, à fon tour, un Terme
de plus que l'Heptacorde; fçavoir, les fept Termes
fi mi la re fol ut fa, qui, en achevant de remplir
tous les interftices entre le *mi* fupérieur & le *mi* inférieur, compofent ce fyftême de huit cordes, qui
a fait donner au *mi* inférieur, au *Dia-pafon*, le nom
d'*octave* (*d*). Voici cet Octacorde :

MI *re ut* SI LA *fol fa* MI.

Comme dans tous les fyftêmes dont nous venons
de parler, les deux *mi*, l'un à l'aigu, l'autre au grave,
déterminent l'oreille à ce que nous appelions le Mode
de *mi*, il eft évident que le feptième Terme, le *fa*,
employé dans l'Octacorde, détruit l'impreffion de ce
Mode de *mi*, & établit inconteftablement une nouvelle Modulation, celle de *la*.

C'eft ce qui a obligé Pythagore, quoiqu'avec des
idées bien différentes, ou, pour mieux dire, avec
des idées dont les nôtres fe trouvent différer beaucoup
aujourd'hui, à l'égard de ce que nous appelions

(*d*) Il eft aifé de voir que ce que nous nommons *Octave*, n'a pu
avoir ce nom dans les Syftèmes précédens.

La corde grave, qui, felon nos expreffions, fonne l'octave de la plus
aiguë, s'appelloit encore, anciennement, la *Confonnance*, l'*Harmonie*.

« Antiquiffimis muficis Harmonia idem eft quod Diapafon ».
Meibom. not. in Euclid. pag. 42, col. 2.

« (Diapafon.) Ex hoc ipfo Harmonia appellata, quod prima om-
» nium ex confonis confonantia eft aptata ». *Nicomachus Gerafen.
verf. Meibom. pag. 17. Vide ibid. verba Philolai.*

Mode, c'est, dis-je, ce qui l'a obligé de renverser, pour ainsi dire, les deux Quartes ou Tétracordes *mi re ut si* & *la sol fa mi*, de manière que la Quarte de *la* à *mi*, qui étoit l'inférieure, devint la supérieure & la principale pour l'oreille, & que la Quarte supérieure, celle de *mi* à *si*, devenant l'inférieure, fut subordonnée à la première. Ainsi, du côté de l'aigu de l'Octacorde, il n'a fait qu'ajouter la répétition des quatre sons inférieurs, *la sol fa mi*; & du côté du grave, la répétition des sons supérieurs, *mi re ut si*, en terminant les nouveaux sons graves par une *consonnance*, c'est-à-dire, par un autre *la*, afin d'encadrer, pour ainsi dire, son système entre deux *la*, comme tous les autres le font entre deux *mi* (pag. ıx & x). C'est ce qui a produit le système composé de quinze cordes:

LA *sol fa* MI *re ut* SI LA *sol fa* MI *re ut si* LA.

L'on a ainsi, dans cet ordre de sons, le chant *la sol fa mi re ut si la*, deux fois répété. C'est-là le fond principal de l'ancien système des Grecs, dit le *Grand Système*, ou le *Système de Pythagore*.

Mais il nous reste, dans la Série de la page vj, un huitième Terme, sçavoir, *si-bémol*. Aussi Pythagore en a-t-il formé le Tétracorde *re ut si♭ la*, qui vient se lier au Tétracorde du milieu, LA *sol fa* MI, d'où ce nouveau Tétracorde a été nommé *conjoint*, ou, *des cordes conjointes* (*synemmenôn*). L'on trouve ainsi, en partant du *re* d'en haut, trois Tétracordes conjoints, ou, fi l'on veut, trois Tétracordes qui ne font point féparés par l'intervalle intermédiaire du *ton*, & qui conftituent chacun un Mode particulier, en cette manière :

re ut fi♭ LA fol fa MI re ut fi (*e*).

C'eft à ce huitième Terme, à *fi-bémol*, que s'eft arrêté Pythagore, dans le fyftême qu'on nous a confervé fous fon nom, & dans lequel le Tétracorde *re ut fi♭ la* eft la dernière modulation parcourue. La perte du Principe fur lequel ce fyftême étoit fondé, n'a pas permis aux Grecs de faire ufage des Termes ultérieurs que leur auroit fourni la Progreffion Triple, & les a privés par conféquent des nouveaux Tétracordes, ou, ce qui eft la même chofe, des nouvelles Modulations, dont ils auroient pu enrichir le fyftême que leur avoit laiffé Pythagore.

Le Triple du huitième Terme 2187, ou *fi-bémol*, eft 6561, ou *mi-bémol*; les Termes qui fuivent celui-ci, font 19683, 59049, 177147, lefquels, à la

---

(*e*) Comme d'après nos idées il feroit très-poffible de douter de ce que je dis ici touchant le Mode que conftitue un Tétracorde, ceux à qui cela arrivera, en attendant les preuves ou les développemens que pourra leur fournir ce Mémoire, n'ont qu'à ajouter un nouveau Tétracorde conjoint à la fuite du dernier, en obfervant de le compofer comme le font les autres ; c'eft-à-dire, en y procédant, depuis *fi*, par un ton, un ton, & un demi-ton. Ils verront, d'après cet effai, ce qu'ils doivent penfer des dimenfions que nous donnons mal-adroitement à un Mode.

fuite

fuite de *fi-bémol*, donnent les fons *mi♭, la♭, re♭, fol♭,*
dont les Grecs auroient pu former les nouveaux Tétracordes, *fol fa mi♭ re, ut fi♭ la♭ fol, fa mi♭ re♭ ut,*
fi♭ la♭ fol♭ fa.

C'eft ce qu'avoient fait avant eux les Egyptiens,
comme on le verra dans le Mémoire. Ces premiers
maîtres des Sciences faifoient ufage, pour leurs
Syftêmes, d'une Série compofée de douze Termes
en progreffion Triple : fçavoir, des huit Termes
expofés dans la Série de la page vj, & des cinq,
mi♭ la♭ re♭ fol♭, dont je viens de parler. Cette fomme
de Termes leur donnoit fept Modulations différentes,
comme : *fi♭ la♭ fol♭ fa, fa mi♭ re♭ ut, ut fi♭ la♭ fol,*
fol fa mi♭ re, re ut fi♭ la, la fol fa mi, mi re ut fi,
tandis que le Syftême des Grecs ne préfente en tout
que les trois dernières de ces Modulations, *re ut fi♭ la,*
la fol fa mi, mi re ut fi.

Si les Grecs poftérieurs à Pythagore ont eu, dans
la fuite, d'autres Modulations qui remplaçoient en
quelque forte celles des Egyptiens, tout ce qu'on en
peut conclurre, c'eft que le Principe, &, pour ainfi
dire, la marche de leur Syftême, étoit déjà perdue
parmi eux, puifque ces Modulations font abfolument
étrangères à celles qu'offre le Syftême, comme nous
le verrons dans ce Mémoire.

Le procédé fimple que je viens d'expofer, mis à
côté des opérations laborieufes & multipliées que nous
trouvons décrites dans les Ouvrages des Auteurs
Grecs qui nous font parvenus, tant pour la formation
des Genres Diatonique, Chromatique & Énarmo-

nique, que pour la divifion du Syftême en douze Semi-tons, fournit la preuve la plus convaincante de la perte du Principe parmi les Grecs poftérieurs à Pythagore, du moins parmi les Auteurs dont je parle, fans qu'il foit befoin d'entrer ici dans le détail des proportions factices & purement imaginaires, dont la plûpart de ces Auteurs font la bafe de leurs théories (ƒ). Les Notes qu'on trouvera à la fin du Mémoire, confirmeront ce que j'avance ici.

La marche des Syftêmes que j'expofe dans cet Ouvrage, ne m'ayant pas permis de m'arrêter à certains objets qui avoient befoin d'être ou développés ou difcutés ou combattus, j'ai cru devoir le faire dans ces Notes. Elles feront défignées par des Chiffres, à la différence de celles qui font répandues dans le courant du Mémoire, pour lefquelles j'ai, comme ici, employé des Lettres.

(ƒ) Ariftoxène, le plus ancien des Auteurs Claffiques que nous ayions fur la Mufique, paroît n'avoir regardé les Proportions, dites de Pythagore, que comme une opinion particulière de ce Philofophe. C'eft d'après cette fauffe idée qu'on le voit s'attacher à combattre les Pythagoriciens, & propofer lui-même d'autres proportions, que le plan abfurde d'avoir, dans une Octave, douze Demi-tons égaux, lui faifoit imaginer.

Platon, dans fon *Timée*, & pour aller à la fource, Timée de Locres lui-même, dans fon *Ame du Monde*, quoiqu'il laiffe entrevoir des traces du Principe des Proportions de Pythagore, paroît cependant n'avoir bien connu que certains réfultats de ce Principe. Voyez, dans l'Edition que M. l'Abbé Batteux a donnée de *Timée de Locres*, Paris, 1768, les Nᵒˢ 16, 17, 18, du Chapitre Iᵉʳ, & les *Remarques*, pag. 96, 97.

Quoique l'objet effentiel de cet Ouvrage foit de
faire connoître le Principe fur lequel ont été établis
les fyftêmes anciens, cette connoiffance n'eft pas
néanmoins fi étrangère à notre propre fyftême qu'on
pourroit bien l'imaginer. Gui d'Arezzo, de qui nous
le tenons, ne nous a donné autre chofe, pour le
fond, que l'ancien fyftême des Grecs, celui de Pythagore; tout ce qu'il y a mis du fien, fe réduit à
l'inverfion fous laquelle il nous en a préfenté le
tableau.

Cette inverfion paroît d'abord conftituer un tout
autre fyftême; mais pour peu qu'on y réfléchiffe,
on s'apperçoit aifément que le prétendu fyftême de
Gui & celui des Grecs, ne font au fond qu'un feul
& même fyftême, pris en deux fens différens : en
defcendant, & en montant. Dans le premier fens,
on a le Syftême des Grecs; dans le fecond, celui de
Gui. En effet, les fons qui compofent ce dernier
fyftême, n'ont pas les valeurs qu'on leur fuppofe
affez gratuitement aujourd'hui : ces valeurs font
exactement les mêmes que celles de l'ancien Genre
diatonique des Grecs, je veux dire, que celles de
leur vrai fyftême; mais j'entends qu'on ne prendra
pas pour le Syftême des Grecs, ni les erreurs, ni les
proportions factices de quelques Grecs modernes qui
ignoroient le procédé de Pythagore; proportions que
Gui lui-même n'a eu garde d'adopter (*g*).

_____

(*g*) Je veux parler des Intervalles altérés qu'ont propofé Didyme

Enfin notre Harmonie, c'est-à-dire, cette ancienne routine du *Contrepoint*, que Rameau a élevée en *Science*, porte principalement sur le même fond de proportions qui nous a fourni & le Système des Grecs & tous ceux dont j'ai déjà donné une idée. Ce que les principes de cette nouvelle Science offrent de différent (*h*), peut, avec le tems & l'expérience, qui amèneront peut-être un jour la conviction, être réduit aisément au point de simplicité qu'offre le principe commun à tous les anciens systêmes.

Quoiqu'il en soit, les découvertes de Rameau ne doivent pas moins le mettre aujourd'hui à côté de l'Instituteur du Système des Egyptiens ; car cet Instituteur & Rameau, comme on le verra mieux dans le Mémoire, ont exactement, l'un & l'autre,

---

& Ptolémée, tels que le Ton de 9 à 10, le Demi-ton de 15 à 16, &c. Ces matières seront discutées dans le Mémoire.

Quant aux Proportions qu'a suivi Gui d'Arezzo, ce sont les Authentiques, les anciennes Proportions, celles que les Grecs connoisfoient sous le nom de Pythagoriciennes. En effet, celles-ci ont un Principe, comme on le verra dans cet Ouvrage, tandis que les autres n'ont d'autre fondement que la volonté de l'homme. On peut voir le Système de Gui, rapporté dans la seconde Partie des Institutions de Zarlin, Chap. 30 : Tous les Tons y sont de 8 à 9 ; d'où résultent les Demi-tons diatoniques de 243 à 256, les Chromatiques de 2048 à 2187, &c. En un mot, les Tierces y sont intactes & dans l'antique forme du Diatonique des Gres anciens : la majeure, plus énergique, plus forte que la notre ; la mineure, plus douce & plus petite que la notre.

(*h*) Ces Systêmes, ainsi que celui des Grecs, sont donnés par la seule Progression Triple ; le Système de Rameau est fondé sur la même Progression Triple & sur la Quintuple. J'exposerai à l'Article XII de ce Mémoire, où je fais un parallèle des Principes des Anciens avec les notres, en quoi consiste cette dernière Progression.

établi leurs ſyſtêmes ſur le même fond de proportions, les mêmes nombres radicaux 1 , 3 , 9 , ou , pour le dire en termes modernes & qui rappelleront toujours Rameau à la Nation , ſur la même *Baſſe-Fonda-mentale* (*i*).

Qu'on applique à préſent , ſoit à la Lyre de Mercure , ſoit aux autres Syſtêmes qui en émanent , les déclamations ſi ſouvent renouvellées contre la Baſſe-Fondamentale de Rameau , les imputations ſi conſidemment avancées , contre ce Syſtême , par quelques-uns de nos Praticiens , qui n'entendent pas même en quoi il conſiſte (*k*) , & l'on verra juſqu'à

(*i*) « La proportion que forment les nombres 1 , 3 , 9 , eſt ce » que M. Rameau appelle *Baſſe Fondamentale d'ut* en proportion » triple , ou ſimplement *Baſſe-fondamentale.* . . . C'eſt pourquoi » M. Rameau , après avoir acquis une grande réputation par ſes » Ouvrages de Muſique pratique , mérite encore d'obtenir , par ſes » recherches & ſes découvertes dans la Théorie de ſon Art , l'appro-» bation & l'éloge des Philoſophes. » *Extrait des Regiſtres de l'Académie Royale des Sciences ,* à la ſuite de la *Démonſtration* de Rameau , pag. XII & XLVI.

Ceux qui voudront avoir une idée plus développée de la *Baſſe-Fondamentale* , n'ont qu'à lire les Chapitres III & IV , de la Première Partie des *Élémens de Muſique ,* par M. d'Alembert.

(*k*) Lorſque , bornés à leur routine , ces Praticiens trouvent quelque imperfection , quelque faute même , dans les Opéra du célèbre Rameau , ou quelque paſſage qui n'eſt pas tourné ſelon leurs idées de pratique , ils ne manquent pas de dire que c'eſt le ſyſtême de la Baſſe-Fondamentale qui égaroit Rameau dans ce cas ; d'autres ajoutent à cela , que c'eſt *peut-être auſſi par trop de ſcience* qu'il s'eſt trompé quelquefois , ſans qu'aucun d'eux faſſe jamais la réflexion ſi ſimple , & ſi naturelle aux gens inſtruits , que , ſi dans la muſique de Rameau il y a vraiment des endroits repréhenſibles , c'eſt préciſément parce que cet homme de génie n'en ſçavoit pas aſſez dans le moment qu'il compoſoit ces morceaux ; ou pour mieux dire , c'eſt que *ſa ſcience* l'abandonnoit alors ,

quel excès d'injuftice, de mal-adreffe & de ridicule

c'eft qu'il oublioit quelqu'une des règles qu'il a établies dans fes Ouvrages, c'eft, en un mot, que dans cette circonftance Rameau n'a été
que Praticien. C'étoit : il me femble de le voir ! c'étoit l'*Organifte de
Clermont* qui travailloit alors tout feul, &, pour ainfi dire, à l'infçu
du Muficien-Philofophe, du Créateur de la Science de l'Harmonie,
de l'Auteur de la Baffe-Fondamentale, du Théoricien le plus profond
de fon fiècle, du Muficien le plus fçavant de l'Europe, qui, par fes
Principes lumineux, a fourni aux autres le moyen de découvrir & fes
propres fautes, &, ce que beaucoup de gens ne voudront jamais lui
pardonner, CELLES D'AUTRUI.

Voyez l'*Hiftoire de la Mufique*, par M. Blainville, pag. 173, à la
fin, 175, 176; le Profpectus pour l'Ernélinde de M. Philidor, pag. 3,
& fur-tout le deuxième alinéa de la page 6. Ceux qui fçavent ce que
c'eft que la *Baffe-Fondamentale*, ne feront pas fâchés que je leur
conferve ici une partie de cet alinéa de M. Philidor, d'autant que
fon Profpectus eft peut-être affez rare, & que c'eft-là un morceau
précieux pour l'hiftoire de la barbarie dans laquelle nous voyons la
Mufique fe replonger aujourd'hui, malgré les découvertes de Rameau
(*Voyez la Note précédente*). Mais écoutons notre Praticien :

« Le fyftême de la Baffe-Fondamentale ayant produit *chez nous* un
» fchifme pour *chiffrer* les Baffes, le Sieur Philidor déclare, que non-
» feulement cet Ouvrage-ci (l'*Ernélinde*), mais toute la mufique
» qu'il a compofé ne peut s'accompagner, felon fes idées, par les
» règles de ce fyftême; &c. » *Profp. pag. 6.*

Il n'étoit pas de mon objet d'entrer dans aucune forte de commentaire
de ces paroles de M. Philidor, & c'eft par-là que je terminois cette Note.
Mais je vais tranfcrire ici ce que difoient, en 1728, les Auteurs des
Mémoires de Trévoux, dans l'extrait qu'ils donnèrent pour lors de
l'Ouvrage de Rameau, intitulé : *Nouveau Syftême de Mufique Théorique,*
&c, Paris, 1726. Le hafard m'a fait tomber fur cet Extrait après
avoir fini ma Note; n'importe, je veux la laiffer avec tout le flegme
dont je l'ai écrite. Voici les termes du Journal, mois de Mars 1728,
Art. XXXI, pag. 472.

« Il y a quelques années que, touchés de la beauté du nouveau
» Syftême d'Harmonie propofé par M. *Rameau*, nous nous empref-
» fâmes d'y applaudir dans ces *Mémoires*, & fur-tout de le développer.
» Le fuccès a paffé les efpérances de l'Auteur & les nôtres. Le Public
» a ratifié le nouveau Syftême & le jugement avantageux que nous
» avions cru ne pouvoir lui refufer. Il n'eft pas fi ordinaire de voir

peuvent conduire l'esprit de parti, la jalousie &
l'ignorance.

» un Système un peu Supérieur, lorsqu'il est nouveau, l'emporter en
» si peu de tems sur de vieux préjugés, & sur une vieille routine.
» Il ne faut pas croire même que celui-ci n'ait trouvé aucune con-
» tradiction. Les gens de la profession, en particulier, n'ont pas été
» les plus dociles à l'adopter. On n'oseroit même trop assurer encore
» qu'ils l'adoptent, ce seroit peut-être en trop exiger; & il doit suffire
» à Monsieur *Rameau* qu'ils n'osent plus contredire ouvertement, &
» qu'ils permettent aux personnes désintéressées de l'adopter. C'est une
» affaire décidée : la vérité du Système est démontrée pour les Sçavans
» dans la Théorie, & sa bonté l'est pour les Artistes dans la Pratique.
» Il est démontré, 1°. &c.

On a observé sans doute que cela s'écrivoit en 1728. Comment
donc se trouve-t-il encore aujourd'hui *des gens de la profession,* pour
me servir des termes des Journalistes, qui s'efforcent de nous remettre à
cette *vieille routine* dont parlent ces mêmes Journalistes ! Routine qui,
actuellement, est vieillie de quarante ans de plus ! Cela prouve ou que
le progrès des Sciences est lent, ou que leur décadence est rapide.
Mais non : c'est que le Praticien craint les *Règles,* & qu'il s'élèvera
toujours contre tout ce qui peut éclairer le Public. *Voyez* Note *k,*
pag. 9 du Mémoire.

TABLE

TABLE

DES ARTICLES CONTENUS

dans le Mémoire.

Sujets principaux des Notes placées à la fin du Mémoire.

Notes.

NOTES.

(xxiv)

Fin de la Table.

MÉMOIRE

MÉMOIRE
SUR LA MUSIQUE
DES ANCIENS.

AVANT-PROPOS.

INDICATIONS du Principe fur lequel Pythagore avoit établi le Syftême des Grecs. Idées fingulières de quelques Modernes touchant ce Syftême.

§. I. O N convient généralement que Pythagore faifoit ufage, pour la Mufique, de la progreffion géométrique appellée *Triple*, foit qu'il en fût lui-même l'Auteur, comme le fuppofent quelques Ecrivains, trompés par des autorités refpectables, qui, fur des oui-dire, attribuent à ce Philofophe l'invention de l'Arithmétique, foit

A

qu'il l'eût empruntée des Egyptiens, chez lesquels on sçait positivement qu'il avoit puisé beaucoup d'autres connoissances, tant par le long séjour qu'il avoit fait en Egypte, que comme initié aux mystères d'Isis (a).

§. 2. Mais, comment l'ancien Système des Grecs étoit-il formé de la progression triple ? Quel son, quelle corde de ce Système, Pythagore avoit-il fait répondre au premier terme, pour être ainsi le principe des autres sons, la règle & le fondement de leur intonation ? C'est ce qu'on a jusqu'à présent ignoré (b).

§. 3. Parmi les Auteurs Grecs qui ont écrit sur la Musique, ceux dont les Ouvrages sont parvenus jusqu'à nous, loin de nous éclairer sur ce point, ne paroissent pas même avoir

---

(a) Ceux de mes Lecteurs qui s'attendroient que je rapportasse dans ce Mémoire la Fable que les Grecs ont imaginée pour faire regarder Pythagore comme l'inventeur du rapport des consonnances, n'ont jamais fait attention sans doute, *en passant près d'une Forge*, ainsi qu'on le raconte de ce Philosophe, que, dans le cas qu'on suppose, ce n'est point le son des *marteaux* qu'on entend, mais bien celui de l'*enclume*, ou quelquefois celui de la pièce qu'on façonne, selon les circonstances. D'ailleurs, les rapports que présentent généralement tous les Auteurs qui font mention de cette Fable, en décèlent encore l'absurdité, puisqu'on pouvoit aisément se convaincre par la simple expérience, que ces rapports ne sont point ceux qui résultent des poids qu'on suppose que Pythagore suspendit à des cordes. En effet, la Physique moderne, qui heureusement n'établit plus rien que sur des expériences réitérées, nous a enfin appris que les lois de la *tension* des cordes sont très-différentes de celles qui concernent leurs *longueurs* ou leurs *vibrations*.

« Si duæ chordæ ejusdem longitudinis & crassitiei tendantur diversis ponderibus, » erunt pari tempore numeri oscillationum, uti radices quadratæ ponderum ten- » dentium : positis igitur ponderibus uti 1 ad 4, edent chordæ tonos in octava. » *Musschembroek, Elem. Phys.* tom. 1, §. 1139, pag. 184, edit. Neap. 1745.

« Suivant le même principe, les vibrations seroient dans le rapport de 3 à 2, » si les poids qui tendent les cordes étoient, l'un de 9, & l'autre de 4 livres; » parce que la racine quarrée de 9 est 3, & que celle de 4 est 2. » *Nollet, Leçons de Physiq.* tom. 3, pag. 460, édit. de 1754.

(b) M. Tartini, parlant du Genre diatonique des Grecs, écrivoit encore en 1767 : « Con qual modo l'abbiano dedotto, si sa; in che essenzialmente consista, non » si sa. » *De Principj dell' Armonia Musicale contenuta nel Diatonico Genere, Dissertazione di Giuseppe Tartini*, Padova 1767, Cap. *del Fondamento Musicale*, pag. 49.

soupçonné que le Syſtême entier n'étoit qu'un produit de la progreſſion triple : comment auroient-ils pu nous faire connoître par où commençoit cette progreſſion ?

§. 4. Le nom de la corde, que les Grecs anciens appellèrent l'*hypate*, la *première* ou *principale*, ſemble néanmoins ne lui avoir été impoſé, que dans la vue de fixer & de perpétuer, pour ainſi dire, cette connoiſſance.

§. 5. En effet, ſi dans la Lyre des Grecs, laquelle contient leur Syſtême, la corde *hypate*, qui répond à notre *ſi*, ne ſe préſente, d'un côté, que comme la ſeconde ; de l'autre, que comme l'avant-dernière : en falloit-il davantage pour ne jamais perdre de vue ce qui avoit pu faire donner à cette corde le nom de *principale?* Et même, lorſque la tradition en fut perdue, n'étoit-ce pas là un motif de rechercher les raiſons, & pour ainſi dire, l'étymologie d'une dénomination qui certainement annonce quelque choſe, ou du moins, quelles devoient être les prérogatives de la corde qui porte une telle dénomination ? D'autant que les deux cordes extrêmes de la Lyre (la plus aiguë & la plus grave) répondant à notre *la*, conſtituent ce que nous appellerions *le ton du Syſtême des Grecs ;* ton auquel le *ſi* lui-même, & tous les ſons dits *naturels*, de ce Syſtême, ſont ſubordonnés pour la forme, la proportion, la manière particulière d'être; l'intonation en un mot. Ce ton d'ailleurs, ce ſon *la*, directeur de toutes les modulations que préſente la Lyre, n'y eſt-il pas, lui ſeul, trois fois répété : au grave, à l'aigu & au milieu (c)? Nouveaux motifs qui auroient bien dû faire

_____

(c) La corde, qui ſonne ce *la* du milieu, s'appelle *mèſe* ou moyenne. Deux Problêmes d'Ariſtote touchant la *mèſe*, confirment l'influence que j'attribue

rechercher aux Grecs poſtérieurs à Pythagore, pourquoi la corde *ſi*, qui ne ſe montre par-tout que comme ſubordonnée, ſoit aux yeux, à l'eſprit & à l'oreille (*d*), ſoit dans certaines opérations dont je parlerai bientôt, étoit conſtamment regardée comme la corde la plus eſſentielle de leur Syſtême, comme la *première*, tandis qu'elle n'en étoit pas l'initiale (*e*); bien plus, comme la *première des premières*, la *principale des principales*, HYPATE HYPATON !

---

ici au ſon *la* ſur tout le reſte du Syſtême. *An quod ratio concinendi*, dit ce Philoſophe, *aptâ nervorum omnium intentione continetur, quæ non niſi per habitudinem quamdam ad meſen accommodanda omnibus eſt, ordoque ratione illius diſponi ſingulis debet?* Problême 36, ſection 19.

Je ne citerai ici que quelques mots du Problême 20, même Section; ils méritent d'être rapportés : *Optimâ quâque melodiâ gratiâ ſæpè meſe utuntur, omneſque probi Poetæ crebrò ad meſen veniunt : & ſi ab eâ diſceſſerint, ad eam ſtatim revertuntur, nec ullam aliam toties repetunt.*

(*d*) La preuve en eſt dans les Auteurs Grecs qui nous reſtent, puiſque cette corde n'eſt chez eux principale, que de nom. Les Interprêtes modernes en ont fait une note *ſenſible* : c'eſt au moins là une fonction, & qui, d'après nos idées, eſt ſans contredit une des principales, & la plus importante qu'on puiſſe donner à une telle note.

Gui d'Arrezzo, en arrangeant pour les Latins le Syſtême des Grecs, n'a vu dans le nom d'*hypate*, que portoit la corde *ſi*, qu'un mot vuide de ſens. La principale, dans ſon eſprit, a été la corde *la*, dite *proſlambanomène*, puiſqu'il l'a établie *première* par ſa lettre *A*. Auſſi voit-on qu'il a été forcé de recourir à un caractère grec, au *gamma*, pour exprimer l'octave au-deſſous du ſon qui répond à *G*; octave à laquelle il a donné le nom de *ſous-proſlambanomène*, ne voulant pas, ſans doute, affoiblir l'idée qu'il attachoit au ſon *A*, relativement au Syſtême des Grecs.

Le célébre M. Tartini vient de renchérir encore ſur cette idée, en nous aſſurant, dans ſa *Diſſertation ſur les Principes de l'Harmonie*, que la proſlambanomène étoit regardée par les Grecs comme le premier principe de leur Syſtême. *Proſlambanomenos*, dit-il, page 97, *poſta principio primo*; & plus bas, même page : «A » ciò ſi aggiunga, che ſe nel Greco Siſtema ſi trova la lettera *A* prima, e princi- » pale, &c.» *De Principj dell' Armonia Muſicale contenuta nel Diatonico Genere, Diſſertaʒione di Giuſeppe Tartini*, Padova 1767.

(*e*) Les Grecs n'enviſageoient pas leur Syſtême du grave à l'aigu, ainſi que l'ont fait dans la ſuite les Nations barbares, mais de l'aigu au grave : par exemple, de *la* à *mi*, en deſcendant, ou de *mi* à *ſi*, ſelon les divers tétracordes; & non de *mi* à *la*, ou de *ſi* à *mi*, comme le ſuppoſent toujours les Interprêtes modernes.

§. 6. D'un autre côté, la diſtribution du Syſtême par tétracordes, ainſi que quelques autres objets relatifs au plan général qu'il préſente, pouvoïent aiſément conduire les Grecs modernes à en appercevoir le principe, à retrouver la progreſſion qui le conſtitue. En effet, un aſſemblage de tétracordes eſt-il autre choſe qu'une ſérie de quartes? Eh! que ſont les quartes, ſinon des images de la quinte, ſinon des quintes renverſées (1)? En un mot, une ſérie de quartes montantes, n'eſt-elle pas une ſérie de quintes deſcendantes? Or, la progreſſion triple, comme on le verra dans la ſuite, ne donne autre choſe que des douzièmes ou quintes deſcendantes, qu'arbitrairement nous repréſentons encore tous les jours par une ſérie alternative de quartes & de quintes, ou de quintes & de quartes (2).

§. 7. D'ailleurs, les lois fixées aux ſons qui circonſcrivent les tétracordes, ſons que les Grecs, d'après le tems de Pythagore, appellèrent eux-mêmes *cordes ſtables, fixes, immuables,* &c. (3), & dont la proportion fut toujours ſacrée pour ceux mêmes qui ont le plus bouleverſé leur Syſtême (4) : ces lois, dis-je, nous tranſmettent avec une forte d'évidence toute l'économie du Syſtême : on y voit, dans la ſucceſſion immédiate des cordes fixes, l'ordre admirable ſur lequel il avoit été établi (*f*).

_____

(1) *Cette Note & toutes celles qui ſont indiquées par des Chiffres, ſe trouvent à la fin du Mémoire.*

(*f*) Les deux cordes fixes du tétracorde des *hypates* ſont *ſi* & *mi*, celles du tétracorde des moyennes ſont *mi* & *la*, enfin celles du tétracorde *ſynemmenon* ſont *la* & *re :* or eſt-il difficile de voir un ordre de quartes dans *ſi mi, mi la, la re;* ou, pour dire la choſe telle qu'elle eſt, dans *ſi mi la re ?* Car il n'y a pas deux *mi* ni deux *la* dans les cordes que je viens de nommer.

Cela prouve que lorſque l'erreur, le préjugé ou la perte d'un principe, ont obſcurci une ſcience juſqu'à un certain point, il n'y a plus de retour à eſpérer vers la vérité, même dans les choſes les plus ſimples ; car certainement les Euclide,

§. 8. Tout ce que les Grecs femblent avoir retenu des principes de Pythagore, c'eft ce qu'on a appellé le *canon harmonique*, lequel n'eft au fond qu'un réfultat de la progreffion triple. En effet, ce canon harmonique étoit une méthode particulière d'opérer fur une corde donnée, qu'on divifoit en différentes parties, pour en obtenir les fons principaux du Syftême, ceux mêmes dont je viens de parler fous le nom de *cordes ftables*, & avoir ainfi ces fons fixes, ces cordes ftables, dans la même proportion qu'exige & qu'affigne la progreffion triple.

§. 9. Il faut avouer néanmoins, que c'eft peut-être cette méthode particulière, le canon harmonique, qui a fait perdre de vue le principe, dont ce canon lui-même, & tout le refte du Syftême, ne font qu'une émanation. Cette méthode, affez commode pour la pratique, femble offrir pour premier fon, pour principe des cordes les plus effentielles du Syftême, celle qu'on appelle *proflambanomène* (le *la*); car c'eft fur elle que fe faifoient les divifions dont j'ai parlé (5). Mais cette corde n'en eft pas moins comme à part du Syftême : on peut même avancer qu'à certains égards elle y eft étrangère (*g*). C'eft ce que femble exprimer fon nom d'acquife, d'ajoutée (*adquifita, adfumpta*); & il ne paroîtroit pas déraifonnable d'adhérer à l'opinion de ceux qui penfent que le Syftême des Grecs ait fubfifté pendant un tems fans cette corde (6).

---

les Ptolémée, & les autres Auteurs Grecs, quoique moins célébres, dont les Ouvrages fur la Mufique font entre nos mains, ne manquoient ni de fagacité ni d'intelligence.

(*g*) Extrinfecus autem his quoque tetracordis fita eft proflambanomenos, *Gaudent. philof. introd. harm. ex verf. Meibomii, Auctor. feptem, Amftelod.* 1652, *pag.* 9.

§. 10. Les Modernes n'ont pas dû sans doute mieux retrouver l'application du principe de la progreffion triple au Syftême de Pythagore, que les Grecs eux-mêmes ne paroiffent l'avoir fait; bien que parmi ces derniers on en compte de Pythagoriciens : à la vérité poftérieurs à Pythagore.

§. 11. Notre Muficien Philofophe, Rameau, s'eft occupé dans divers Ecrits, non à retrouver le principe fur lequel ce Syftême étoit établi, mais à en expliquer le méchanifme, par la baffe-fondamentale dont il eft l'inventeur; ou, ce qui eft la même chofe, par le phénomène que préfente un corps fonore dans fa réfonance (*h*) : phénomène totalement inconnu aux Anciens, & dont certainement ils n'euffent pas tiré de grands avantages, quand même ils l'auroient connu (*i*). En un mot, le Fondateur du Syftême de l'harmonie moderne, ne voit dans le tétracorde *mi re ut fi*, par exemple, qu'une production des deux fons fondamentaux *ut* & *fol*; le premier fourniffant, felon lui, fa tierce & fon octave, *mi* & *ut*; le fecond, c'eft-à-dire, *fol*, mettant pour fa part fa tierce & fa quinte, *fi* & *re*. Enfin,

---

(*h*) Voyez *Gener. harm.* Préface, pag. 3 ; corps de l'Ouvrage, pag. 60. *Démonftration du Principe de l'Harmonie*, pag. 50 & fuiv. *Réflexions fur la Démonftration*, pag. 13, 16, 77. *Obfervations fur notre Inftinct pour la Mufique*, pag. 14 & fuiv. *Code de Mufique*, pag. 222, 224. *Origine des Sciences*, pag. 8 & fuiv. &c. &c.

Au refte, fi j'ai dit, *par le phénomène que préfente un corps fonore*, c'eft pour m'entendre avec la plûpart des Modernes, qui n'envifagent que l'*accord parfait* par cette expreffion; mais on fçait, depuis le Père Merfenne, qu'un corps fonore, outre les fons qui compofent fon accord parfait majeur, comme *ut mi fol ut*, fait entendre encore ceux de fon neuvième & de fon feptième, l'un répondant à *re*, l'autre à un fon difcordant, pris entre *la-dièfe* & *fi-bémol*, en fuppofant toujours que le fon de la totalité du corps foit *ut*.

(*i*) Je ferois très-long, fi je voulois expliquer cela & le prouver; la fuite le développera infenfiblement, & fuppléera les preuves.

d'après l'hypothèfe de Rameau, les deux fons extrêmes de
tout tétracorde donné, font cenfés la tierce d'un autre fon,
comme ici *mi* & *fi* le font d'*ut* & de *fol*. Quant aux deux
fons intermédiaires, le plus aigu, dans la même hypothèfe,
eft cenfé la quinte ; & l'inférieur, l'octave d'un autre fon,
comme *re* & *ut* font ici, l'un la quinte de *fol*, l'autre l'octave d'*ut*.

§. 12. Les Auteurs qui ont écrit d'après les principes
de Rameau, l'ont tous fuivi en cela : le feul M. Rouffeau,
dans le Dictionnaire de Mufique, dont il vient d'enrichir
le fond de nos connoiffances, a comme entrevu la vérité,
en reconnoiffant la fauffeté de cette idée. A l'Article *TÉ-
TRACORDE*, parlant du Syftême des Grecs, *je conclus*, dit-
il (pag. 512 de l'*in-4°.*) *que la marche fondamentale à notre
mode, que nous donnons pour bafe à leur Syftême, ne s'y
rapporte en aucune façon;* & cela eft très-vrai: on en fera
bientôt convaincu.

§. 13. Ce qui a pu induire Rameau en erreur, c'eft que,
comme moderne, il a toujours pris les tétracordes en fens
contraire, c'eft-à-dire, en lifant *fi ut re mi* pour *mi re ut fi*,
ou *mi fa fol la* pour *la fol fa mi*, &c; d'où il n'a pu s'empêcher de voir dans ces fortes de chants, devenus plus
particulièrement des chants fupérieurs, le produit de ce que
nous appellons *cadence parfaite*. C'eft ainfi que le chant *fi
ut*, & le chant *re mi* font, dans *fi ut re mi*, le produit de
la cadence *fol ut*, ou fi l'on veut, de la baffe *fol ut fol ut*,
comme *mi fa* & *fol la* font, dans le tétracorde *mi fa fol
la*, le produit de la cadence *ut fa* & de la baffe *ut fa ut
fa* (7).

§. 14. On peut conclurre de là, que toutes les recherches
de

de Rameau, en ce qui concerne le Syſtême des Grecs, que tout ce qu'ont avancé dans ces derniers tems, ceux qui ont adopté ſes idées, ſes interprétations, ſes ſuppoſitions quant à l'origine & à la valeur d'une partie des ſons de ce Syſtême; en un mot, que toutes les conſéquences qu'on a pu déduire de l'hypothèſe de Rameau, ſont abſolument en pure perte, ſoit parce que les Grecs, comme je l'ai déjà dit, ne connoiſſoient pas le phénomène du corps ſonore, du moins tel que nous l'enviſageons; ſoit parce que cette Nation n'exiſtoit déjà plus lorſque nous avons inventé le *contrepoint;* ſoit parce que la Muſique des Anciens étant intimement unie à la Poëſie, & les ſons de la Muſique n'étant que comme les accens qui devoient fortifier l'ex-preſſion de la lettre, le Poëte ne notoit pas deux ou pluſieurs expreſſions pour chaque vers (*k*), deux ou pluſieurs *airs* pour être chantés à la fois, de même que nous ne ferions pas déclamer un Vers, une Scène, &c, par pluſieurs per-ſonnes à la fois, car les Grecs ſentoient & vouloient ſentir; ſoit enfin parce que ces Grecs, loin d'avoir dans leur Syſ-tême des ſons qui fuſſent regardés comme la tierce ou comme

---

(*k*) Les Gens de Lettres ſçavent que les Poëtes, les Sçavans, les Philoſophes étoient les Muſiciens d'autrefois; que c'étoit eux, du moins, qui compoſoient la Muſique. *Quis ignorat,* dit Quintilien (Inſt. or. L. 1, c. 10) *Muſicen, tantùm jam illis antiquis temporibus non ſtudii modo, verum etiam venerationis habuiſſe, ut iidem Muſici & vates & ſapientes judicarentur?* Il étoit réſervé à notre ſiècle de voir un Muſicien François, un Compoſiteur, reprocher à ſa Nation d'avoir *prétendu faire une ſcience de la* Muſique. *Voyez* le Proſpectus pour l'*Ernélinde* du ſieur Philidor, pag. 4.

En effet, c'eſt en France que Rameau a donné des principes à l'Harmonie; c'eſt de nos jours que l'Académie des Sciences établie à Paris les a approuvés, & que pluſieurs de nos Sçavans de différentes Provinces les ont adoptés; en falloit-il d'avantage pour rendre *la Nation* coupable, aux yeux de tout Muſicien, dont les Ouvrages ne peuvent être jugés ſur des principes, ou, pour dire la choſe en propres termes, aux yeux de tout *Ouvrier-muſicien,* qui n'a pour opérer, que ſon oreille, ſon expérience bornée, l'inſtinct & des réminiſcences?

B

la quinte d'un autre (*l*), ne connoiſſoient au contraire que
des ſons abſolus, iſolés, tous fondamentaux, & le plus
rigoureuſement fondamentaux que nous puiſſions les concevoir, c'eſt-à-dire, dépouillés de tout harmonique, &
n'étant eux-mêmes l'harmonique d'aucun autre ſon (*m*).

Avant de faire connoître ce paradoxe comme une propoſition très-ſimple, & d'expoſer en particulier les fondemens du Syſtême des Grecs, je dois dire un mot de quelques
autres Syſtêmes qui ont dû néceſſairement le précéder,
puiſqu'il n'eſt lui-même dans le fond qu'une extenſion de
ces autres Syſtêmes, & proprement la continuation d'une
ſeule & même ſérie, le développement d'un même principe.
C'eſt ce que nous allons voir dans les quatre Articles ſuivans.
Je traiterai plus en détail, à l'Article VIII, de la formation
particulière du Syſtême des Grecs.

(*l*) A l'égard de la tierce, on ne devroit jamais oublier que chez les Grecs
elle étoit au rang des diſſonances, c'eſt-à-dire, des ſons qui ſervent à la mélodie.
Elle avoit d'ailleurs une toute autre proportion que celle que nous fait entendre un
corps ſonore dans ſes effets phyſiques; & nous verrons à la Note 40, que les ſons
qui réſultent de ces ſortes d'effets, ne ſont pas toujours muſicaux, quoiqu'ils ſoient
produits *naturellement*. On peut en attendant ſe rappeller le ſon d'$\frac{5}{7}$, que fait
entendre phyſiquement tout corps ſonore; ſon, que nos principes mêmes con-
damnent comme *faux*. Voyez la *Génération harmonique* de Rameau, pages 10
& 62.

(*m*) J'entends ici le mot *harmonique* dans le ſens corrompu des Modernes, ſur-
tout à l'égard de la dernière propoſition; car dans la Muſique des Grecs tout
étoit harmonie. C'eſt de-là que viennent les *Elémens harmoniques* d'Ariſtoxène,
l'*Introduction harmonique* d'Euclide, celle de Gaudence le Philoſophe, le *Manuel
harmonique* de Nicomaque, les *Harmoniques* de Ptolémée, ceux de Porphyre &
de Bryennius; Ouvrages dont le contenu explique le titre d'*Harmoniques* qu'ils
portent.

ARTICLE PREMIER.

Sur un ancien Syftême à quatre Cordes, appellé
Lyre de Mercure.

§. 15. B o ë c e, dans fon Ouvrage fur la Mufique, parle
d'un ancien Syftême formé de quatre cordes, dont la plus
aiguë, que j'appelle ici la première, fonnoit la quarte avec
la deuxième, la quinte avec la troifième, & l'octave avec la
dernière, la plus grave des quatre (*n*). C'eft ce qu'on appelle
la *Lyre de Mercure*, premier Syftême connu, renfermé,
comme on voit, dans quatre fons ou cordes, origine des
tétracordes dans l'idée de ceux qui en ont ignoré la formation (*o*).

§. 16. La proportion entre les cordes de cette lyre, telle
que Boëce nous l'a confervée, étoit (felon les *longueurs*)
6, 8, 9, 12 ; où l'on remarque de 6 à 8 une quarte, de 6 à 9

___

(*n*) « Simplicem principiò fuiffe Muficam refert Nicomachus, adeò ut quatuor
» nervis tota conftaret. Idque ufque ad Orpheum duravit, ut primus quidem
» nervus, & quartus, diapafon confonantiam refonarent. Medii verò ad fe invi-
» cem, atque ad extremos, diapente ac diateffaron, ac tonum. Nihil verò in eis
» effet inconfonum, ad imitationem, fcilicet, Muficæ mundanæ, quæ ex qua-
» tuor conftat elementis. Cujus Quadrichordi Mercutius dicitur inventor. » *Divus
Severinus Boeth. de Muficâ, lib.* 1, *cap.* 20, *edit. Bafil. pag.* 1383.

(*o*) « Hoc eft primum genus quod in ufu fuiffe perhibetur . . . . ab hoc etiam
» inftrumento, Mufici venerationis ergà Mercurium oftendendæ gratiâ, fua magis
» compofita genera in tetrachorda dividere funt foliti. » *Tentamen novæ Theoriæ
Muficæ, auctore Leonhardo Eulero, Petropoli* 1739, *cap.* 8, *de generibus muficis*,
§. 17, *ubi de Lyrâ Mercurii.*

Le principe une fois perdu, tout cela paroît vraifemblable. Mais la fuite fera
voir que c'eft à la progreffion triple, & non au refpect pour le nom de Mercure
(*venerationis oftendendæ gratiâ*) que les Grecs doivent leurs tétracordes, puifque la
Lyre de Mercure elle-même eft tirée de cette progreffion.

une quinte, & de 6 à 12 une octave. De plus, de 8 à 9 un ton, de 8 à 12 une autre quinte, & de 9 à 12 une autre quarte (8). M. Rousseau, en parlant de cette lyre, au mot *Systême* de son Dictionnaire de Musique, la présente, pag. 471, sous les noms d'*ut sol fa ut*, en descendant. Mais nous prendrons, vu que cela est indifférent en soi, les notes que *Vincenzo Galilei* & quelques autres Auteurs font correspondre aux nombres de Boëce ; sçavoir, *mi si la mi*, également en descendant (*p*), d'autant qu'il y a toujours entre *mi si*, *si la* & *la mi*, les mêmes rapports qu'entre *ut sol*, *sol fa* & *fa ut*. Nous verrons d'ailleurs, dans la suite, que les notes *mi si la mi* sont les seules qui puissent rendre le texte de Boëce (*q*). Ainsi le nombre 6 répondra au son le plus aigu, au premier *mi*; le nombre 8 à *si*, le nombre 9 à *la*, & le nombre 12 au *mi* le plus bas, en cette manière :

$$6 \quad 8 \quad 9 \quad 12$$
$$mi \quad si \quad la \quad mi \ (9).$$

§. 17. Les Harmonistes sçavent que les nombres 6 & 12 se résolvent en leur radical 3 ; que 8 représente 1, & que

---

(*p*) *Voyez* Vincent Galilée, *Dialogo*, Fiorenza 1581, pag. 113, 120; Bontempi, *Hist. Mus.* Perugia 1695, pag. 68 ; Zaccaria Tevo, *Musico testore*, part. 2, cap. XI ; Martini, *Storia della Musica*, Bologna 1757, pag. 443.

(*q*) Il faut bien distinguer, dans l'exemple que donne Boëce de la Lyre de Mercure, édit. de Basle 1570, pag. 1383, ce qui appartient en propre à cet Auteur, d'avec ce que Glaréan y a ajouté. Il est visible que les sons *ut sol fa ut*, désignés par les lettres *c*, *G*, *F*, *C*, ou par les noms des cordes qui accompagnent les nombres 6, 8, 9, 12, que j'appelle le texte de Boëce, sentent trop notre *Gamme* pour être ni de Boëce ni de son tems. Car tout ce que cet Auteur nous a donné sur la Musique, est exactement Grec, & bien éloigné des idées des Modernes, de celle du moins qui rapporte tout au ton d'*ut*, qui voit tout en *ut*, & par l'*ut*. Ce Mémoire en fournira quelques exemples ; ils sont assez frappans pour qu'on se méfie à l'avenir de ce ton d'*ut*, lorsqu'il s'agira de Systêmes anciens.

9 eſt radical ; donc les quatre nombres 6, 8, 9, 12, ne contiennent au fond que les trois radicaux 1, 3, 9. (*Voyez la Première Table & la Deuxième , à la fin de l'Ouvrage , & ce que j'ai dit au ſujet de la Progreſſion double dans l'AVERTISSEMENT.*)

§. 18. Tous les Muſiciens reconnoiſſent que les quatre notes *mi ſi la mi* , ſe réduiſent aux trois ſeules notes différentes *mi* , *ſi* , *la* ; or, ſelon l'ordre des nombres radicaux dont je viens de parler, ces trois notes doivent être dipoſées ainſi : *ſi* 1 , *mi* 3 , *la* 9.

§. 19. Il eſt aiſé de conclurre de cette diſpoſition : 1°. que chaque ſon y eſt fondamental ; 2°. que le terme 1 , ou le ſon qui lui répond , eſt le générateur, la baſe , le principe des deux ſons qui le ſuivent (*r*) ; 3°. que les deux derniers termes forment avec 1 , & par filiation , une progreſſion appellée *triple* , puiſque 9 eſt le triple de 3 , & que 3 eſt le triple de 1 , première baſe des autres termes (10).

Je mets ici une ſérie plus étendue de cette progreſſion ; elle eſt néceſſaire pour les ſyſtêmes dont j'ai à parler, & j'y renverrai quelquefois.

PROGRESSION TRIPLE.

Iᵉʳ Terme	IIᵉ	IIIᵉ	IVᵉ	Vᵉ	VIᵉ	VIIᵉ	VIIIᵉ
1	3	9	27	81	243	729	2187
ſi	*mi*	*la*	*re*	*ſol*	*ut*	*fa*	*ſi* ♭

(*r*) Dans le ſyſtême des Grecs, chacun des ſept ſons , dits *naturels* , étoit conſacré à une Planète ; or le *ſi* du tétracorde des *Hypates* , qui n'eſt radicalement que le terme 1 , correſpondoit chez eux , & même avant eux, comme on le verra par la ſuite , à la première des Planètes , à Saturne.
On ſçait que dans la Mythologie, Saturne eſt le premier & le plus ancien des Dieux ; or , Ariſtide Quintilien nous apprend que *Premier* , chez les Anciens , s'appelloit *Hypaton.* » Nam proton , *dit.-il* , veteres Hypaton dixerunt. » *Lib. 1 , de Muſ. ex verſ. Meibomii , Auctor. ſeptem , pag. 10.*

ARTICLE II.

Sur le Systême à six Cordes des Chinois.

§. 20. R AMEAU, dans son *Code de Musique*, pag. 192, nous a fait connoître un systême Chinois qui répond, selon lui, aux notes naturelles *sol la ut re mi*, ou *ut re mi sol la* (ibid. pag. 226.)

§. 21. Il y a deux vices dans la Traduction que Rameau nous donne de ce systême. Le premier, c'est qu'il applique à des quintes en montant les nombres radicaux qui constituent ce systême, & il falloit les appliquer à des quintes en descendant ; car ces nombres sont très-certainement relatifs aux *longueurs* & non aux *vibrations*, dont vraisemblablement les Chinois n'ont aucune idée. Le second vice de la Traduction de Rameau est une suite du premier : sa manière inverse d'opérer lui donne une gamme ascendante, portant l'impression d'un mode majeur, tandis que c'est celle de tous les anciens systêmes, l'impression du mode mineur, qui doit se faire sentir dans la gamme Chinoise, & qu'on y sent en effet lorsque les sons en sont disposés comme ils doivent l'être.

§. 22. Ainsi, aux notes *ut re mi sol la* de Rameau, je substitue d'abord celles-ci, *sol la si re mi* : elles ne changent rien au fond, ni pour le chant, ni pour le rapport des intervalles, puisqu'on a dans *sol la si*, comme dans *ut re mi*, deux tons consécutifs ; dans *si re* & *re mi*, une tierce mineure & un ton, comme dans *mi sol* & *sol la* de Rameau.

En un mot, ce n'eſt ici qu'une *tranſpoſition* muſicale, abſolument indifférente à la choſe. Mais, ce qui n'eſt pas
indifférent, c'eſt que les ſons *ſol la ſi re mi*, que je ſubſtitue
à ceux de Rameau, je les prends en deſcendant, & j'en
obtiens la ſuite *mi re ſi la ſol*, qu'on regardera, ſi l'on veut,
comme rétrograde, mais qui eſt inconteſtablement directe,
dans l'idée & les principes des Peuples anciens.

§. 23. En ajoutant, à cette ſuite, l'octave du ſon par
où elle commence, on aura la vraie gamme Chinoiſe, *mi
re ſi la ſol mi*, dans laquelle ceux qui ont de l'oreille ne
manqueront pas de ſentir cette impreſſion de mode mineur
dont j'ai parlé, ſoit qu'ils la prennent dans ſon ſens, ſoit
qu'ils la prennent en montant.

§. 24. Voulez-vous voir à préſent le rapport que peut
avoir ce ſyſtême avec celui de *Mercure?* Rien n'eſt plus
facile (11).

Vous n'avez qu'à vous rappeller que le ſyſtême de Mercure eſt formé des trois premiers termes *ſi mi la*, de la
progreſſion expoſée à la fin de l'article précédent (*Voyez*
pag. 13). Or, le ſyſtême Chinois eſt formé de ces mêmes
termes, & des deux qui les ſuivent immédiatement dans
cette progreſſion; ſçavoir, *re* 27 & *ſol* 81. Ainſi les cinq
termes *ſi mi la re ſol*, donnent, en répétant le *mi*, les
degrés rapprochés *mi re ſi la ſol mi*, qui conſtituent l'échelle
ou gamme Chinoiſe. Voici quelques développemens de
ſurérogation.

§. 25. J'ai fait remarquer que dans la Lyre de Mercure,
mi ſi la mi, il y avoit de *mi* à *ſi* une quarte, & de *la* au *mi*
inférieur une autre quarte : il n'y a donc qu'à inférer le
terme *re* 27, dans l'interſtice de la quarte ſupérieure, & le

terme *fol* 81, dans l'interſtice de la quarte inférieure ; ou ; ce qui eſt la même choſe, & qu'il eſt bon de remarquer, il faut inférer le premier terme dans la première quarte, & le ſecond dans la ſeconde. Ainſi, le ſyſtême de Mercure étant MI SI LA MI, le ſyſtême Chinois ſera par conſéquent MI *re* SI LA *fol* MI. C'eſt exactement, comme on voit, le ſyſtême de Mercure augmenté de deux cordes, priſes du même fond, de la même ſérie, & dans leur ordre naturel ; formant avec les deux premières quartes, *ſi mi* & *mi la*, une troiſième & une quatrième quarte, *la re* & *re ſol*, fournies par les cinq termes *ſi mi la re ſol*, ou 1, 3, 9, 27, 81, qui fixent à chaque ſon du ſyſtême ſa forme & ſon intonation particulière, en rapprochant mutuellement ces termes par autant d'octaves qu'il eſt néceſſaire. J'en donnerai un exemple à la Note 15, §. 50.

ARTICLE III.

*Sur l'*Heptacorde *&* l'Octacorde.

§. 26. VEUT-ON avoir l'ancien Heptacorde des Grecs, & l'Octacorde, dit *Lyre de Pythagore* (s) ? Les deux termes qui ſuivent dans notre ſérie de la page 13, ſçavoir, *ut* 243 & *fa* 729, donneront l'un & l'autre ſyſtême (12).

(s) *Voyez* le Dictionnaire de M. Rouſſeau, au mot OCTACORDE. Quant à l'Heptacorde, c'eſt de la Cithare-heptacorde, ou du ſyſtême qu'elle préſentoit, que je parle dans cet Article, & non de la collection de ſept degrés diatoniques, formant ce que nous appellons une *ſeptième*, nommée auſſi *heptacorde* parmi les Grecs.

§. 27. Le premier de ces termes, l'*ut*, ajouté à la quarte supérieure du fystême Chinois, donnera l'Heptacorde, *mi re ut fi la fol mi* (13).

§. 28. Le terme fuivant, le *fa*, ajouté à l'heptacorde que nous venons de former, ou, ce qui eft la même chofe, ajouté à la quarte inférieure du fystême Chinois, donnera l'Octacorde, *mi re ut fi là fol fa mi.*

Voyez le Tableau de la page 24, où ces deux fystêmes font repréfentés, à la fuite du fystême Chinois.

A R T I C L E I V.

Sur l'inverfion des Tétracordes diatoniques par Pythagore, & la formation du grand Syflême des Grecs.

§. 29. La lyre de Mercure, le fystême Chinois, & l'heptacorde, font conftitués de manière qu'ils préfentent à l'oreille ce que nous appellerions le *mode de* MI (*t*). On peut néanmoins, dans l'heptacorde, fous-entendre, fi on veut, le mode de *la*, nonobftant la répétition au grave de la corde *mi*, laquelle, indépendamment de l'impreffion du mode de *mi*, que comportent les autres fons de ce fystême, fortifie encore elle-même cette impreffion. Mais le *fa*,

---

(*t*) La lyre de Mercure dit : *mi fi la mi* ; le fystême Chinois, *mi re fi la fol mi* ; l'heptacorde, *mi re ut fi la fol mi*. Comme je parle ici à l'oreille, ces exemples doivent être chantés.

C

introduit dans l'*octacorde* (*u*), achève de tourner l'oreille vers le mode de *la*, & détruit même en partie l'impreſſion du mode de *mi*. Je dis en partie, parce que ce *fa* n'a proprement d'influence réelle que ſur le tétracorde *la ſol fa mi*, où on l'introduit (*x*).

§. 30. Cependant dans ce dernier ſyſtême, l'*Octacorde*, deux modes ſe croiſent pour ainſi dire l'un l'autre ; le tétracorde ſupérieur, *mi re ut ſi*, conſtitue le mode de *mi*; l'inférieur, *la ſol fa mi*, conſtitue celui de *la*. Mais la ſupériorité de ce dernier tétracorde ſur l'autre, ſi nous enviſageons le total du ſyſtême, ſe manifeſte, en ce que le premier tétracorde, *mi re ut ſi*, peut être ſubordonné à l'inférieur, *la ſol fa mi*, faire partie en quelque ſorte du mode de *la*, & que le tétracorde *la ſol fa mi*, ne ſçauroit en aucune manière être aſſujetti au tétracorde ſupérieur, faire partie du mode de *mi* (*y*).

§. 31. Ces obſervations peuvent bien, pour la plûpart, être étrangères ou même contraires aux idées des Modernes; mais il n'en eſt pas moins certain que Pythagore a dû néceſſairement les faire, lorſque, par l'addition du *fa* dans l'*octacorde*, il s'eſt vu forcé de renverſer l'ordre des deux tétracordes qui le compoſent. Obſervations qui peuvent

---

(*u*) On ſçait que l'octacorde eſt, *mi re ut ſi la ſol fa mi* : or, pour bien ſentir ce que je veux dire ici, il faut reprendre, en chantant, les trois ſyſtêmes dont je viens de parler à la Note *t*, à la ſuite deſquels on ajoutera l'octacorde, comme: *mi ſi la mi*; *mi re ſi la ſol mi* ; *mi re ut ſi la ſol mi*; *mi re ut ſi la ſol FA mi*.

Au reſte, lorſque je dis de chanter ces exemples, on ſent bien qu'il eſt égal d'en percevoir les ſons au moyen de quelque Inſtrument.

(*x*). Mɪ re ut ſi, *la ſol FA mi* (*la fa re mi mi la*).

(*y*) L'idée de Mode, que j'attache ici à un ſeul tétracorde, ſera plus développée, & comme établie dans la Remarque de l'Article IX, §. 106.

elles feules lui avoir fuggéré ce fyftême plus étendu, connu fous le nom de *Grand Syftême*, & qui n'eft en effet qu'une extenfion de l'*octacorde*, & pour ainfi dire une répétition des deux tétracordes qui le compofent.

§. 32. Ainfi, en ajoutant au-deffus du tétracorde fupérieur de l'*octacorde*, les octaves des trois fons *la, fol, fa*, du tétracorde inférieur, *la fol fa mi;* & au-deffous de celui-ci, les octaves des trois fons *re, ut, fi*, du tétracorde fupérieur, *mi re ut fi*, c'eft-à-dire : avec trois fons ajoutés à l'aigu de l'*octacorde*, & trois fons ajoutés au grave, de deux feuls tétracordes, Pythagore en a fait aifément quatre, en cette manière :

OCTACORDE.
la fol fa MI *re ut* SI LA *fol fa* MI *re ut fi.*

§. 33. La répétition du *fa* dans ces quatre tétracordes, & fur-tout l'addition du fon *la* du côté de l'aigu, en changeant le ton primitif du fyftême, le déterminent entièrement au mode de *la;* car on ne doit pas oublier que c'étoit toujours en commençant par le fon fupérieur que les Grecs entonnoient leurs tétracordes, comme c'eft aujourd'hui par le fon le plus grave de nos gammes que nous procédons à l'intonation des fons fupérieurs.

§. 34. C'eft auffi pour fortifier l'impreffion de ce mode de *la*, que Pythagore a dû ajouter, aux quatre tétracordes qu'il venoit de former, la corde dite *proflambanomène*, conformément à chacun des fyftêmes dont nous avons parlé précédemment, qui ont tous leur proflambanomène, cette corde grave, qu'on appelloit quelquefois auffi la *confonnance*

(*voyez* Note *d* de l'*Avertissement*), & qui sert, pour ainsi
dire, d'appui & de fondement au son aigu (χ).

§. 35. D'ailleurs, l'oreille seule, le besoin de multiplier
des points fixes pour l'accord de l'instrument sur lequel
étoit exécuté le système ainsi augmenté ; la terminaison des
phrases de chant, prises dans le bas du système ; enfin ce
sentiment qui nous porte tous à finir par des sons graves (14),
étoient autant de motifs qui pouvoient bien suffire pour
déterminer Pythagore à ajouter cette proslambanomène,
quand même les autres systêmes ne lui en auroient pas
fourni & l'idée & le modèle.

§. 36. Mais, sans m'arrêter à toutes les raisons qui militent
en faveur de l'addition de la proslambanomène par Pythagore, il me suffira de rappeller ici le *canon harmonique*,
institué par Pythagore lui-même. On sçait que c'est sur la
proslambanomène que s'exécutoient les opérations décrites
par le canon harmonique (*aa*), & je ferai observer que chez
les Grecs postérieurs à Pythagore, les Musiciens qui suivoient les principes de ce Philosophe, étoient surnommés
Canoniques. C'est ainsi qu'on les distinguoit de la foule
des Musiciens de pratique, qu'on appelloit simplement
Harmoniques.

(χ) « Proslambanomenos igitur dictus est, quod cum nullo eorum quæ tetra-
» corda appellamus communionem habeat, sed extrinsecus adsumatur propter
» concentum ad mesen. » *Aristid. Quintil. ex vers. Meib. Auctor. septem*,
pag. 10.

Or, *concentum ad mesen*, ou *concentum ad neten*, est ici la même chose, puisque ces deux cordes sont l'octave l'une de l'autre. Si Aristide, dans ce passage, ne
cite pas la *nète*, c'est qu'il y a plusieurs *nères* dans le système des Grecs ; & qu'en
nommant la *mèse*, cet Auteur n'a besoin d'aucune explication, le son de la *nète*
étant d'ailleurs sous-entendu dans la *mèse*.

(*aa*) *Voyez* ce que j'ai dit ci-devant touchant le canon harmonique, *Avant-
Propos*, pag. 6, §. 8.

§. 37. Ceux-ci, au mépris des proportions reçues, fans doute faute d'en connoître le principe, n'employoient dans leurs opérations que des proportions fyftématiques, des rapports arbitraires (*bb*), fondés fur le fentiment particulier de leur oreille, tandis que les Canoniques fuivoient & le fentiment de l'oreille & la loi de ces proportions authentiques, que les Grecs connoiffoient fous le nom de Pythagoriciennes; ou pour mieux dire, les Muficiens canoniques formoient leur oreille fur ces proportions authentiques, confultoient le *monochorde* (*voyez* Note 5); en un mot, ils employoient le compas & la mefure, qui font les vrais juges de l'organe lui-même (*cc*). Car, quoiqu'en puiffent

(*bb*) Le mot *harmonie* n'a jamais fignifié autre chofe chez les Grecs, que *proportion, rapport, convenance*, &c; & ne fignifie encore autre chofe chez tous les Ecrivains modernes qui ne traitent pas de Mufique. C'eft dans ce fens qu'il faut entendre le nom d'*Harmoniques*, donné, par les Grecs, aux Muficiens. Ce que les Modernes appellent *harmonie, accord fimultané de fons*, eft la fymphonie des Grecs (Voyez *x*, Note 20); leur harmonie étoit tantôt une mélodie, ou une férie de fons fucceffifs, tantôt la comparaifon d'un fon à un autre. En un mot, un fyftême de fons qui gardent entr'eux la proportion qui leur convient, étoit l'*harmonie* des Grecs.

« Harmonice eft fcientia, quæ modulatæ feriei naturam contemplatur, eamque » effectui deftinat. » *Euclides Introd. harm. ex verf. Meib. pag.* 1.

« Quæ ad melos pertinent, *Harmonica* dicuntur : quæ ad numeros, *Rythmica* : » quæ ad verba, *Metrica*. » *Martian. Capell. de Muf. apud Meibom. pag.* 181.

« Harmonia eft fyftematum coordinatio, qualis eft *Lydia, Phrygia, Doria*.» *Theo fmyrn. lib. de Mufic. cap.* 4, *verf. Bullialai, pag.* 76.

« Harmoniam, *dit Cicéron*, ex intervallis fonorum noffe poffumus, quorum » varia compofitio harmonias etiam efficit plures. » *Tufcul.* 1, *n.* 34.

(*cc*) « Canonicus univerfim eft *harmonicus* ; qui de concentu harmonico verba » facit. Differunt autem *Mufici & Canonici*. Mufici, funt qui, harmonici, à » fenfibus excitantur. Canonici, funt harmonici Pythagorici. Utrique verò, » generali nomine, funt Mufici. » *Ptolemais Cyrenæa* (*illuftris fœmina*), *in Mufices inftitutione Pythagoricâ, apud Porphyrium, ex verf. Wallis, Oper. Mathem. tom.* 3, *pag.* 107.

« Ipfas confonantias (Pythagorici) aure metiuntur. Quibus verò inter fe » diftantiis confonantiæ differant, id jam non auribus, quarum funt obtufa judicia, » fed regulis rationicæ permittunt, ut quafi obediens quidem, famulusque fit » fenfus, judex verò atque imperans ratio. » *Severin. Boeth. Muf. lib.* 1, *cap.* 9, *édit. Bafil. pag.* 1377.

dire nos harmoniques modernes, les Praticiens, ces proportions, ces mesures, n'ont pu être établies que d'après la sensation & le sentiment d'Hommes très-sensibles & très-éclairés ; puisque, depuis un si grand nombre de siècles, elles sont encore la base de nos principes & de ceux des Chinois ; & que toutes les expériences des Physiciens & des Musiciens, à l'égard de ces proportions, ramènent toujours aux mêmes résultats, aux rapports constans de 1 à 2 pour l'octave, de 2 à 3 pour la quinte, & de 3 à 4 pour la quarte. Or, l'une ou l'autre de ces deux dernières proportions suffit, avec la première, pour obtenir tout ce dont on peut avoir besoin en Musique, si, comme les Canoniques, on ne veut y souffrir que des intonations justes (*Voyez* Note *a* de l'*Avertissement*).

§. 38. Enfin, le travail de Pythagore a donné l'ancien système des Grecs, composé d'abord de quinze cordes, dans cet ordre : *la sol fa mi re ut si la sol fa mi re ut si la.*

§. 39. Ensuite Pythagore lui-même, ou quelqu'autre qui partoit de ses principes, ajouta à ce système un seizième son, celui précisément qui nous reste dans la série exposée à la page 13 ; sçavoir, *si♭* 2187 (*voyez cette série*).

§. 40. Au moyen de ce nouveau son, on obtint un tétracorde à part, qu'on appella *synemmenon*, ou *conjoint*, parce qu'en effet ce tétracorde vient se conjoindre à celui du milieu, appellé *tétracorde méson*, à *la sol fa mi*, en cette manière :

re ut si♭ la sol fa mi.

§. 41. Ce nouveau tétracorde comporte le mode de *re ;*

enforte qu'avec fon inférieur, *la fol fa mi*, il peut nous fournir la gamme defcendante de ce mode de *re*, fi l'on veut, à la manière des Anciens, y ajouter la *confonnance*, c'eft-à-dire, l'octave du fon fupérieur, la proflambanomène en un mot, afin d'avoir les huit fons diatoniques *re ut fi*♭ *la fol fa mi re*, fous lefquels nous avons coutume d'envifager ce mode (*dd*).

Voici un Exemple où l'on pourra comparer tous les Syftêmes dont nous venons de parler.

TABLEAU

(*dd*) On verra, à l'Article IX, que nous n'avons réellement à cet égard qu'une *coutume*. Rameau, qui, dans fes derniers Ecrits, a commencé à regarder les Modes comme les voyoient les Grecs, nous auroit totalement convaincus du vice de cette coutume, fi des idées invétérées ne l'avoient toujours contrarié dans fes découvertes. *Voyez* fon *Origine des Modes*, dans le Mercure de Juin 1761, & le Syftème diatonique qu'il donne à la page 10 de l'*Origine des Sciences*. Il avoit déjà dit, dans fes *Nouvelles Réflexions fur la Démonftration du Principe de l'Harmonie*; Paris, 1752, pag. 23 : « On n'y a pas affez réfléchi, lorfqu'on a cru pouvoir » établir le *Mode* fur les huit fons diatoniques de l'*Octave*; & certainement le » *Tétracorde aiatonique* des Grecs en affigne beaucoup mieux les bornes. »

Au refte, pour l'intelligence de ce que Rameau veut dire, par *le Tétracorde diatonique*, foit ici, foit dans l'endroit cité de fon *Origine des Sciences*, foit dans fes autres Ouvrages, il faut être prévenu qu'il entend toujours le Tétracorde des *hypates*, ou *principales*, pris en montant, c'eft-à-dire, dans le fens de *fi ut re mi*. Il faut d'ailleurs fe fouvenir qu'il dérive ce chant, de la baffe *fol ut fol ut*, felon ce que nous avons obfervé dans l'*Avant-propos*, pag. 7 & 8, §. 11 & 13. Ainfi les *bornes* dont parle ici Rameau, font les deux fons de la quarte, ou quinte, *fol ut*, deux termes voifins dans la progreffion triple, prife en montant, & commençant par *ut*.

On voit par-là que cette doctrine fe rapproche beaucoup de celle de Pythagore. Le tems n'eft peut-être pas éloigné où nous verrons refleurir les Principes de cet ancien Philofophe.

A R T I C L E IV.

TABLEAU des divers Systêmes dont il a été parlé depuis l'Article premier.

Lyre de Mercure.	Systême Chinois.	Heptacorde ou Cithare à sept Cordes.	Octacorde ou Lyre de Pythagore.	Grand Systême de Pythagore.
				{1} ⎰ la / sol / fa
MI b	MI / RE d	MI / RE / UT f	MI / RE / UT	MI / {2} RE / UT / SI {3}
a SI	SI	SI	SI	h.si♭
LA c	LA / SOL e	LA / SOL	LA / SOL / g FA	{4} LA / SOL / FA / MI
MI	MI	MI	MI	{5} ⎰ re / ut / si / LA
Proslambanomène.	Proslambanomène.	Proslambanomène.	Proslambanomène.	Proslambanomène.

SÉRIE DE HUIT TERMES EN PROGRESSION TRIPLE.

a	b	c	d	e	f	g	h
1	3	9	27	81	243	729	2187.

R E M A R Q U E.

La Lyre de Mercure comprend les trois premiers Termes de cette Série, désignés par $a\,b\,c$, dans le Tableau, & qui répondent ici aux nombres 1, 3, 9. Le Systême Chinois comprend cinq Termes, c'est-à-dire, depuis a jusqu'à e: 1——81. L'Heptacorde comprend six Termes, depuis a jusqu'à f: 1——243. L'Octacorde comprend sept Termes, depuis a jusqu'à g : 1——729. Le Grand Systême embrasse les huit Termes ; 1——2187.

---

[1] Tétracorde, dit *Hyperboléôn*, ou des Aiguës.
[2] Tétracorde, dit *Diezeugmenôn*, ou des Disjointes.
[3] Tétracorde, dit *Synemmenôn*, ou des Conjointes. Ses quatre Cordes sont RE, UT, si♭, LA.
[4] Tétracorde, dit *Mesôn*, ou des Moyennes (c'est-à-dire, Mitoyennes),
[5] Tétracorde, dit *Hypatôn*, ou des Principales.

ARTICLE

ARTICLE V.

Obſervations préliminaires pour le Syſtême des Égyptiens.

PREMIÈRE OBSERVATION.

§. 42. C'EST au dernier terme de la Série expoſée dans l'Exemple précédent, à ce même *ſi♭* 2187, dont eſt formé le Tétracorde *conjoint* ou *ſynemmenon*, que ſe ſont arrêtés les Grecs; ſoit que Pythagore n'ait pas voulu étendre davantage ſon ſyſtême; ſoit que le genre chromatique, qu'une plus longue ſuite de termes jetteroit néceſſairement dans les autres Tétracordes, lui parût trop efféminé, & par-là dangéreux aux mœurs : car long-tems après Pythagore même, les Lacédémoniens punirent exemplairement le Muſicien Timothée, pour avoir tenté d'introduire ce genre parmi eux. (*ee*).

Mais, ce qui prouve que chez les Egyptiens le même ſyſtême s'étendoit beaucoup plus loin, ſoit que ces premiers

(*ee*) « Quoniam Thimotheus Mileſius, in urbem noſtram profectus, Muſam » antiquam ſpernit : & poſt poſitâ (*inverſâ*) Citharâ heptacordo, pluribuſque » ſonis introductis, aures juvenum corrumpit. Atque chordarum multiplicatione, » & cantûs novitate, modulationem mollem, & variam, pro ſimplici & intentâ » adornat, conſtituens genus cantandi chromaticum. . . . . Viſum eſt de » his decernere. REGES atque EPHORI Timotheum reprehendant, cogantque ut » reſcindat ex undecim chordis ſuperfluas, ſeptemque relinquat. Ut ſinguli ani- » madvertentes Civitatis noſtræ gravitatem, ac ſeveritatem, caveant ne in Spartam » quidquam invehant quod bonis moribus adverſetur, ne certaminum gloria » unquam turbetur. » *Decretum Lacedæmoniorum apud Boeth. lib.* 1, *de Muſic. ex reſtitutione & verſione Bullialdi in Theonem Smyrn. pag.* 296, *ejuſdem Theonis à Bullialdo editi.*

D

Maîtres des Sciences fissent usage des sons ultérieurs que fournit la progression triple, pour en obtenir des intervalles chromatiques, soit qu'ils n'employassent que les modulations diatoniques, formées de ces mêmes sons (*ff*); ce qui prouve, dis-je, que chez les Egyptiens ce système étoit plus étendu; c'est que le même terme 2187, ou *si*♭, le dernier terme qui y soit employé, est précisément celui par où commencent les Chinois pour former leur système à six cordes, que j'ai traduit, à l'Article II, par les notes naturelles *mi re si la sol mi*.

§. 43. Rameau, dans son *Code de Musique*, pag. 192, présente ce système des Chinois sous les nombres 6561, 59049, 2187, 19683 (*gg*), 177147. Il fait correspondre ces nombres aux notes *sol*✻, *la*✻, *ut*✻, *re*✻, *mi*✻, données par la progression triple, lorsqu'on la prend en montant, & qu'on applique le son *ut* au premier terme, comme l'a fait Rameau. Mais en prenant cette progression dans le sens qu'elle doit être prise, lorsqu'il s'agit de systêmes anciens, & en appliquant au premier terme la corde Principale des Grecs, le *si*, elle donnera des bémols au lieu de dièses, & l'on aura un systême formé de notes descendantes au lieu de notes montantes.

(*ff*) C'est l'usage qu'en font les Chinois, comme on le verra bientôt. D'ailleurs, l'introduction de tous ces sons parmi les tétracordes, ne suppose pas l'usage du chromatique : c'est l'idée à laquelle je m'arrête à l'Article IX de ce Mémoire, §. 105. Il étoit nécessaire ici, pour la clarté, de ne pas se tirer tout d'un coup des idées reçues.

(*gg*) Il y a ici une erreur dans les nombres du *Code* : on lit 13683 ; & c'est 19683 qu'il faut lire, comme on peut le vérifier sur la page 191 du même *Code*, & comme la suite va le démontrer : car la valeur représentée par ces nombres doit être le triple de 6561 ; terme qui, dans la série de la Progression triple que j'exposerai bientôt, précède immédiatement 19683.

Je vais reprendre ici la férie de cette progreſſion, pour la conduire juſqu'aux termes qu'employent les Chinois dans leur ſyſtême. J'ajouterai au-deſſous des notes par leſquelles je traduis cette progreſſion, celles que Rameau y a ſuppoſées dans ſa traduction du ſyſtême Chinois.

SÉRIE DE LA PROGRESSION TRIPLE A DOUZE TERMES.

Iᵉʳ Terme	IIᵉ	IIIᵉ	IVᵉ	Vᵉ	VIᵉ	VIIᵉ	VIIIᵉ	IXᵉ	Xᵉ	XIᵉ	XIIᵉ
1	3	9	27	81	243	729	2187	6561	19683	59049	177147
ſi	mi	la	re	ſol	ut	fa	ſi♭	mi♭	la♭	re♭	ſol♭
ut	ſol	re	la	mi	ſi	fa✕	ut✕	ſol✕	re✕	la✕	mi✕.

§. 44. C'eſt des cinq derniers termes de cette férie, c'eſt-à-dire, des VIIIᵉ, IXᵉ, Xᵉ, XIᵉ & XIIᵉ, arrangés diatoniquement, qu'eſt formé le ſyſtême Chinois. Rameau commence cet arrangement par le neuvième terme, *ſol*✕ ſelon lui, auquel il ajoute ſon octave, pour avoir les ſix ſons qui compoſent la gamme, *ſol*✕, *la*✕, *ut*✕, *re*✕, *mi*✕, *ſol*✕, appellée *lu* par les Chinois, ſelon que le rapporte Rameau, d'après les Manuſcrits qu'il a eu en main (*Code*, pag. 189, 191). Je commence par le même neuvième terme, *mi*♭ ſelon moi ; j'y ajoute également ſon octave : & j'obtiens le *lu* deſcendant, *mi*♭, *re*♭, *ſi*♭, *la*♭, *ſol*♭, *mi*♭, diviſé en deux Tétracordes disjoints, l'un ſupérieur, l'autre inférieur, comme :

$$\underbrace{\text{MI♭ } re♭ \text{ SI♭}}_{\textit{Tétracorde ſupérieur.}} \quad \underbrace{\text{LA♭ } ſol♭ \text{ MI♭.}}_{\textit{Tétracorde inférieur.}}$$

§. 45. Lorſqu'à l'Article II de ce Mémoire, j'ai repréſenté ce ſyſtême par des notes *naturelles*, je n'ai fait qu'écarter les bémols de la gamme que je viens d'obtenir, de même

que Rameau avoit écarté les dièfes de la fienne. Ainfi,
excepté que je n'applique point la progreffion triple à des
fons en montant, comme le fait Rameau, j'ai fuivi en tout
fes mêmes procédés.

§. 46. Pour mettre le Lecteur à portée de comparer ma
Traduction avec celle que nous a donnée ce célèbre Muficien, à la page 192 de fon *Code*, je vais les préfenter ici
l'une & l'autre fous les nombres radicaux auxquels elles
correfpondent. Il faut fe fouvenir, au refte, de la faute
d'impreffion dont j'ai parlé à la Note *gg*, à l'égard du
nombre qui correfpond à *re✳* dans l'exemple du *Code*,
pag. 192.

IXᵉ Terme	XIᵉ	VIIIᵉ	Xᵉ	XIIᵉ
6561	59049	2187	19683	177147 (15).
fol✳	la✳	ut✳	re✳	mi✳
mi♭	*re*♮	*fi*♭	*la*♮	*fol*♭.

SECONDE OBSERVATION.

§. 47. En fe rappellant ce que j'ai fait remarquer dans
l'Obfervation précédente, fçavoir, que le fyftême des Chinois, pris dans fes termes originaux, commence précifément là où finit celui des Grecs, il fera aifé d'en conclurre
que ces deux fyftêmes ne font enfemble qu'un Tout complet, un feul & même fyftême; fi néceffairement tel, qu'on
ne fçauroit y ajouter aucun terme de plus, ni en retrancher
quelqu'un, fans détruire toute l'économie du plan qu'il
préfente.

En effet, fi à la férie des douze fons, ou termes, qui
compofent ce *tout*, vous ajoutez un nouveau fon : vous

entrez dans un nouveau fyftême incompatible avec le premier (16). Si au contraire, vous fupprimez quelques fons
de cette férie, ce feront autant de membres du fyftême
complet que vous aurez retranchés, & conféquemment
autant de lacunes que vous y aurez introduites. Voici
comment :

§. 48. Les douze termes de la progreffion triple, qui
font comme les pièces éparfes de ce fyftême, fourniffent,
en les rapprochant, une fuite de douze femi-tons, dans
l'étendue d'une octave quelconque. J'avertis que le mot *femi-
ton* eft pris ici en général, abftraction faite de fa diftinction
en *majeur* & *mineur*.

§. 49. L'on obtiendra cette fuite de femi-tons en élevant
ou en baiffant, par autant d'octaves qu'il eft néceffaire,
les nombres radicaux que préfente la progreffion triple.
Mais, pour éviter les fractions, il faut rapprocher les
moindres nombres du plus grand, au moyen de la progreffion
double. L'on pourra fe fervir pour cela des Tables qui font
à la fin de l'Ouvrage : elles fuivent l'ordre des Termes.

§. 50. Je vais mettre fimplement ici les fons qui répondent
à la progreffion triple, pour en former, dans un fecond
exemple, une octave chromatique, c'eft-à-dire, toute
divifée par femi-tons.

Je fupprime les nombres dans l'un & l'autre exemple,
comme n'étant qu'une manière différente de noter les fons,
& proprement la note des Théoriciens. Ils pourront la
fuppléer aifément : mon objet n'eft ici que de préfenter une
fuite de demi-tons, fournis par les mêmes fons qui, dans
la progreffion triple à douze termes, compofent une fuite
d'onze quintes : ou quartes, fi l'on veut. Car la *douzième,*

que donnent directement deux termes voisins, dans la progreſſion triple, devient *quinte*, ſi on élève d'une octave le premier terme; elle devient *quarte*, ſi on l'élève de deux; *onzième*, ſi on l'élève de trois, &c. Ainſi, *douzième, quinte, quarte, onzième*, &c, tout cela eſt ſynonyme, lorſqu'il ne s'agit pas du local des ſons. *Voyez* les Notes 1 & 2.

EXEMPLE I.

Sons de la Progreſſion Triple, formant une ſuite d'onze Quintes.

ſi mi la re ſol ut fa ſib mib lab reb ſolb.
a   b   c   d   e   f   g   a   b   c   d   e

EXEMPLE II.

Octave Chromatique.

fa mi mib re reb ut ſi ſib la lab ſol ſolb **FA.**
g   b   b   d   d   f   a   a   c   c   e   e

§. 51. On peut, ſur ce dernier Exemple, former ſoi-même telle autre octave chromatique qu'on voudra, c'eſt-à-dire, en commençant par *mi*, par *mib*, par *re*, &c. Il faut ſeulement, dans ce cas, lorſqu'on arrivera au-devant du *fa*, écrit en lettres capitales, revenir au *fa* du commencement, pour retomber de-là au ſon duquel on étoit parti (17.)

§. 52. Il eſt aiſé de remarquer, par les lettres dont j'ai accompagné ces deux Exemples, 1°. que l'ordre des ſemitons expoſés dans l'*Octave chromatique*, n'eſt qu'une combinaiſon des ſons arrangés par quintes dans le premier Exemple: 2°. que cet ordre ſeroit néceſſairement interrompu ſi l'on retranchoit un ſeul ſon, une ſeule quinte du premier Exemple, ou, ce qui eſt la même choſe, un ſeul des termes de la Progreſſion triple qu'il repréſente : 3°. que ce même ordre de ſemi-tons n'eſt point ſuſceptible d'accroiſſement, puiſqu'on ſe jetteroit par-là, comme je l'ai déjà fait preſ-ſentir, dans un nouveau Syſtême, incompatible avec celui que préſentent les douze termes de la Progreſſion triple. En voici un exemple.

§. 53. Le nouveau terme qui ſuivroit *ſol-bémol*, douzième terme de la Série, & qui ſeroit ici *ut-bémol*, ſe trouveroit au-deſſous de *ſi*, pour l'intonation. On auroit d'*ut* à *ut-bémol* un intervalle, une diſtance plus grande que d'*ut* à *ſi*; car *ut* & *ut-bémol* forment un Apotome, tandis que d'*ut* à *ſi* il n'y a que l'intervalle moindre appellé *limma*.

§. 54. Tout le monde ſçait que d'un ſon appellé *ſi*, par exemple, il faut monter, pour aller au ſon appellé *ut*; que de *mi*, il faut monter pour aller à *fa*, &c ; or le contraire arriveroit ici. Dans les ſuites de ſons, comme *ſi* ut♭, *mi* fa♭, *ut* re♭♭, &c, il faudroit aller en baiſſant, du ſon appellé *ſi* au ſon appellé *ut*, du ſon appellé *mi* au ſon appellé *fa*, &c, contre l'ordre établi, ſoit dans le ſyſtême diatonique, ſoit dans le ſyſtême chromatique, que four-niſſent les douze termes de la Progreſſion triple ; ſyſtêmes, où il implique de concevoir un *ut* comme plus bas qu'un *ſi*, un *fa* plus bas qu'un *mi*, un *mi* plus bas qu'un *re*, &c, quelque altération que viennent à porter cet *ut*, ce *fa* ou ce *mi*, &c. *Voyez* l'Exemple de la Note 31, §. 156, & ce que j'ai dit ſur le même ſujet dans cette Note.

ARTICLE V.

TROISIÈME OBSERVATION.

Résultat des deux Observations précédentes.

§. 55. Si le fystême des Grecs & celui des Chinois, felon ce que nous avons vu, §. 47, de l'Obfervation précédente, ne font enfemble qu'un feul & même fystême, un Tout parfaitement complet, il eft évident que ce *tout* a été le fystême de quelque Peuple plus ancien que les Grecs & les Chinois, & que ce font les démembremens de ce fystême primitif qui ont formé différens fystêmes chez diverfes Nations.

§. 56. A l'égard des Grecs, on fçait qu'ils n'ont été civilifés que par les Egyptiens, & que c'eft d'eux principalement qu'ils ont reçu les premiers élémens des Sciences. En fecond lieu, c'eft un fait connu que Pythagore alla s'inftruire chez les Prêtres d'Egypte (*hh*).

§. 57. Quant aux Chinois, ils ne fçauroient être regardés comme les inftituteurs du fystême que j'ai rapporté fous leur nom; car le huitième terme par lequel ils commencent ce fystême (§. *44*), fuppofe naturellement l'exiftence de tous les termes antérieurs à celui-ci. Au furplus, l'idée de finir au douzième terme de la Progreffion, ne peut venir des Chinois. La forte d'imperfection qu'introduifent, dans leur fystême, les deux lacunes ou interftices qu'on y remarque entre les fons *re♭ fi♭*, du tétracorde fupérieur, & les fons

---

(*hh*) Clément d'Alexandrie rapporte une des conditions auxquelles fut obligé de fe foumettre Pythagore, pour être admis parmi les Initiés.
« Etiam fuit circumcifus, ut adyta ingrediens, Ægyptiorum myfticam difceret » Philofophiam. » *Strom. lib. i, edit. Lugd. Bat. 1616, pag. 221, D.*

fol♭

sol♭ mi♭, du tétracorde inférieur (§.♯44), prouvent que cette idée n'est vraisemblablement qu'une application mal entendue, d'un principe sagement établi pour ceux qui comptoient du premier terme au treizième (*voyez* Note 16); mais principe absurde pour les Chinois, qui ne partent que du huitième terme.

§. 58. D'ailleurs, selon ce que rapporte Rameau à la page 191 de son *Code de Musique*, on voit les termes 3, 27 & 243, employés par les Chinois, & ces termes former, avec 2187, 19683 & 177147, une autre sorte de système composé de cinq tons consécutifs (18). *Ordre des plus vicieux qu'on puisse imaginer*, dit en cet endroit Rameau avec raison : & cette réflexion prouve en particulier que la progression triple dont les Chinois font un usage si gauche, n'est pas de leur invention ; car ce Peuple n'a jamais perdu aucun des Arts qu'il a inventés. On sçait à quel point l'homme peut être égaré par des usages mal entendus, des règles mal interprêtées, des lois prises à la lettre, lorsque l'*esprit* en est perdu.

§. 59. Le vice de ce dernier système des Chinois, & l'imperfection de leur gamme, dont les lacunes semblent toujours attendre d'autres sons, font assez voir que ces deux singuliers systêmes ne font chacun en particulier, que comme des débris d'un système complet, que j'attribue aux Egyptiens (19).

§. 60. Le nom seul de *Lyre de Mercure*, donné au système qui a fait la matière de l'Article premier de ce Mémoire, ce nom, dis-je, indique assez sensiblement que c'est parmi les Egyptiens qu'il faut chercher l'origine de la Progression triple, vu que ce système n'en est que le résultat, ou, pour

E

mieux dire, n'eſt lui même qu'une Prógreſſion triple ; comme
on l'a vu au même Article (§. *17, 18, 19*). Ou ſi l'invention
de cette Progreſſion peut être refuſée aux Egyptiens , il eſt
toujours hors de doute qu'ils en faiſoient uſage avant les
Grecs & les Chinois , & que c'eſt d'eux qu'émanent les plus
anciens principes connus ſur la Muſique : & .cela ſuffit à
mon objet. Car , nous verrons aux Articles X & XI, la
liaiſon , & pour ainſi dire , la dépendance mutuelle que la
plus haute antiquité avoit miſe entre la Muſique & l'Aſtronomie ; d'où il ne ſeroit pas abſurde de conclurre que
les Chaldéens pourroient bien avoir été les premiers maîtres
des Egyptiens , pour la Muſique , comme ils l'ont été pour
l'Aſtronomie, ſelon l'opinion des Sçavans.

§. 61. Je dois donc avertir une fois, qu'en nommant les
Egyptiens , je n'entends autre choſe, dans tout cet Ouvrage ,
que les *premiers Inſtituteurs* des Principes de la Muſique ,
chez quelque Peuple qu'on veuille prendre ces Inſtituteurs.
J'ai cru devoir ſuivre en ceci l'opinion commune qui attribue
conſtamment aux Egyptiens l'invention de la plûpart des
Arts & des Sciences (*ii*). Il m'eſt démontré que certains
objets qui tiennent ou à l'Aſtronomie ou à des uſages civils ,
ſuppoſent la préexiſtence des Principes de la Muſique (*voyez*
Note *rrr,* Article X, §. 114). Mais je n'ai garde de propoſer
ſur cela ou de ſoutenir aucun ſyſtême : l'action de voir ne
fait pas la *croyance.*

(*ii*) Ægypti matris artium. *Macrob. Saturnal. lib.* 1 , *cap.* 15. Ægyptios omnium
Philoſophiæ diſciplinarum parentes. *Id. in Somn. ſcip. lib.* 1, *cap.* 19.

ARTICLE VI.

Usage de la Lyre de Mercure.

§. 62. La Lyre de Mercure, que, d'après Boëce & tous les Auteurs qui en ont parlé, j'ai présentée jusqu'à présent sous l'idée d'un système, n'est, à le bien prendre, qu'un modèle abrégé des systêmes plus étendus qu'on en peut tirer, loin qu'on puisse la regarder elle-même comme un Systême particulier de sons, comme une sorte de Diagramme ou d'Echelle Musicale.

§. 63. La considération des chants trop simples, & nécessairement trop uniformes, qui résulteroient d'une pareille Echelle, suffit pour nous empêcher d'en avoir cette idée (20), & pour nous faire conclurre que cette prétendue Echelle n'est autre chose, comme je l'ai d'abord annoncé, qu'un modèle abrégé, & proprement une esquisse qui contient implicitement les systêmes plus étendus, les divers diagrammes qu'on en peut former.

§. 64. En effet, si on l'examine avec quelque attention, on s'apperçoit aisément que les détails, les développemens particuliers, que toute la théorie & toutes les opérations nécessaires pour en obtenir ces systêmes, y sont présentés de la manière la plus expresse & la mieux prononcée.

§. 65. Voulez-vous, par exemple, faire part à quelqu'un du systême des Grecs ? Ne vous attachez, en lui montrant la Lyre de Mercure, qu'à lui faire remarquer la proportion triple que forment entr'eux les trois sons, ou termes, *si mi la*,

E ij

réduits à leurs nombres radicaux 1, 3, 9 (Article premier, §. 17), il trouvera de lui-même tout le reste du système.

Vous l'avertirez seulement, qu'il faut ajouter de nouveaux termes à ceux-ci, qui déjà en présentent deux modèles (21); il formera ainsi, en suivant ce qu'indiquent 1, 3, & 3, 9, une progression de sons de telle longueur qu'il le jugera à propos (*kk*), & vraisemblablement il poussera le système des Grecs beaucoup plus loin que n'a voulu le faire Pythagore (*ll*).

§. 66. À l'égard de l'arrangement particulier du système, qui n'est autre chose que la partie de détail, la Lyre de Mercure, sous la forme de 6, 8, 9, 12, présente non-seulement toutes les consonnances reçues des Anciens, & dans l'ordre qu'ont toujours suivi les Auteurs Grecs en les énonçant : *la quarte, la quinte, l'octave* (22), mais elle indique encore cette disposition par quartes qu'on devra observer dans la formation du système, ces TÉTRACORDES,

---

(*kk*) S'il s'arrête à sept sons, comme, *si mi la re sol ut fa*, il a les deux Tétracordes *naturels* des Grecs, c'est-à-dire, les sept notes qu'embrassent ces deux Tétracordes. Un huitième son lui donnera exactement tout le système des Grecs. Pour ce qui est de l'arrangement diatonique de ces sons, de leur répétition à l'aigu ou au grave, de la place que les uns ou les autres doivent occuper, de l'étendue enfin qu'on doit donner au système, &c, &c, ce sont là en effet des objets d'une grande importance pour celui qui, ignorant le principe des sons & la manière dont ils sont engendrés, ne voit que le matériel du système ; & c'est pour cela que j'en parle ici. Mais tout ce matériel ne constitue pas le système des Grecs, tel qu'on le conçoit communément ; il est contenu dans les sept quartes, ou quintes, *si mi la re sol ut fa sib*, comme la Lyre de Mercure l'est dans les deux quartes, ou quintes, *si mi la*.

(*ll*) Nous voyons en effet que ce Philosophe n'a pris en tout que huit termes, pendant que d'un autre côté les Chinois prennent, dans un sens, jusqu'au douzième terme de cette Progression, & que dans un autre sens, ils en employent beaucoup moins que Pythagore, puisqu'ils ne font usage que de cinq. *Voyez* l'Article II, & la *première Observation* de l'Article V, §. 43 & suiv.

dont les points fixes font comme la charpente intérieure (*lo fchelettro*) du fyftême des Grecs.

§. 67. Quant aux degrés diatoniques, la même Lyre de Mercure en offre évidemment & le modèle & la proportion, dans le ton *fi la*, où 8, 9, qu'elle porte. Il ne s'agit que d'en inférer deux femblables entre les extrêmes de tout tétracorde donné, en commençant par le haut du tétracorde (23); & l'on conçoit aifément qu'il ne fçauroit être permis ici, ni d'altérer la forme de ces degrés diatoniques, la forme du *ton*, ni de recourir, pour ce ton, à quelqu'autre modèle, à quelqu'autre proportion, qui ne feroit plus, dans ce cas abfurde, que l'ouvrage de l'homme, & non le produit inaltérable, la fuite néceffaire du principe fur lequel porte la Lyre de Mercure (24).

ARTICLE VII.

Du Sacré Quaternaire *des Pythagoriciens.*

§. 68. Qu'on joigne à la Lyre de Mercure, le *facré quaternaire*, fi refpecté des Difciples de Pythagore (25), & dont vraifemblablement les Prêtres Egyptiens révéloient le myftère à leurs Initiés, on aura, fous une nouvelle forme, le précis de toutes les opérations néceffaires pour l'arrangement du fyftême (*mm*).

(*mm*) Je parle feulement ici du Quaternaire que les Pythagoriciens appelloient *muſical* (*Quaternio muſicus*), pour le diſtinguer de quelques autres dont ils faiſoient

§. 69. Ce facré Quaternaire ·confifte dans l'aggrégation·
des quatre nombres, 1, 2, 3, 4. On a dans ces nombres,
de 1 à 2, la proportion de l'octave; de 2 à 3, celle de la
quinte; & de 3 à 4, celle de la quarte. De plus, de 1 à 3,
la douzième; de 1 à 4, la double octave; ce qui, entre
1, 2, & 2, 4, indique affez vifiblement la Progreffion
double, de même que, dans la Lyre de Mercure, 1, 3,
& 3, 9, dictoient la progreffion triple. Or, c'eft au moyen
de la progreffion double qu'on forme des degrés diatoniques,
ou, ce qui revient au même, qu'on rapproche entr'eux,
deux termes donnés, dans la Série de la Progreffion triple,
qu'un terme intermédiaire, ou que plufieurs termes intermédiaires, tenoient éloignés l'un de l'autre : comme pour
rapprocher *fi la* dans *fi mi la,* ou *fi ut* dans *fi mi la re fol
ut,* &c.

§. 70. L'on a donc tout à la fois, dans la Lyre de Mercure & le facré Quaternaire, toutes les connoiffances dont
il foit poffible d'avoir befoin pour la formation des fyftêmes
plus ou moins étendus que fourniffent ces deux méthodes;
en un mot, on a en elles toute la théorie des Egyptiens fur
la Mufique.

D'un côté, 6, 8, 9, 12; ou, pour mieux dire : D'un
côté, 1, 3, 9 (§. 65); de l'autre, 1, 2, 3, 4: voilà la Mufique

---

ufage. Voyez *Plutarque, de la Création de l'Ame* ; *Théon de Smyrne, édition de
Bouillaud, chapitres* 37, 38 *de la feconde partie,* & *les notes de cet Editeur fur
ces deux chapitres, pag.* 280. Je foupçonne que les Quaternaires employés par
Platon, dans fon *Ame du Monde,* font plutôt une déviation, qu'une extenfion
des principes de Pythagore. Il me paroît d'ailleurs que plufieurs Philofophes, qu'on
regarde communément. comme. Pythagoriciens, ont obtenu ce titre à peu de frais.
Car, aucun de ceux qui ont traité de la Mufique, d'après les principes de Pythagore, nous a-t-il fait connoître ni le fondement de ces principes, ni la manière
dont Pythagore procédoit à la formation de fon fyftême?

des Egyptiens : voilà la Mufique des Grecs : voilà la Mufique
des Chinois : voilà les Proportions de Pythagore (*nn*). Qu'il
feroit heureux de pouvoir réduire ainſi nos Principes à trois
ou quatre Élémens, & brûler enſuite ce Mémoire !

§. 71. Au reſte, le ſacré Quaternaire a ſervi principalement aux Pythagoriciens pour l'établiſſement du *Canon*
harmonique (*oo*). C'eſt au moyen de ce Canon, qu'en diviſant
ſucceſſivement la proſlambanomène en deux, en trois & en
quatre parties, & comparant enſemble ces différentes parties,
on obtient d'abord toutes les cordes nommées *fixes* ou *ſtables*
du ſyſtême des Grecs ; ſçavoir, les quatre ſons, *ſi, mi, la,*
re, qui ſont comme les points cardinaux de ce ſyſtême :
& que répétant enſuite l'opération ſur différentes parties de
la corde, ou ſur d'autres cordes montées à l'uniſſon de l'une
des parties de celle-ci, on trouve les ſons *ſol, ut, fa, ſi♭.*
Enfin ce même Quaternaire fournit, dans le modèle 1, 2,
& 2, 4, les deux octaves d'étendue que porte le ſyſtême
des Grecs, & toutes les octaves particulières dont on peut
le compoſer.

§. 72. Quant à la corde *ſi♭,* elle n'eſt employée qu'une
ſeule fois dans ce ſyſtême. Ainſi l'on ne ſçauroit avoir beſoin, ni de ſon octave ſupérieure, puiſque le ſyſtême, du
côté de l'aigu, ſe termine au *la ;* ni de ſon octave in-

(*nn*) Nous eſſayerons à l'Article ſuivant de reconſtruire, pour ainſi dire, par
ces principes, le ſyſtême des Grecs, ſelon l'ancienne forme ſous laquelle l'avoit
donné Pythagore.

(*oo*) « Diviſio autem Canonis, id eſt Regulæ, fit per illum qui in decade eſt
» Quaternionem, & conſtat unitate, binario, ternario & quaternario, 1, 2, 3, 4. »
Theonis Smyrnæi Mathematica, cap. de diviſione canonis, edit. Pariſ. 1644,
pag. 136, *verſionis Bullialdi.*

férieure, car elle détruiroit toute l'économie du fyf-
têeme (*pp*).

Ce que je dis ici pourra peut-être furprendre les Modernes ; mais ils doivent remarquer que chaque tétracorde
renfermoit, chez les Grecs, l'idée de ce que nous appellons
un *mode* (26).

ARTICLE VIII.

*Application particulière des Opérations indiquées
par la Lyre de Mercure & le Sacré Quaternaire
au Syftême des Grecs.*

§. 73. **V**OYONS à préfent fi avec nos deux Méthodes,
la Lyre de Mercure & le facré Quaternaire, nous pourrions
recompofer l'ancien fyftême des Grecs, dit de Pythagore,

(*pp*) Gui d'Arezzo lui-même, en renverfant le fyftême des Grecs, n'a point
employé de *fi-bémol* en bas. Sa lettre B, capitale, défigne un *fi* naturel ; ce n'eft
qu'au fon qui répond au petit *b* qu'il commençoit à voir des bémols. Il formoit
de celui-ci une troifième quarte jufte, à partir du *gamma*, en cette manière :
Γ, A, B, C ; C, D, E, F ; F, G, a, b : ou, *fol la fi ut*, *ut re mi fa*, *fa fol
la fi♭*. Cela prouve deux chofes : la première, que Gui d'Arezzo, à l'imitation
des Grecs, diftribuoit fon fyftême & fes MODULATIONS, par tétracordes, & non
par hexacordes, comme le penfent Zarlin (Inftitut. Harm, 2 part. chap. 30)
& tous les Auteurs qui l'ont copié : la feconde, que ce que nous appellons un *fi*
naturel, étoit un *fi* altéré dans l'efprit de Gui, puifqu'il lui a fallu altérer la forme
du *b*, en le faifant quarré, pour repréfenter ce *fi* que nous appellons *naturel*.
On fçait d'ailleurs qu'il donnoit le nom de *dur*, au chant où le *fi-béquarre* eft
employé, & que les Italiens, en parlant de ce *fi*, difent encore indiftinctement :
B-*duro* ou B-*quadro*.

§. 74. On fçait que ce fyftême ne contient que huit fons différens; fçavoir, les fept notes naturelles, & le *fi-bémol* qui fait le huitième. Nous n'avons donc befoin de prolonger la Série des trois fons radicaux, 1, 3, 9, qui conftituent la Lyre de Mercure, que jufqu'à un huitième terme, en cette manière :

Iᵉʳ Terme	IIᵉ	IIIᵉ	IVᵉ	Vᵉ	VIᵉ	VIIᵉ	VIIIᵉ
1	3	9	27	81	243	729	2187
fi	*mi*	*la*	*re*	*fol*	*ut*	*fa*	*fi♭*.

§. 75. On fçait encore que le fon le plus aigu du fyftême des Grecs, la corde dite *nete hyperbolæón*, répond au *la* qui, dans notre fyftême, fe trouve immédiatement au-deffus de la Clef de *fol*; en un mot, au *la* défigné par aa (*voyez* le Tableau ci-après, pag. 45).

§. 76. De plus, j'ai déjà fait remarquer, Note 15, §. 46, que pour obtenir des degrés diatoniques entre les fons qu'offre une Série en proportion triple, il falloit élever les moindres nombres de cette Série, par autant d'octaves qu'il eft néceffaire, pour les rapprocher du terme le plus fort en nombres (*qq*); & l'on fe fouvient que ces octaves font données par la progreffion double, indiquée affez fenfiblement par 1, 2, 4 du facré Quaternaire. Or, le terme le plus fort de notre Série étant le huitième, 2187, ou *fi-bémol*, il ne s'agit plus que de rapprocher de ce fon, le *la* 9, troifième terme de la Série, enforte qu'il puiffe former

---

(*qq*) Il eft vifible que ce terme le plus fort en nombres, eft toujours le dern[ier] d'une Série donnée, puifque chaque terme, dans la Progreffion dont il s'agit, eft toujours le triple de celui qui le précède.

F

avec *fi-bémol* un demi-ton, & être ainſi la *nete hyperbolæôn* du ſyſtême des Grecs.

§. 77. C'eſt ce que nous obtiendrons en élevant ce *la* de huit octaves, c'eſt-à-dire, en doublant d'abord le 9 qui lui répond ; ce qui nous donnera 18 (*voyez* la *troiſième Table* à la fin de l'Ouvrage). Nous doublerons enſuite 18, & ſucceſſivement chaque produit, juſqu'à la concurrence de huit octaves, comme : 9, 18, 36, 72, 144, 288, 576, 1152, 2304 (*voyez* la même *Table*).

Le dernier nombre que nous venons d'obtenir, 2304, ſe trouve ainſi très-rapproché du radical 2187, ou *fi-bémol* ; il ne forme plus avec lui que le petit intervalle appellé *limma*, & qui répond au terme impropre de *demi ton*.

§. 78. Par la même progreſſion double, nous rapprocherons du *la*, devenu 2304, le *ſol* 81, cinquième terme de la ſérie, afin qu'il ne ſoit plus éloigné de 2304, que de l'intervalle d'un ton. Pour cet effet, il faudra élever ce cinquième terme (*rr*) de cinq octaves, qui donneront 2592 (*ss*). On élevera enſuite le ſeptième terme, *fa* 729, de deux octaves, qui feront 2916 (*tt*), & le deuxième terme, *mi* 3, de dix octaves, 3072 (*uu*). L'on aura ainſi, dans 2304, 2592, 2916 & 3072, les degrés diatoniques qui forment le tétracorde dit *hyperbolæôn*, ou, des aiguës,

---

(*rr*) Lorſque je dis *élever*, cela s'entend des nombres, car les ſons deviennent toujours plus graves. C'eſt que, ſelon la manière des Anciens, que j'ai ſuivie dans ce Mémoire, & en conſidérant le rapport très-ſimple & très-naturel entre l'augmentation des nombres & celle du volume des corps ſonores, j'applique ces mêmes nombres aux *longueurs*, & non aux *vibrations* des Modernes.

(*ss*) *Voyez* la cinquième *Table*.
(*tt*) *Voyez* la ſeptième *Table*.
(*uu*) *Voyez* la deuxième *Table*.

la fol fa mi, précifément à la même pofition & dans les mêmes proportions que les avoit donnés Pythagore.

§. 79. Les termes reftans de la férie donneront, par les mêmes opérations, les quatre autres tétracordes, en un mot, tous les fons qui, avec ceux-ci, compofent le grand fyftême des Grecs, ou de Pythagore.

Je vais en offrir ici le Tableau. Chaque corde y fera exprimée de trois manières différentes : 1°. par le nom grec qu'elle porte : 2°. par une des lettres de notre fyftême (c'eft-à-dire, celui de Gui) : 3°. par la valeur numérique du fon que cette corde repréfente. Mais, ce qui m'a paru le plus effentiel, relativement à l'objet de ce Mémoire, c'eft d'énoncer de quel nombre radical chaque Son tire fon origine, & comment il eft formé. C'eft à ce deffein que j'ai répété à la tête du Tableau, la Série de la progreffion triple. J'y ai ajouté les mêmes lettres que porte celle de la page 24, afin qu'on puiffe, par l'ordre de ces lettres, retrouver plus promptement les termes radicaux auxquels je renvoye du fyftême. Il n'eft pas néceffaire, fans doute, de faire obferver que les lettres dont je me fers ici n'ont rien de commun avec celles qui défignent les fons du fyftême diatonique ? La différence des caractères fuffira pour les faire diftinguer, indépendamment de la différence de leur emploi.

§. 80. Quant aux lettres du fyftême, les François doivent faire attention à la forme de ces lettres. Les Capitales repréfentent des fons graves ; les lettres courantes expriment les octaves de ces fons graves, & les lettres redoublées défignent les octaves de celles-ci. C'eft par ces différences qu'on eft convenu d'indiquer le lieu précis qu'occupe chaque

F ij

fon dans notre fyftême, c'eft-à-dire, fa pofition locale dans ce qu'on appelle le *Clavier général* (xx). Un A & un a, par exemple, expriment bien toujours un *la;* mais le lieu de ce *la,* fa pofition, &, pour ainfi dire, fon individualité, entre la multitude des *la* de notre fyftême, ne font déterminés que par la forme de la lettre. C'eft même un moyen bien fimple & bien admirable, fi on le compare au grand nombre de fignes dont fe fervoient les Grecs pour repréfenter chaque fon de leur fyftême.

§. 81. Il eft donc important (je ne fçaurois trop infifter fur cela) que nous ayons une fois, de ces lettres, l'idée qu'en ont toutes les Nations qui cultivent la Mufique Européenne; ou, pour mieux dire, que nous revenions, s'il eft poffible, à l'idée qu'en ont eu conftamment nos Pères jufqu'au commencement de ce fiècle, fi nous voulons nous entendre avec eux, dans les méthodes qu'ils nous ont laiffées, avec nous-mêmes dans les nôtres, & avec tous les Peuples qui fuivent le fyftême de Gui (27).

(xx) *Voyez*, dans le Dictionnaire de M. Rouffeau, les articles *Clavier, Clef* & *Gamme.*

SÉRIE
DE HUIT TERMES EN PROGRESSION TRIPLE.

$$1 \quad 3 \quad 9 \quad 27 \quad 81 \quad 243 \quad 729 \quad 2187.$$
$$a \quad b \quad c \quad d \quad e \quad f \quad g \quad h$$

SYSTÊME DES GRECS,
DIT DE PYTHAGORE.

Nete hyperbolæôn	aa	2304 ,	VIIIe octave de 9, c.
Paranete hyperbolæôn	g	2592 ,	Ve octave de 81, e.
Trite hyperbolæôn	f	2916 ,	IIe octave de 729, g.
Nete diezeugmenôn	e	3072 ,	Xe octave de 3 , b.
Paranete diezeugmenôn, & Nete synemmenôn	d	3456 ,	VIIe octave de 27, d.
Trite diezeugmenôn, & Paranete synemmenôn	c	3888 ,	IVe octave de 243, f.
Paramese	♮	4096 ,	XIIe octave de 1, a.
Trite synemmenôn	b	4374 ,	Octave de 2187, h.
Mese	a	4608 ,	IXe octave de 9, c.
Lichanos mesôn	G	5184 ,	VIe octave de 81, e.
Parypate mesôn	F	5832 ,	IIIe octave de 729, g.
Hypate mesôn	E	6144 ,	XIe octave de 3, b.
Lychanos hypatôn	D	6912 ,	VIIIe octave de 27, d.
Parypate hypatôn	C	7776 ,	Ve octave de 243, f.
HYPATE HYPATÔN . .	B	8192 ,	XIIIe octave de 1, a.
Proslambanomenos	A	9216 ,	Xe octave de 9, c.

C'EST-LA ce que les Grecs appelloient leur Grand Systême (*Maximum*), le Systême complet, l'immuable, &c. (*Perfectum, immutabile,* &c.)

Les cordes qui avoisinent la plus aiguë de chaque tétracorde, outre les noms qu'elles portent dans cet Exemple, font encore défignées, chez quelques Auteurs, par l'épithète de *Diatoniques*, en la manière fuivante :

> *Paranete hyperbolæôn*, ou *Hyperbolæon-diatonos*.
> *Paranete diezeugmenôn*, ou *Diezeugmenon-diatonos*.
> *Paranete fynemmenôn*, ou *Synemmenon-diatonos*.
> *Lichanos mefôn*, ou *Mefon-diatonos*.
> *Lichanos hypatôn*, ou *Hypaton-diatonos*.

Ces dénominations, au refte, font une expreffion bien naturelle de la manière dont les Grecs envifageoient leur fyftême.

Pour procéder diatoniquement, depuis la nète diezeug-menon, par exemple, ou *mi*, les Modernes pâffent à la trite hyperboléon, ou *fa*, tandis que les Grecs defcendoient à la paranète diezeugmenon, ou *re*, & c'étoit-là leur feconde corde ; d'où la fuivante étoit la *troifième*, ou *Trite*. Ils comptoient de même dans les autres tétracordes, c'eft-à-dire, toujours de l'aigu au grave, comme tout le démontre.

PREMIÈRE REMARQUE.

§. 82. Comme chaque fon du fyftême dont je viens de donner l'exemple, n'eft que le produit de l'un des fons radicaux de la férie qui le précède, il fe pourroit qu'on m'accufât de n'offrir ici que mes propres idées, au lieu du vrai fyftême des Grecs. Ainfi, pour ne laiffer au Lecteur aucun foupçon touchant les nombres que porte cet exemple, je le renverrai au troifième Livre d'Ariftide Quintilien, de l'édition de Meibomius ; il y verra, page 115, que la corde, dite proflambanomène, porte le nombre 9216. D'où la *meſe*, comme le dit en cet endroit Ariſtide, doit être 4608, & la *nete-hyperbolæôn* 2304 ; c'eſt la valeur que j'ai donnée à ces cordes dans mon Exemple.

§. 83. Quant aux nombres que j'ai aſſignés aux autres cordes, ſi l'on veut ſuivre les principes & les procédés qu'expoſe Ariſtide, à l'endroit cité, touchant le Canon harmonique, on retrouvera les mêmes nombres que ceux qu'on a vus dans l'Exemple. C'eſt-là une ſuite néceſſaire de la poſition de la proflambanomène à 9216 ; car la valeur quelconque d'un ſeul ſon du ſyſtême, détermine néceſſai-rement celle de tous les autres, puiſqu'on ſçait l'ordre que ces ſons gardent entr'eux. Ainſi la ſeule valeur 9216, qu'aſſigne Ariſtide à la proflambanomène, ſuffit pour juſ-tifier tous les nombres de mon Exemple.

§. 84. Cependant, ceux pour qui ce raiſonnement ne conclurroit rien, ou que les opérations qu'il faudroit faire pour en rendre la juſteſſe démontrée, pourroient fatiguer, n'ont qu'à voir dans les Notes de Meibomius ſur Ariſtide, page 312 de ſes *Auctores ſeptem* (*yy*), l'Exemple que ce Sçavant a donné, ſous le titre de : *Ariſtidis Canonis ſectio*

(*yy*) On trouvera à la fin de la quatrième Remarque, §. 94, le réſultat du Canon d'Ariſtide, c'eſt-à-dire, la valeur particulière de chaque ſon du ſyſtême des Grecs, d'après l'Exemple reſtitué par Meibomius. La Collection de cet Auteur n'étant pas entre les mains de tout le monde, j'ai cru devoir tranſcrire en entier le Paſſage d'Ariſtide, la Note de Meibomius ſur ce Paſſage, & l'Exemple du Canon.

Je n'ai copié, au reſte, de cet Exemple, que les noms des Cordes, & les nombres qui expriment la valeur des Sons, ſeuls objets néceſſaires pour la com-paraiſon qu'on pourra faire de ces nombres avec ceux qu'on vient de voir dans le Tableau du ſyſtême des Grecs. Je dis *comparaiſon*, dans le ſens de *collation*, *collationner* ; car il ne s'agit ici que de collationner ces nombres entr'eux, puiſ-qu'ils ſont les mêmes de part & d'autre.

reſtituta. Les nombres que préſente cet Exemple, & ceux qu'on trouvera dans le mien, ſont exactement comme copiés les uns des autres. D'où il eſt naturel de conclurre que l'origine que j'ai ſuppoſée à mes nombres, c'eſt-à-dire, que la Progreſſion triple par laquelle je les ai obtenus, en eſt la vraie ſource, la baſe, le fondement, & le ſeul fondement inconteſtable. Origine qui ne conſiſte, comme on l'a vu, qu'à faire correſpondre à la corde hypate, à *SI*, à cette *ſenſible* des Modernes, le terme *hypate* de la Progreſſion (*Avant-propos*, §. 4), le terme 1 (ꝣꝣ).

§. 85. Au reſte, quelque différence qu'il y ait entre les opérations infinies & très-pénibles, des Grecs poſtérieurs à Pythagore, & celles par leſquelles nous avons obtenu leurs mêmes nombres, dès que le réſultat eſt le même de part & d'autre, il n'eſt pas moins conſtant que le principe que je ſuppoſe à leur ſyſtême, n'en ſoit en effet, le vrai principe, le fondement très-ſimple ſur lequel Pythagore avoit établi & ce ſyſtême & toutes les proportions qu'il renferme, connues ſous le nom de *Pythagoriciennes*, telles que le *ton* de 8 à 9, le *diton*, ou tierce-majeure, de 64 à 81, le *ſemi-diton*, ou tierce mineure, de 27 à 32, le *limma*, ou demi-ton diatonique, de 243 à 256, l'*apotome*, ou demi-ton chromatique, de 2048 à 2187, &c, &c,

---

(ꝣꝣ) L'on pourroit appliquer à ceci la *concluſion* de M. Rouſſeau de Genève, qu'on a déjà vue dans l'*Avant-propos*, pag. 8, §. 12. En effet, la marche fondamentale *à notre mode*, comme le dit ſi bien M. Rouſſeau, *ne ſe rapporte au ſyſtême des Grecs en aucune façon*. On peut même voir dès à préſent que nos *corps ſonores*, nos *ſons harmoniques*, nos *effets phyſiques*, muſicaux ou non-muſicaux (voyez Note *l*, pag. 10), en un mot, que notre *contre-point*, ou, ſi l'on veut, notre *baſſe-fondamentale* (telle que nous l'entendons), n'ont rien de commun avec le Principe que j'expoſe.

DEUXIÈME

DEUXIÈME REMARQUE.

§. 86. Les valeurs fixées aux sons de ce système, constituent l'ancien genre diatonique des Grecs, celui que de nos jours, pour ainsi dire, Ptolémée a appellé Diatonique *diaton*, c'est-à-dire, procédant *par tons* justes, & dans la proportion authentique de 8 à 9. Ptolémée lui a donné ce nom, pour le distinguer des autres sortes de diatoniques, dont les tons, dans des proportions purement arbitraires, présentent des intonations plus fortes ou plus foibles que celle qui résulte de la proportion sesqui-octave, ou, de 8 à 9. *Voyez* Note 24.

§. 87. C'est cet ancien genre, ce diatonique-diaton, que les Grecs pratiquèrent uniquement avant la perte du principe de Pythagore. Voici ce qu'en dit Zarlin dans *ses Institutions harmoniques*, seconde partie, chap. 16, pag. 101 & 102 de l'édition *in-folio* de 1589.

« Il Diatono era quello, che procedeva ne i suoi Te-
» trachordi per l'intervallo d'un minor semituono (*c'est
» que, comme moderne, il les chante en montant*), contenuto
» d'alla proportione super 13 partiente 243, chiamato da
» i Greci *leimma*, over *diesis*; & per due intervalli di
» sesquiottava proportione, i quali nominarono *tuoni*. »

Après en avoir donné un exemple sur le tétracorde des hypates, qui porte exactement les mêmes nombres que celui de notre Tableau, il ajoute : « Era chiamato Diatono
» diatonico, dal proceder che fà per i nominati due
» tuoni; & fu molto favorito da gli antichi Filosofi; massi-
» mamente da Platone & da Aristotele; conciosiache lo

G

» videro più d'ogn' altro naturale & molto conforme alla
» compofitione del Mondo » (28).

TROISIÈME REMARQUE.

§. 88. Pour mieux fe convaincre de l'identité de nombres
entre ceux de mon Exemple, & ceux que portoit le fyftême
des Grecs, on peut voir & ce fyftême & celui de Gui
d'Arezzo, rapportés dans la feconde partie des *Inftitutions*
de Zarlin, chapitres 28 & 30, édition *in-folio* de 1589,
pag. 122, 127.

Il faut prendre garde, au refte, qu'il y a une faute
d'impreffion à la page 122 de l'édition que je viens de citer.
La corde paranète hyperboléon y eft préfentée fous les
nombres 2572; & c'eft 2592 qu'il faut lire, puifque ce
nombre doit être la moitié de 5184, qui répond au *lichanos
mefôn*, octave au-deffous de la corde dont nous parlons.
Cette faute fe corrige d'ailleurs par l'Exemple de la page 127
des mêmes *Inftitutions* de Zarlin, où les nombres font
exactement comme dans mon Tableau, pag. 45.

§. 89. Quant aux fons ultérieurs qu'embraffe le fyftême
de Gui, ils ne font autre chofe que des octaves, foit à
l'aigu, foit au grave, de quelqu'un des fons déjà contenus
dans le fyftême des Grecs; ainfi, loin de rien changer au
fond de ce fyftême, ils offrent au contraire une nouvelle
preuve de la vérité du principe que je lui attribue, puifqu'ils
font engendrés des mêmes nombres radicaux, des mêmes
fons fondamentaux qui nous ont fourni le fyftême des
Grecs, fçavoir : *fi* 1, *mi* 3, *la* 9, *re* 27, *fol* 81, *ut* 243,
fa 729, *fi♭* 2187.

QUATRIÈME REMARQUE.

§. 90. Mais, voici ce qu'il y auroit à faire à l'égard des nombres fous lefquels on nous a tranfmis le fyftême des Grecs, foit qu'on s'en tienne à ceux que rapporte Zarlin, foit qu'on prenne ceux du Canon d'Ariftide, car ce font les mêmes de part & d'autre ; ce feroit de diminuer chaque nombre de moitié en moitié, jufqu'à ce qu'on parvînt au moindre terme poffible fans fraction.

§. 91. Par cette opération, on retrouveroit foi-même, pour les huit notes *fi ut re mi fa fol la fi♭*, les nombres 1, 243, 27, 3, 729, 81, 9, 2187, qui, rangés felon l'ordre de leur moindre valeur, donneront, en commençant par 1, la férie en progreffion triple 1, 3, 9, 27, 81, 243, 729, 2187, que j'ai fuppofée être le principe du fyftême des Grecs, & correfpondre aux huit fons ou notes *fi mi la re fol ut fa fi♭*.

§. 92. Au refte, l'opération que je propofe ici, confifte comme je l'ai déjà dit autre part (Note 8, §. 31), à ne voir dans les objets, & en particulier dans le fyftême des Grecs, que ce qu'on y trouve. On fe convaincra par-là : 1°. que ce fyftême n'eft rien moins qu'en *C-fol-ut*, comme veulent le croire les Modernes (19): 2°. qu'il n'y a, dans ce fyftême, aucune de ces confonnances altérées que les mêmes Modernes prétendent y trouver entre certains fons (*aaa*): 3°. que la corde hypate, le *fi*, n'y eft point

---

(*aaa*) L'Auteur de l'*Expofition de la Théorie & de la Pratique de la Mufique*, s'exprime ainfi à ce fujet : « C'eft une imperfection , que des notes forment enfemble » des confonnances altérées : cette imperfection fe trouve dans l'échelle des Grecs » comme dans la nôtre. Cette échelle, en *C-fol-ut*, eft *fi ut re mi fa fol la*. Re

l'harmonique de la dominante *fol* (quelle idée pour les Grecs!), mais bien au contraire un fon très-fondamental, un fon primitif, & qui eſt lui-même le générateur, le principe, de tous les fondamentaux qui conſtituent le ſyſtême.

§. 93. Enfin, on pourra s'aſſurer encore, par l'opération que je propoſe, que la progreſſion triple, dans le ſyſtême des Grecs, ne peut correſpondre qu'à des ſons qui procédent par des douzièmes (ou quintes) en deſcendant, comme l'entendoient les Anciens, & comme le témoignent encore les nombres mêmes qui compoſent la progreſſion : car les hommes ont comparé entr'elles les grandeurs, les longueurs, ou autres dimenſions des corps ſonores, avant de s'amuſer à compter le nombre de vibrations que peuvent fournir,

---

» y forme, avec *fa*, un intervalle de tierce diminuée d'un comma ; & avec *la*, » un intervalle de quinte diminuée auſſi d'un comma. » *Seconde partie*, chap. 4, *article* 2, ſeconde Propoſition, *pag.* 113, *édit. de* 1764.

L'imperfection dont parle ici l'Auteur de l'*Expoſition*, ne ſe trouve dans l'Échelle des Grecs, que parce qu'il l'y met lui-même, en ſuppoſant, & aux Grecs, nos Principes, & à la quinte dont il fait mention, une valeur moindre que celle que les Auteurs Grecs y ont fixée. On peut s'en convaincre dans les ſources. La Deſcription du *Canon harmonique*, que je rapporterai bientôt, aſſigne dans l'alinéa *Quare ſi chorda*, pag. 54, la proportion de la quarte *la re* & de la quinte *re la* ; l'une de la proſlambanomène à l'*hypaton diatonos* ; l'autre de celle-ci à la *meſe*.

Cet *hypaton diatonos*, ou *re*, étant les trois quarts de la proſlambanomène, & la *meſe*, ou *la*, en étant la moitié (ou deux quarts), on a, dans le Canon harmonique, la quinte *re la* dans le rapport de trois quarts à deux quarts, c'eſt-à-dire, de 3 à 2 ; rapport, connu pour être celui de la quinte juſte.

On peut obſerver encore que, ſelon l'opération même de Didyme, la quinte *re la* reſte intacte & juſte, dans le ſyſtême des Grecs. Ce n'eſt que dans l'opération de Ptolémée que cette quinte eſt altérée d'un comma ; mais l'opinion particulière de cet Auteur moderne n'a jamais fait corps avec le ſyſtême des Grecs : elle y eſt même tout-à-fait étrangère. *Voyez* ce que j'ai dit au ſujet de Didyme & de Ptolémée, Note 29, §. 133. D'ailleurs, le diatonique ſynton de Ptolémée, dans lequel la quinte *re la* eſt altérée d'un quatre-vingtième, n'eſt pas le ſeul genre que cet Auteur ait propoſé (voyez *ooo*, Note 35, §. 199) ; & ce ſont préciſément les genres altérés, propres à Ptolémée, qui n'ont jamais formé ni le ſyſtême ni l'échelle des Grecs.

dans un tems donné, ces mêmes corps fonores. Objet bien
moins fenfible, qui, d'ailleurs, ne l'eft pas dans tous les
Corps, & dont on ne s'eft formé l'idée que par analogie,
dans quelques cas, & par déduction dans prefque tous les
autres. Or, le rapport des nombres aux grandeurs eft plus
conftant, plus réel pour ainfi dire, puifqu'il eft palpable.
C'eft fans doute de celui-là qu'ont commencé à s'occuper
les hommes, & vraifemblablement ni Pythagore ni les
Egyptiens n'en entendoient pas d'autre : la Règle ou Canon
harmonique, relativement au monochorde de Pythagore,
ne s'applique qu'à des *longueurs*, comme nous l'allons
voir.

§. 94. Voici le paffage d'Ariftide Quintilien, touchant
ce Canon harmonique : *Antiquæ Muficæ auctores feptem,
edit. & verf. Meib. lib. 3 Ariftid. pag. 115.*

« Si velimus chordam, fuper plano aliquo mediocri ten-
» fam, quod nobis omnes numeros recipiat, per prædictas
» proportiones tangere, omnes nobis reperientur foni : alii
» quidem in numeris confonantiam habentes; alii verò,
» per confonantiam imminuti. Quare & Pythagoram
» aiunt, cum ex hâc vitâ abiret, amicos adhortatum, ut
» monochordum pulfarent. Quo oftendebat, extremitatem,
» quæ in Mufica eft, intellectu potius per numeros, quam
» fenfibus per aures recipiendam. Terminos igitur facturi,
» ut hoc infpicere conemur, Proflambanomenon ponimus
» IX ∞ CCXVI (9216). Unde mefe erit IV ∞ DCIIX
» (4608). Nete hyperbolæon II ∞ CCCIV (2304). Ex
» quibus numeris fi prædictas rationes componamus, &
» fecundùm unitates in canone auferamus, quemadmodum
» punctos in linea; per minora intervalla, paucioribus

» chordæ partibus, pauciorem verberantes aëra, acutiora
» fonabimus : contrariâ autem ratione, graviora. Sed quo-
» niam, ob numeri magnitudinem, hujufmodi expofitio
» chordæ eft difficilis, per linearum viam hoc eft facien-
» dum.

» Quare fi chorda quædam fuper canone exponatur,
» quæ fonet proflambanomenon, intercepto ipfius femiffe,
» mefen fonare faciemus ; quadrante, neten hyperbolæon ;
» tribus quadrantibus, hypaton diatonon. Quod fi illa
» omnia bifariam diviferimus capiemus neten fynemme-
» non. Si femiffis fumamus beffem, qui totius exiftit triens,
» fonare faciemus neten diezeugmenon : fin totius beffem,
» hypaten mefon. Si à totius beffe auferamus trientem,
» exprimetur paramefos. Si beffis beffem bis ponamus,
» fonabimus hypaten hypaton. Ut autem minora quoque
» fumantur intervalla, ita faciemus :

» Totius lineæ quadrante in octo æquales partes divifo,
» fi harum æqualium unam auferamus, inveniemus toni
» exceffum. Atque hoc rurfus in octo partes, fimiliter
» æquales, divifo, & octavâ illorum parte ablatâ, inve-
» niemus Triten hyperbolæon. Et in reliquis quadrantibus
» fimilem operationem adhibebimus ; iifque partibus fe-
» cundùm fimiles rationes ablatis, fonabimus fonorum
» differentias. Si quidem canonem tenuem adponentes,
» eum prius dividamus ; & à punctis, quæ in eo funt,
» parallelis ad canonem chordæ fubjectum ductis, &
» deinde canonis hujus partibus notatis, chordam fecun-
» dùm ifta puncta partiamur. Ac talis eft dicta canonis
» divifio ».

NOTE de MEIBOMIUS *fur ce paffage*, *page 311 de fes* Auctores *feptem.*

« Infignis eft hæc doctrina de Geometricâ canonis
» divifione, quam, ut neceffariam, breviter ac nervofe
» Ariftides nofter tradidit. Cum enim numeri admodum
» grandes exponi debeant, ut particulæ illorum evitentur
» (*les fractions*), mentem iis conturbari videmus, quod
» ad accuratam illorum infpectionem penetrare nequeat.
» Præterea difficillimum foret, canonem, binarum forfan
» ulnarum, in 9216 partes æquales dividere, ex quibus
» fingula deinde intervalla juftos fuos numeros reciperent.
» Optime igitur Euclides Canonis fectionem geometricam
» primus, quod fciam, fcripto tradidit; quem Ariftides
» deinde, Boëthius, aliique funt fecuti. Ipfum Diagramma
» Ariftidis, quod ex omnibus codicibus excidit, accurate
» hîc reftitutum dabimus.

» ARISTIDIS

ARTICLE VIII.

ARISTIDIS CANONIS SECTIO RESTITUTA.

» Nete hyperbolæon . . . . 2304.
» Hyperbolæon diatonos . . . 2592.
» Trite hyperbolæon . . . . 2916.
» Nete diezeugmenon . . . 3072.
» Nete synemmenon, & Die-
» zeugmenon diatonos . . 3456.
» Trite diezeugmenon, & Sy-
» nemmenon diatonos . . 3888.
» Paramesos . . . . . . 4096.
» Trite synemmenon . . . . 4374.
» Mese . . . . 4608.
» Meson diatonos . . . . 5184.
» Parypate meson . . . . 5832.
» Hypate meson . . . . . 6144.
» Hypaton diatonos . . . . 6912.
» Parypate hypaton . . . . 7776.
» Hypate hypaton . . . . . 8192.
» Proslambanomenos . . . . 9216. »

ARTICLE

ARTICLE IX.

Sur le Syſtême des Égyptiens.

§. 95. Pour ſe faire une idée du ſyſtême que pouvoient avoir les Egyptiens, il ſuffit d'augmenter de quatre termes la Série de la Progreſſion triple qui nous a donné le ſyſtême des Grecs, la pouſſer ainſi juſqu'au douzième terme, comme nous l'avons fait, Article V, §. 43, à l'occaſion du ſyſtême des Chinois (*bbb*). Je la remets ici, en y ajoutant des lettres de renvoi, pour l'intelligence de ce que j'ai à dire dans cet Article.

Série de la Progreſſion triple à douze Termes.

IᵉʳTerme	IIᵉ	IIIᵉ	IVᵉ	Vᵉ	VIᵉ	VIIᵉ	VIIIᵉ	IXᵉ	Xᵉ	XIᵉ	XIIᵉ
I	3	9	27	81	243	729	2187	6561	19683	59049	177147
SI	mi	la	re	ſol	ut	fa	ſi♭	mi♭	la♭	re♭	ſol♭.
a	b	c	d	e	f	g	h	i	k	l	m

SECTION PREMIÈRE.

Origine des Sons que devoit contenir le Syſtême des Égyptiens.

§. 96. Il s'agit à préſent de trouver le ſon par lequel nous devrons faire commencer le ſyſtême que nous cherchons.

(*bbb*) Il conſte, par ce que nous trouvons chez ce Peuple, que les Egyptiens faiſoient uſage d'une Progreſſion triple, pouſſée juſqu'à douze termes. Les Articles X & XI, de ce Mémoire, pourront d'ailleurs répandre encore quelques lumières ſur ce fait.

H

Or, il faut pour cela nous régler sur le système des Grecs, qui, fondé lui-même sur les principes des Egyptiens, & n'étant en effet qu'un démembrement du système entier qui résultoit de ces principes, pourra nous fournir des idées moins vagues ou moins arbitraires.

Sur quoi il faut observer : 1°. que, dans le système des Grecs, le dernier mode parcouru est celui de *re*, contenu dans le Tétracorde synemmenon, *re ut si♭ la*, que fournit le huitième terme, *si-bémol*, ou *h*, de la Série précédente : 2°. qu'en partant de ce *si-bémol*, dernier terme employé dans le système des Grecs, on trouve, dans la même Série, cinq termes, pour arriver, en rétrogradant, jusqu'au son *re*, corde la plus aiguë, ou *nete*, du Tétracorde que fournit *si-bémol*. Or, en ajoutant quatre termes à la Progression triple, comme nous l'avons fait, en la poussant jusqu'au douzième, il ne faut pas moins compter de ce douzième, de ce dernier terme, à son cinquième, en rétrogradant, pour obtenir la corde aiguë, ou *nete*, du dernier Tétracorde possible, dans le système que cette opération même va nous retracer.

§. 97. Ce cinquième terme, à compter depuis le dernier de la Série, *sol-bémol*, ou *m*, sera *si-bémol*. C'est donc à la modulation de ce *si-bémol*, ou, ce qui est la même chose, au Tétracorde dont *si-bémol* sera la *nete*, que devront se terminer toutes les modulations que peuvent fournir douze termes en Progression triple, ayant pour base la corde *hypate* des Grecs, ou *si*.

§. 98. Nous aurons donc pour la dernière modulation possible, du système des Egyptiens, le Tétracorde *si♭ la♭ sol♭ fa*, dans lequel le douzième terme, *sol-bémol*, sera la corde caractéristique de sa modulation, comme *si-bémol* l'étoit de la sienne, dans le Tétracorde *synemmenon* des Grecs, *re ut si♭ la*. D'où il est aisé de conclurre qu'une telle modulation suppose nécessairement l'existence de tous les termes qui ont dû précéder *sol-bémol*, dans l'ordre de la génération des sons par la Progression triple. Or, douze Termes, à compter depuis *si* jusqu'à *sol♭* 177147, nous fournissent, pour le système des Egyptiens, une suite de sons chromatiques, telle que je vais l'exposer dans les deux Exemples suivans.

§. 99. Je n'écrirai d'abord, dans le premier, que les noms des notes. Je réserve, pour le second, leur valeur numérique, afin de répandre plus de clarté dans l'un & l'autre Exemple. J'ai même présenté le premier sous deux formes différentes : l'une chromatique, qui est celle dont il s'agit ici : l'autre diatonique, pour offrir ainsi plus nettement, à l'esprit & à l'oreille, le mode mineur de *si-bémol*, que comporte à lui seul, dans le sens des Grecs, le Tétracorde *si♭ la♭ sol♭ fa*.

§. 100. Néanmoins, pour exprimer ce mode de *si-bémol* à la manière des Modernes, je l'ai renfermé sous une même Accolade, avec le Tétracorde ou Mode de *fa* : ainsi, au moyen de la Proslambanomène que j'y ai ajoutée, on aura en tout, ce qu'une combinaison de différentes erreurs nous fait appeller l'*Echelle descendante du Mode mineur de* SI-BÉMOL (*ccc*).

(*ccc*) On peut voir ce que j'ai dit à la fin de l'Article VII, pag. 40, au sujet de ce que représente un Tétracorde, & la Note 26, touchant notre manière de concevoir un Mode.

ARTICLE IX.

Le second Exemple offre la valeur numérique de tous les sons contenus dans le premier. J'indique encore ici, comme je l'ai fait pour le fystême des Grecs, page 45, la source de chaque valeur particulière. Je vais répéter, pour cela, la Série de la page 57.

SÉRIE DE LA PROGRESSIÓN TRIPLE A DOUZE TERMES.

1	3	9	27	81	243	729	2187	6561	19683	59049	177147
ſi	mi	la	re	ſol	ut	fa	ſib	mib	lab	reb	ſolb.
a	b	c	d	e	f	g	h	i	k	l	m

EXEMPLE I.　　　EXEMPLE II.

ſib ....ſib	ſib	139968, VIᵉ octave de 2187, h.
la	la	147456, XIVᵉ octave de 9, c.
lab ....lab	lab	157464, IIIᵉ octave de 19683, k.
ſol	ſol	165888, XIᵉ octave de 81, e.
ſolb ...ſolb	ſolb	177147, Terme radical, m.
fa ....fa	fa	186624, VIIIᵉ octave de 729, g.
mi	mi	196608, XVIᵉ octave de 3, b.
mib....mib	mib	209952, Vᵉ octave de 6561, i.
re	re	221184, XIIIᵉ octave de 27, d.
reb ....reb	reb	236196, IIᵉ octave de 59049, l.
ut .....ut	ut	248832, Xᵉ octave de 243, f.
ſi	ſi	262144, XVIIIᵉ octave de 1, a.
.......SIb	SIb	279936, VIIᵉ octave de 2187, h.

Proſlambanomène.

Mode de ſib. — Mode de fa.
Mode de ſib, ſelon les Modernes.

§. 101. Les valeurs des ſons, exprimées dans le second de ces Exemples, ne ſont autre choſe que les termes mêmes de la Série de la Progreſſion triple qui les précède; mais ces termes, ainſi que dans le ſyſtême des Grecs, ſont élevés ici à différentes octaves, pour être rapprochés du dernier terme, comme le plus fort en nombres, ſelon la méthode que

que nous avons tenue à l'Article VIII , §. 76. Ce dernier terme, *sol♭*, étant porté, dans la Série, à 177147, c'eſt la valeur de ce ſon qui décide du nombre d'octaves dont il faut élever tous les autres termes, pour qu'ils forment avec lui des intervalles rapprochés , dans la même proportion qu'on les voit dans l'Exemple.

On peut , pour cela, conſulter les *Tables* qui ſont à la fin de l'Ouvrage. Voici, par ordre , à quelle Table correſpond chaque ſon de cet Exemple, afin qu'on puiſſe ſur le champ en retrouver la valeur particulière dans la Table indiquée. Je commence par le ſon le plus aigu , *ſi♭* 139968.

ſi♭,	Huitième Table.	*mi♭*,	Neuvième Table.
la,	Troiſième Table.	*re*,	Quatrième Table.
la♭,	Dixième Table.	*re♭*,	Onzième Table.
ſol,	Cinquième Table.	*ut*,	Sixième Table.
ſol♭,	Douzième Table.		
fa,	Septième Table.	*ſi*,	Première Table.
mi,	Deuxième Table.	*ſi♭*,	Huitième Table.

Section deuxième.

Étendue du Syſtême des Égyptiens.

§. 102. **Nous** n'avons aucun monument qui nous faſſe connoître quelles pouvoient être en particulier les bornes ou l'étendue du ſyſtême pratique des Egyptiens. Nul Auteur, que je ſçache, ne nous a donné ſur ce point la moindre lumière : or, ces ſortes de faits ne ſe devinent pas. Mais, s'il eſt permis de propoſer ſur cela des conjectures, ce qu'obſerve la **Nature** à l'égard de la voix de l'homme, pourroit nous faire imaginer quelque chofe touchant l'étendue du fyftême des Egyptiens.

§. 103. L'Inftrument cité par Rameau, page 192 de fon *Code*, & qui contient le fyftême Chinois dont nous avons parlé aux Articles II & V, s'étend, du côté de l'aigu, jufqu'au *la-bémol*, troifième octave du demi-ton mineur du fon *A* de notre fyftême; & du côté du grave, cet Inftrument finit au *fol-bémol*, demi-ton mineur du *fol* qui fe préfente immédiatement au-deffous du fon *A* dont je viens de parler. En un mot, les deux fons extrêmes de cet Inftrument comprennent l'intervalle d'une *Vingt-troifième*. C'eft-là exactement la même étendue que celle que comporte notre fyftême des Voix, connu des Compofiteurs, fous le nom de *Clavier général*, & qui préfente, depuis le *fa* le plus bas d'une voix de Baffe, jufqu'au *fol* le plus haut de la voix de *Premier Deffus*, un intervalle de vingt-trois degrés (*ddd*), c'eft-à-dire, une *Vingt-troifième*, de même que l'Inftrument chinois.

Ainfi, en fuppofant à préfent au fyftême des Egyptiens, un feul degré de plus que l'une & l'autre étendue dont nous venons de parler; & plaçant ce degré du côté de l'aigu, & immédiatement au-deffus du *la-bémol* que préfente

---

(*ddd*) Voyez *la Lettre à M. Diderot*, par M. Boyer, où les principes les plus exacts font rappellés à ce fujet, pag. 22, 23 & fuivantes : il faut lire fur-tout (pag. 16, 17 & fuiv.) ce que dit cet Auteur touchant l'étendue particulière de chaque voix, l'inftitution des cinq lignes, les petites lignes ajoutées aux cinq, la voix de fauffet, &c.

Ce que j'ai rapporté de l'Inftrument Chinois, eft une confirmation bien impartiale & bien décifive, tant de la bonté de nos Principes & de la jufteffe avec laquelle M. Boyer les a rappellés à fa Nation, qui femble aujourd'hui les avoir oubliés, que de la néceffité, fur-tout pour les Compofiteurs, de ne jamais perdre de vue de tels Principes, fondés fur ce que la Nature opère conftamment & invariablement en nous. *Voyez* pag. 14 de la même Lettre.

l'Inftrument chinois (30), ce degré fera *fi-bémol*, le même précifément que celui par où commencent les Exemples de la Section précédente, page 60. Nous aurons ainfi, depuis ce *fi-bémol* jufqu'au *fol-bémol*, dernière note grave de l'Inftrument chinois, un intervalle de vingt-quatre degrés, dans lequel fe trouvent quarante femi-tons : dix-fept chromatiques, & vingt-trois diatoniques, formant en tout un Syftême de quarante-un Sons, dont il eft plus que vraifemblable que les Egyptiens faifoient ufage.

Je vais repréfenter ce Syftême dans une feule Colonne. Je placerai, d'un côté, la Lyre de Mercure; de l'autre, les Sons que porte l'Inftrument chinois, afin qu'on puiffe mieux voir le rapport qu'ont entr'eux ces objets.

Au refte, lorfque j'ai dit que l'Inftrument chinois comprenoit l'intervalle d'une Vingt-troifième, j'ai fuivi en cela notre manière de compter, par les degrés *diatoniques;* mais il eft vifible que les degrés diatoniques des Chinois ne donnent, d'un extrême à l'autre de leur Inftrument, qu'un intervalle de dix-fept degrés, à caufe des lacunes que porte leur Syftême, dans lequel ce que nous appellons *Octave,* eft proprement une *Sixième,* puifque ce fyftême n'a jamais que fix fons ou notes, d'une corde donnée quelconque, à celle qui en eft la répétition; ou, pour m'exprimer dans le fens heureux que porte le terme grec, pour cet intervalle, à celle qui en eft le *Dia-pafon.* Voyez ce que j'ai dit au fujet de la fignification de ce mot, Note 13, §. 42, 44.

SYSTÊME

H iv

ARTICLE IX.
SYSTÊME DE QUARANTE-UN SONS.

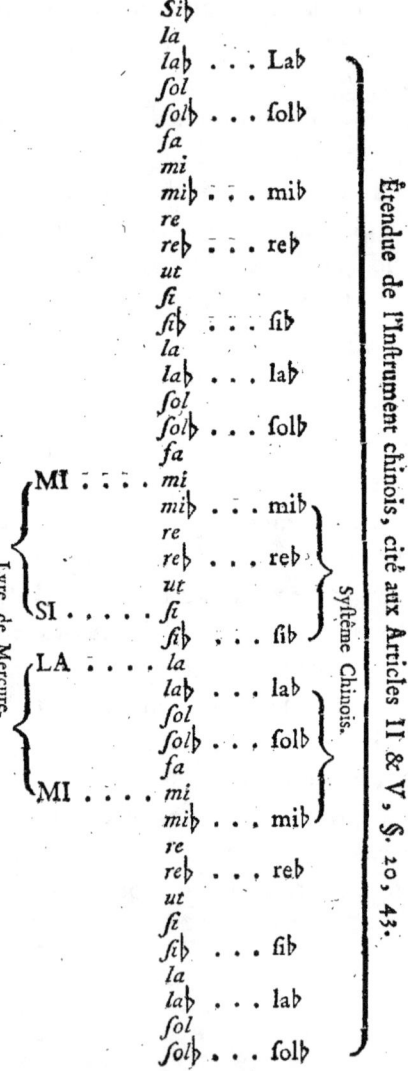

Si♭	
la	
la♮	La♭
fol	
fol♮	fol♭
fa	
mi	
mi♭	mi♭
re	
re♮	re♭
ut	
fi	
fi♭	fi♭
la	
la♮	la♭
fol	
fol♮	fol♭
fa	
MI	mi
mi♭	mi♭
re	
re♮	re♭
ut	
SI	fi
fi♭	fi♭
LA	la
la♮	la♭
fol	
fol♮	fol♭
fa	
MI	mi
mi♭	mi♭
re	
re♮	re♭
ut	
fi	
fi♭	fi♭
la	
la♮	la♭
fol	
fol♮	fol♭

Lyre de Mercure.

Syftême Chinois.

Étendue de l'Inftrument chinois, cité aux Articles II & V, §. 20, 43.

REMARQUE.

REMARQUE.

§. 104. Que les Egyptiens ayent eu un fyftême pareil à celui qu'on vient de voir, c'eft ce qu'on ne fçauroit affirmer. Mais, ce qu'il y a de certain, c'eft qu'ils avoient une Série de douze termes en progreffion triple, comme le prouve la réunion des deux fyftêmes Grec & Chinois, renfermés en puiffance, & comme implicitement, dans la Lyre de Mercure. Or, douze termes d'une progreffion triple peuvent, par leur différente combinaifon, produire divers fyftêmes de Sons, divers Tableaux, divers Diagrammes.

§. 105. Si, dans l'Exemple précédent, j'ai difpofé les fons d'une manière chromatique, c'eft-à-dire, par femitons majeurs & mineurs, ce n'eft pas que je veuille prétendre que les Egyptiens fiffent ufage du Genre chromatique, conçu à la manière des Grecs modernes, ou à la nôtre (eee). Au contraire, tout me détermine à croire que la Mufique des Egyptiens n'étoit que Diatonique.

Mais, puifque ces mêmes Egyptiens avoient une Progreffion triple de douze termes, ils avoient par conféquent toutes les Modulations diatoniques que fourniffent ces termes. D'où je conclus que le Diagramme, que le Regiftre, fi l'on veut, qui doit contenir tous les fons néceffaires pour ce Diatonique, ne peut, dans ce cas, qu'être divifé d'un bout à l'autre par femi-tons, divifé *chromatiquement.* Voici comment cette contradiction apparente fe concilie.

(eee) Pythagore tenoit fes Principes des Egyptiens, j'entends ceux de la Mufique. Or, ce Philofophe n'ayant pas même parlé de Chromatique aux Grecs, on peut bien conjecturer que les Egyptiens ne chromatifoient point.

I

§. 106. Dans le fyftême des Grecs, les fept premiers termes de la Progreffion triple (*voyez* la Série de la page 57), donnent les deux Tétracordes *mi re ut fi* & *la fol fa mi*, c'eft-à-dire, la portion caractériftique & principale des deux modulations de *mi* & de *la* (*fff*). Le huitième terme de cette Progreffion, fçavoir, *fi-bémol*, donne le Tétracorde fynemmenon, *re ut fi♭ la*; c'eft-à-dire, la portion caractériftique, principale & conftitutive de la modulation, ou mode, de *re*. Or, le neuvième terme de la même Progreffion (pag. 57), fçavoir, *mi-bémol*, donne le mode de SOL, en cette manière: *fol fa mi♭ re*. Le dixième terme, *la-bémol*, donne le mode d'UT, *ut fi♭ la♭ fol*. L'onzième terme, *re-bémol*, donne le mode de FA, *fa mi♭ re♭ ut*. Enfin le douzième terme, *fol-bémol*, donne le mode de SI-BÉMOL, *fi♭ la♭ fol♭ fa* (31). On a donc, en total, la Série des fept Modulations fuivantes, défignées chacune par une Accolade.

fi♭ la♭ fol♭ fa mi♭ re♭ ut fi♭ la♭ fol fa mi♭ re-

-re ut fi♭ la fol fa mi re ut fi (32).

§. 107. Cette Série contient vingt-deux fons, dont le rapprochement & les diverfes répétitions donnent les quarante demi-tons, dix-fept chromatiques & vingt-trois diatoniques, que préfente le Syftême des quarante-un Sons,

---

(*fff*) Les Modernes ne voyent pas cela abfolument de la même manière (*voyez* §. 100); mais les Tétracordes que je vais expofer, nous feront connoître fi les Modernes voyent bien.

exposés à la page 64, & contenus dans l'intervalle de la *Vingt-quatrième*, ou quadruple tierce, *si♭ sol♭*, qui forme l'étendue de ce Syſtême.

§. 108. On peut, au reſte, ſuppoſer cette ſuite de demi-tons, rangée en une ſeule colonne, comme elle l'eſt dans le Syſtême dont je viens de parler, ou la ſuppoſer diſtribuée en deux colonnes, ſelon que pouvoient l'exiger, ſoit la diſpoſition particulière des Inſtrumens dont ſe ſervoient les Egyptiens, ſoit les bornes mêmes de chacun de ces Inſtru-mens, ou la manière dont les Egyptiens les employoient dans leur Muſique.

Tout nous retrace, chez les anciens Auteurs, que cer-tains Inſtrumens avoient autrefois leurs modes particu-liers (*ggg*); que dans tel mode donné, par exemple, on ne pouvoit pas toujours employer l'Inſtrument qu'on auroit voulu, mais celui-là ſeulement qui étoit monté ſur le mode propoſé, ou dans l'étendue duquel ſe trouvoit ce mode (33). Auſſi les anciens Peuples employoient-ils, dans leur Mu-ſique, beaucoup plus de ſortes d'Inſtrumens que nous n'en avons beſoin aujourd'hui, en multipliant, pour ainſi dire, les cordes de nôtres au moyen des doigts (*hhh*).

(*ggg*) Δωριαμ φορμιγγα; Αυδίοιs αὐλοῖς. *Pindar. Olimp. od. 1. & 5.*
  Tibia dat Phrygios, ut dedit ante Modos. *Ovid. faſt. lib. 4.*
  Sonante miſtum Tibiis carmen Lyrâ,
  Hâc Dorium, illis Barbarum. *Horat. Epod. od. 8.*

(*hhh*) Du tems du Prophête Daniel, les Babyloniens ſe ſervoient encore de plu-ſieurs ſortes d'Inſtrumens dans leur Muſique.
« In horâ qua audieritis ſonitum Tubæ, & Fiſtulæ, & Citharæ, Sambucæ, &
» Pſalterii, & Symphoniæ, & univerſi generis Muſicorum, cadèntes, adorate
» ſtatuam auream, quam conſtituit Nabuchonoſor Rex. » *Daniel. 3, v. 5.*
» *Univerſi Generis* additur, quia multa ibi erant alia Inſtrumenta quæ non
» exponuntur hîc. » *Lyran, in hunc locum Danielis.*

§. 109. Mais, un avantage qui ne fe retrouve prefque plus dans nos climats, & qu'avoient fur nous les Peuples dont je parle, c'eft que la délicateffe de leur oreille ne leur permettoit pas d'exécuter un mode, par les fons d'un autre mode, comme nous le faifons bonnement aujourd'hui, & fans que notre oreille s'en plaigne, avec nos Inftrumens à touches ou à trous, & même felon que le portent, dans notre fyftême, quelques principes qu'on a tâché d'établir fur cette fingulière propriété de notre oreille, de n'être point bleffée, c'eft-à-dire, fur ce qu'en matière d'intonation, nous avons appellé le *Tempérament* (34). Comme fi l'à-peu-près des fons, ou l'infenfibilité à leur parfaite juf-teffe, pouvoient jamais conftituer une fcience, ou un fyftême qu'on ne rougît pas d'avouer, fi l'on venoit à en raifonner avec ceux qui ont de l'oreille !

CONCLUSION.

§. 110. Si l'on veut à préfent, dans le Syftême que j'ai expofé à la page 64, prendre exactement en montant tout ce qui doit y être vu en defcendant ; n'admettre qu'un mode dans la fomme des fons qui en donnent deux ; placer les femi-tons majeurs où fe trouvent les mineurs, & par conféquent les mineurs où étoient les majeurs ; diftribuer en un certain nombre d'intonations l'intervalle d'un ton, afin d'avoir, par ce partage, des demi-intonations, des quarts d'intonation : ou, ce qui eft la même chofe dans l'idée courante, des moitiés, des tiers, des quarts, & autres fractions de ton (35): & à l'égard de la progreffion qui nous a donné ce Syftême, fi l'on veut, d'un côté, la pouffer au-delà du douzième terme ; de l'autre, la fous-tripler, c'eft-à-dire, mettre ou fuppofer en fractions les nombres entiers qu'elle porte, en tirer ainfi un fond de vingt-un ou vingt-deux fons (*iii*) ; ajouter enfuite à chacun de ces fons fa tierce majeure dans la proportion de 4 à 5 (*kkk*), pour en obtenir une fomme de quarante-deux ou quarante-quatre fons, qu'on réduira adroitement à Douze, en accordant, comme on le fait dans ce qu'on appelle le *Tempérament*, les tierces au ton des quintes qui leur correfpondent, ou ces quintes au ton des tierces : les dièfes au ton des bémols voifins, ou ceux-ci au ton des dièfes, & quelques-uns de ces bémols ou de ces dièfes, au ton des notes naturelles qui en font les moins éloignées ; exécuter enfin, par l'un de ces uniffons forcés, & condamnés à être tels, des notes qui diffèrent entr'elles d'un quart de ton, foit lorfqu'il s'agira de notre énarmonique (36), foit dans d'autres cas où ces notes, différentes entr'elles, fe prennent librement aujourd'hui les unes pour les autres (*lll*), l'on aura, à peu de chofe près, le fyftême actuel des Modernes, réfultat d'une partie des erreurs que chaque fiècle a vu naître fur la Mufique, depuis

---

(*iii*) Les Modernes employent des *fa*, & quelquefois des *ut* deux fois dièfes, ainfi que des *fi* deux fois bémols, donnés, les uns & les autres, par la progreffion triple, lorfque ces fons font employés comme quintes : or, de *fi* b b à *ut* ✕ ✕, il y a, dans cette progreffion, vingt-quatre termes ou fons. *Voyez* Note 4, §. 15.

(*kkk*) *Voyez* Note 4, §. 16, & les §. 193, 197, 204, de la Note 35.

(*lll*) Comme lorfqu'd'une modulation donnée, le Muficien voulant paffer à celle de *fol-bémol*, par exemple, il écrit celle de *fa-dièfe* ; ou bien lorfque, dans d'autres cas, il prend le bémol pour le dièfe voifin, ou celui-ci pour le bémol, ou bien une note naturelle pour l'un & pour l'autre, &c, &c.
On peut voir à la fin du chapitre 6 du *Trattato di Mufica*, de M. Tartini, ce que cet Auteur dit des *Inganni Muficali*, ou ce que M. Rouffeau appelle des *Fineffes de l'Art*, au mot *Syftême* de fon Dictionnaire de Mufique, page 496 de l'*in*-4°.

que, des Prêtres Egyptiens, cette Science a paſſé en des mains profanes & mal-adroites.

Ce n'eſt pas ſans raiſon que ces ſages Prêtres ne communiquoient les principes des Sciences que ſous le plus grand ſecret, *dans le fond du Sanctuaire, ſelon Juſtin, & ſeulement à ceux qu'ils en trouvoient dignes, par l'étendue de leur génie, & par leur probité* (*mmm*)! Ce n'eſt pas ſans raiſon, qu'à l'Ecole de Pythagore, il falloit garder un ſilence de cinq ans (*nnn*), non-ſeulement avant de ſe mêler de parler des Sciences que ce Philoſophe enſeignoit, mais avant même d'interroger! Auſſi ſes Diſciples avoient-ils ſoin d'envelopper leurs connoiſſances ſous le voile du myſtère : « Pythagorei dum volunt ſapientiam ſuam oc- » cultam facere cerdonibus, ſymbolicè tradiderunt diſci- » plinas. » *Philopon. apud Meurſ. in Denar. Pythag. cap. 6, edit. Lugd. Bat. 1631, pag. 59.*

(*mmm*) *Fables Egyptiennes & Grecques dévoilées,* &c, par Dom Pernéty, Paris, 1758, tom. 1, pag. 219. Voici ce que dit Juſtin : « Porro Aſtronomia, » & Aſtrologia, & Geometria, apud Ægyptios diſciplinæ habitæ ſunt vulgares & » humiles : in honore autem & pretio fuere quæ vocantur litteræ hieroglyphicæ, » atque in adytis abditiſque locis, non cuivis eſt vulgo, ſed eximiis & delectis » tantum tradebantur. » *Quæſt. ad Orthodoxos, Reſponſ. ad Quæſt.* 25, *edit. Silburg. Pariſiis* 1615, *pag.* 406.

(*nnn*) *Plutarch. de Curioſit. IX. Clem. Alex. Strom. lib. 5, edit. Lugdun. Bat.* 1616, *pag.* 423, A.

ARTICLE X.

Développement du Rapport des Sons de la Musique aux Planètes, aux Jours de la Semaine, & aux Heures du Jour, selon les Égyptiens.

§. 111. ON ne doit point s'attendre que je veuille entretenir ici le Lecteur, de cette prétendue Musique Planétaire ou Céleste, sur laquelle se sont exercés tant de Philosophes anciens, & que quelques-uns ont cru entendre réellement, ou ont voulu le faire croire. La somme des absurdités est déjà assez considérable, sans que nous cherchions à l'augmenter encore. Je ne me propose autre chose, soit dans cet Article, soit dans le suivant, que de développer la simple correspondance qu'ont établie les Egyptiens entre les sons de la Musique & divers Objets, sans autre allégorie, sans autre application, que celle de l'ordre qu'on remarque entre ces sons & ces objets (37); soit que les Prêtres Egyptiens voulussent ainsi présenter sous un même point de vue, & par une méthode uniforme, les différens principes de plusieurs Sciences, soit qu'ils voulussent rendre ces principes comme inaltérables, en les consignant, en quelque façon, dans le Ciel, ou les liant à des Usages qui devoient se perpétuer invariablement parmi les Hommes. Méthode qui nous prouve que ces Instituteurs du Genre humain ne se bornoient pas à faire part à leurs Élèves des principes isolés d'une seule Science à la fois ; tandis que par une sorte de décadence de la constitution, & sans doute de l'efprit de l'homme, nous nous voyons contraints aujourd'hui de recourir à autant de Maîtres, d'adopter autant de Méthodes différentes, de nous faire un fond d'autant d'idées difparates, qu'il y a de Sciences dont nous voulons être inftruits. C'eft fans doute cette méthode des Egyptiens que Cicéron avoit en vue, quand il difoit (*Pro Arch. Poet.*): *Omnes Artes quæ ad humanitatem pertinent, habent quoddam commune vinculum, & quafi cognatione quadam inter fe continentur.* Il feroit en effet bien difficile, d'après nos procédés, de fe former un fens de ce Paffage.

S E C T I O N　P R E M I È R E.

Rapport des Sons aux Planètes.

§. 112. Les Egyptiens vouloient-ils faire retenir à leurs Initiés l'ordre diatonique entre les Sons? Ils leur rappelloient celui des Planètes. Chacun des fept Sons, dits *naturels*, répond à l'une d'elles, foit qu'on prenne cet Ordre par la plus éloignée, par *Saturne*, foit qu'on le commence par la Planète la plus voifine de nous, par la *Lune*. Voici cette correfpondance : & je me vois forcé de répéter ici, que c'eft fans myftère, fans allégorie, fans autre application que celle de l'ordre des Sons, à l'ordre des Planètes, qu'il faut entendre cette correfpondance. Car je trouve affez fouvent de nos Auteurs à Eftampes qui, n'entendant rien à tous ces rapports, commencent, comme le fait toujours le Peuple, par s'en mocquer.

« Pythagore, dit plaifamment un Anonyme, avança un fiftême bien bizarre » & bien étonnant. Il prétendit que le mouvement des fept planettes était mélo- » dieux, &c. Le grave Pythagore, ajoute *le rifible* Auteur, pour mieux faire valoir » fon fiftême, inventa un inftrument à fept cordes, &c. » *De l'Art du Théâtre en général*, tome 2, pag. 144, Article intitulé : *Sentiment fingulier de Pythagore.*

ORDRE

ORDRE DIATONIQUE DU GRAVE A L'AIGU.

	Saturne.	Jupiter.	Mars.	Le Soleil.	Vénus.	Mercure.	La Lune.
	♄	♃	♂	☉	♀	☿	☾
	Si	*ut*	*re*	*mi*	*fa*	*sol*	*la*
Lettres du Système de Gui.	**B**	**C**	**D**	**E**	**F**	**G**	**a.**

MÊME ORDRE DE L'AIGU AU GRAVE.

☾	☿	♀	☉	♂	♃	♄
La	*sol*	*fa*	*mi*	*re*	*ut*	*si*
a	**G**	**F**	**E**	**D**	**C**	**B.**

S E C T I O N   D E U X I È M E.

Rapport des Sons aux Jours de la Semaine.

§. 113. Comme les sons diatoniques ne sont que le résultat du principe qui leur donne l'être, la forme, & pour ainsi dire, la valeur intrinsèque quant à l'intonation; comme ce principe, ainsi qu'on doit en être convaincu à présent (Articles VIII & IX), n'est autre chose que la progression triple, les Egyptiens y avoient fait correspondre les Jours de la Semaine (*ooo*), afin de rappeller ainsi tout

---

(*ooo*) « Quod autem dies ad septem sidera illa, quos Planetas appellarunt, » referuntur, id ab Ægyptiis haud ita dudum, ut paucis dicam, institutum, ad » omnes homines dimanavit. Nam priscis Græcis, quantum mihi constat, notus » is mos non fuit. » *Dio Cassius, Rom. Hist. lib.* 37, *ex versione Xylandri, edit. Lugd.* 1559, *pag.* 77.

Au reste, *haud ita dudum* ne me paroît signifier autre chose ici, sinon que Cassius méconnoissoit ses Maîtres, puisqu'il semble prétendre que les anciens Grecs dévoient tout avoir inventé. Quoiqu'il en soit, cette manière de rapporter la chose ne la rendroit que plus authentique, si l'Auteur y avoit mis de l'intention ; ce qui ne lui est peut-être pas arrivé.

d'un coup, par l'ordre que gardent les Jours entr'eux (ordre que l'usage, le besoin, devoient nécessairement rendre familier à tout le monde), un certain nombre de termes de cette progression, & conséquemment tous les sons qui leur correspondent.

Il faut observer que, chez les Egyptiens, le premier Jour de la Semaine étoit consacré à Sabaoth (*ppp*), c'est-à-dire, à Saturne (38); ce Jour correspond à notre *Samedi :* je l'appellerai ici *Saturnedi*, & le Jour suivant *Soldi*, pour ne me servir que de dénominations uniformes, en employant celles de *Lundi*, *Mardi*, &c, qui nous restent encore, malgré tant de siècles écoulés (*qqq*).

§. 114. J'ai dit, au reste, que la correspondance entre les Sons de la Musique & les Jours de la Semaine, n'étoit que pour rappeller un certain nombre de termes de la progression triple : en effet, sept Jours ne peuvent nous offrir que sept Sons, &, naturellement, les sept premiers termes de cette progression, qu'on sçait ne contenir que les sept

---

(*ppp*) *Voyez* ce que j'ai dit au sujet du mot *Sabaoth*, à ς de la Note 2, §. 6. On peut ajouter à cela que la Planète Saturne étoit appellée *Sabeth*, selon Epiphane, tom. 1, pag. 353 & *Sabbaï*, selon Bède, tom. 1, pag. 372.

(*qqq*) On dit, en Italie, *Lunedi*, *Martedi*, &c, & *Sabbato;* mais dans la première Province que les Romains possédèrent dans les Gaules, l'on conserve encore des restes du mot *Saturne*, pour le Samedi. Dans la Langue des Provençaux, les noms des Jours de la Semaine, sont exactement dans le sens du Latin : *Di-lun*, *Di-mar* . . . . *Di-vendre*, *Di-Sato :* ce dernier mot répondant au *Dies-Saturni* des Romains, au *Sabbato* des Italiens, & au *Samedi* des François.

Le Languedoc, l'Auvergne, le Dauphiné, & les autres Pays qui ne sont pas extrêmement éloignés de la Provence, nous rappellent également, par leur *Di-Sate* (ou *Di-Satte*), le *Dies-Saturni* des Romains.

Au reste, si les Provinces que je viens de nommer ne rougissoient pas de ce que leurs Langues sont tirées du Latin, les Sçavans, qui sont de quelqu'une de ces Provinces, pourroient lire, sur l'Exemple que je donnerai bientôt : *Di-sate* ou *Di-sato*, *Di-sol*, *Di-lun*, *Di-mar*, *Di-mecre*, *Di-giou*, *Di-vendre*.

Notes, dites naturelles, *si ut re mi fa sol la* (*rrr*), dans
l'ordre suivant (*sss*).

O R D R E

(*rrr*) Les Mois étoient solaires, chez les Egyptiens, & ils les composoient de
trente Jours, excepté le dernier, à la fin duquel ils rejettoient les jours qui achèvent
de completter l'Année.

1°. Les divisions naturelles d'un Mois de trente Jours, sont, ou trois portions
de dix, ou cinq portions de six, ou six portions de cinq; car, quatre Semaines
(*hebdomas*) ne font pas le Mois, & cinq le surpassent.

2°. Les premiers Astronomes connus, les Chaldéens, chez les Assyriens, mettoient les Comètes dans la classe des Asttes errans, c'est-à-dire, des Planètes,
comme nous l'apprenons de Stobée & d'Apollonius de Myndes, dans la Carie,
cité par Sénèque.

3°. Dans la Musique, il n'y a que sept Sons diatoniques, & il ne dépend pas
de la volonté de l'homme d'en établir davantage ou d'en retrancher.

Dès que la plus haute antiquité a mis un rapport constant entre les Sons de la
Musique, les Jours de la Semaine, & les Planètes, ne peut-on pas demander lequel
de ces trois objets a dû être le Type des deux autres quant au nombre de sept?
Ou, ce qui est la même chose, quelle est la source primitive de ce respect religieux
qu'avoient les Anciens pour le nombre de sept?

Voici ce que disent Stobée & Apollonius touchant la doctrine des Chaldéens,
sur les Comètes.

« Chaldæi sic de Cometis sentiunt, alias præterea ultra Planetas esse stellas, quæ
» aliquandiu quidem lateant, quoniam longè sint à nobis remotæ, non nunquam
» autem inferiùs delatæ appareant, ita re exigente; easque, *Cometas ab iis vocari,*
» QUI NESCIUNT IPSAS QUOQUE STELLAS ESSE; evanescere autem videri, cum
» in suam regionem, in Ætheris profundum, velut in maris fundum pisces,
» referantur. » *Joan. Stobæi, Eclog. Phys. lib.* 1, *de Cometis, vers. Gul. Canteri,*
Aureliæ Allobr. 1609, *pag.* 63.

« Apollonius Myndius ait Cometas in numero Stellarum errantium poni à
» Chaldæis, tentrique cursus eorum ». *Senec. nat. Quæst. lib.* 7, *cap.* 3.

(*sss*) J'ai ajouté, au-dessous de mon Exemple, la Planche du Bronze antique
de M. le Premier Président Bon, dont j'ai parlé à la Note 38. Voyez cette
Note.

*ORDRE des sept Sons naturels en Progression Triple,
formant des Quintes en descendant, ou des Quartes en
montant, relativement aux Jours de la Semaine.*

Saturnedi.	Soldi.	Lundi.	Mardi.	Mercredi.	Jeudi.	Vendredi.
♄	☉	☾	♂	☿	♃	♀
1	3	9	27	81	243	729
Si	*mi*	*la*	*re*	*sol*	*ut*	*fa.*

Bronze antique, représentant les sept jours de la Semaine.

C'est-là ce qu'on peut appeller le petit Système des Égyptiens, le Système des sept Sons *naturels*, contenus, comme on voit, dans une Série de Quintes, ou Quartes, dont la proportion détermine celle des degrés diatoniques qu'il est aisé d'en former, en rapprochant mutuellement ces Sons, au moyen des Octaves. *Voyez* Article VIII, §. 76, pag. 41.

Au reste, les signes des Planètes que j'employe ici, sont exactement les mêmes que je trouve dans tous les Livres, étrangers ou nationaux, qui me tombent sous la main. Dans l'Almanach Royal, qui s'imprime à Paris chez le Breton, on a eu l'esprit d'inventer un autre signe, pour le Soleil, que le signe ☉, & d'employer celui-ci pour la

Lune, fans prévoir peut-être ce que cette idée folle, pour
ne rien dire de plus, pourra produire dans la fuite, pour
l'intelligence des Auteurs qui s'en tiennent aux Signes
établis.

S E C T I O N T R O I S I È M E.

Rapport des Sons aux Heures du Jour.

§. 115. Voici un autre rapport que me fournit Dion,
dans fon Hiftoire Romaine, pour les fept Notes naturelles,
prifes dans l'ordre diatonique, & felon leur rapport à l'ordre
des Planètes. On fçait que la divifion du Jour en vingt-
quatre Heures, nous vient encore des Egyptiens : & c'eft
ce que confirmera l'Exemple que j'en donnerai. Voyons
comment ce rapport a été établi.

§. 116. En appliquant à la première Heure du premier Jour
de la Semaine, la première des Planètes, c'eft-à-dire, Saturne, & à chaque Heure fuivante, l'une des autres Planètes,
felon l'ordre que les Anciens les ont toujours énoncées,
& que nos Almanachs confervent encore, l'on trouvera,
en répétant alternativement le même ordre, que la première
Heure du fecond Jour répondra au Soleil; la première du
troifième, à la Lune, & ainfi du refte, comme on le verra
mieux dans le Tableau fuivant. Je vais tranfcrire ici, avant
de le donner, le Paffage de Dion, où cet Hiftorien, ex-
pliquant le rapport des Planètes aux Jours de la Semaine,
en rapporte deux raifons : la première eft la diftribution des
Planètes par Quartes, felon ce que j'en ai dit à la Note 2
de ce Mémoire, §. 6 : la feconde, n'eft autre chofe que
l'ordre naturel des Planètes, appliqué aux Heures du Jour.

Ordre qui coïncide avec la diſtribution par Quartes ; enſorte que ces deux diſpoſitions, en ſe confirmant mutuellement, démontrent que l'une n'a pu être établie ſans l'autre, & que le tout part, pour ainſi dire, de la même main (ttt). Voici le Paſſage de Dion.

« Horas tam noctis quam diei numera, à primâ inci-
» piens, eamque Saturno tribue, ſequentem Jovi, tertiam
» Marti, quartam Soli, quintam Veneri ; Mercurio ſex-
» tam, ſeptimam Lunæ, ſecundum ordinem orbium,
» quem eo quo perhibui modo Ægyptii tradunt. Hocque
» aliquoties facto, ubi per viginti quatuor horas cir-
» cumiveris, primam ſubſequentis diei horam invenies Soli
» obtingere. Jam ſi hujus quoque diei horas viginti quatuor
» eodem modo tractes, ad Lunam referes primam tertiæ
» diei horam : ſique eodem modo reliquos etiam dies per-
» curreris, quævis dies ſibi CONGRUENTEM DEUM accipiet. »
Dio Caſſ. Roman. Hiſt. lib. 37, verſ. Xyland. edit. Lugd.
1559, pag. 77.

(ttt) Il eſt aiſé de voir, par le Tableau ci-joint, que les Egyptiens, pour diſtinguer les Jours, voulant les faire correſpondre aux Planètes, n'auroient pu, à ſuivre l'ordre naturel de celles-ci, diviſer le Jour qu'en vingt-deux Heures, ou en quinze, ou en huit ; & que, par l'ordre qu'ils ont tenu, dans la diſtinction des Jours, leur diviſion tombe ſur dix, dix-ſept, vingt-quatre,

On ſçait que dès les premiers tems, ni les Grecs, ni les Romains, n'ont diviſé le Jour en vingt-quatre Heures, ni le Mois en portions de ſept Jours, ou Semaines. C'eſt des Egyptiens, comme le témoigne Dion, que les autres Peuples ont tiré cet uſage : Ab Ægyptiis, dit cet Auteur, ad omnes homines dimanavit. Voyez Note ooo, ci-devant, pag. 73.

Ce Tableau, au reſte, pourra ſervir à juger des différentes opinions qu'on trouve chez les Anciens, tant à l'égard du rapport des Sons du Syſtême des Grecs, aux Planètes, qu'à l'égard de l'individualité même de ces Sons. Voyez Zarlin, Inſt. Harm. 2 part. chap, 29 ; les Notes de Bouillaud ſur Théon de Smyrne, pag. 279 ; celles de Meibomius ſur Nicomaque, pag. 44, 57, & ſur Ariſtide, pag. 328,329. Voyez encore Lambert Bos, dans ſes Antiquités de la Grèce, traduction de M. la Grange, pag. 298,

TABLEAU

De la Correſpondance des Planètes aux Heures du Jour, & aux Jours de la Semaine.

Heures du Matin.   *Heures du Soir.*

(Heures du Soir also numbered 1. 2. 3. 4. 5. 6. 7. 8. 9. 10. 11. 12.)

Jour	I	II	III	IV	V	VI	VII	VIII	IX	X	XI	XII	XIII	XIV	XV	XVI	XVII	XVIII	XIX	XX	XXI	XXII	XXIII	XXIV
♄ SATURNEDI (planètes)	♄	♃	♂	☉	♀	☿	☽	♄	♃	♂	☉	♀	☿	☽	♄	♃	♂	☉	♀	☿	☽	♄	♃	♂
Quint.	ſi	ut	re	mi	fa	ſol	la	ſi	ut	re	mi	fa	ſol	la	ſi	ut	re	mi	fa	ſol	la	ſi	ut	re
☉ SOLDI (planètes)	☉	♀	☿	☽	♄	♃	♂	☉	♀	☿	☽	♄	♃	♂	☉	♀	☿	☽	♄	♃	♂	☉	♀	☿
Quint.	mi	fa	ſol	la	ſi	ut	re	mi	fa	ſol	la	ſi	ut	re	mi	fa	ſol	la	ſi	ut	re	mi	fa	ſol
☽ LUNDI (planètes)	☽	♄	♃	♂	☉	♀	☿	☽	♄	♃	♂	☉	♀	☿	☽	♄	♃	♂	☉	♀	☿	☽	♄	♃
Quint.	la	ſi	ut	re	mi	fa	ſol	la	ſi	ut	re	mi	fa	ſol	la	ſi	ut	re	mi	fa	ſol	la	ſi	ut
♂ MARDI (planètes)	♂	☉	♀	☿	☽	♄	♃	♂	☉	♀	☿	☽	♄	♃	♂	☉	♀	☿	☽	♄	♃	♂	☉	♀
Quint.	re	mi	fa	ſol	la	ſi	ut	re	mi	fa	ſol	la	ſi	ut	re	mi	fa	ſol	la	ſi	ut	re	mi	fa
☿ MERCREDI (planètes)	☿	☽	♄	♃	♂	☉	♀	☿	☽	♄	♃	♂	☉	♀	☿	☽	♄	♃	♂	☉	♀	☿	☽	♄
Quint.	ſol	la	ſi	ut	re	mi	fa	ſol	la	ſi	ut	re	mi	fa	ſol	la	ſi	ut	re	mi	fa	ſol	la	ſi
♃ JEUDI (planètes)	♃	♂	☉	♀	☿	☽	♄	♃	♂	☉	♀	☿	☽	♄	♃	♂	☉	♀	☿	☽	♄	♃	♂	☉
Quint.	ut	re	mi	fa	ſol	la	ſi	ut	re	mi	fa	ſol	la	ſi	ut	re	mi	fa	ſol	la	ſi	ut	re	mi
♀ VENDREDI (planètes)	♀	☿	☽	♄	♃	♂	☉	♀	☿	☽	♄	♃	♂	☉	♀	☿	☽	♄	♃	♂	☉	♀	☿	☽
Quint.	fa	ſol	la	ſi	ut	re	mi	fa	ſol	la	ſi	ut	re	mi	fa	ſol	la	ſi	ut	re	mi	fa	ſol	la

ARTICLE XI.

Du Rapport des Sons naturels & *des Sons* chromatiques *aux Signes du Zodiaque,*
felon les Égyptiens.

§. 117. **V**EUT-ON avoir à préfent les douze Sons qui
compofoient le grand Syſtême des Egyptiens, ou, ce qui
eſt la même chofe, les douze Termes de la Progreſſion
triple ? Ces premiers Inſtituteurs des Sciences ont divifé
pour cela le Zodiaque en douze portions : ils les ont dif-
tinguées par autant de *Signes* que nous connoiſſons encore
aujourd'hui, auxquels ils ont fait correfpondre chacun des
douze Termes de la Progreſſion triple : Termes qui donnent
les douze Sons différens, dont leur Syſtême complet étoit
compofé. *Voyez* la Seconde & la Troiſième Obſervation
de l'Article V, & l'Article IX.

Noms des Signes du Zodiaque.

1. ♈ Le Bélier.	7. ♎ La Balance.
2. ♉ Le Taureau.	8. ♏ Le Scorpion.
3. ♊ Les Gemeaux.	9. ♐ Le Sagittaire.
4. ♋ L'Écreviſſe.	10. ♑ Le Capricorne.
5. ♌ Le Lion.	11. ♒ Le Verſeau.
6. ♍ La Vierge.	12. ♓ Les Poiſſons.

Exemple

*Exemple de la Progreſſion Triple à douze Termes, correſ-
pondant aux douze Signes du Zodiaque.*

♈	♉	♊	♋	♌	♍	♎	♏	♐	♑	♒	♓
1	3	9	27	81	243	729	2187	6561	19683	59049	177147
♄	☉	☽	♂	☿	♃	♀					
Si	mi	la	re	ſol	ut	fa	ſi♭	mi♭	la♭	re♭	ſol♭

Sons Naturels.   Sons Chromatiques.

§. 118. Je laiſſe aux Sçavans, le ſoin d'expliquer comment la plûpart des Objets repréſentés par ces Signes, ſont
devenus des Divinités ; de rechercher, par exemple, par
quelles cauſes le Peuple Égyptien trouvoit un rapport très-
ſenſible entre un Bœuf & le Soleil (*uuu*) ; remarquoit,
ſelon Euſébe, beaucoup de propriétés ſolaires dans le
Bœuf, & croyoit conſéquemment qu'Oſiris ne pouvoit être
mieux repréſenté que par cet Animal (*xxx*) : ou, pourquoi
la Théologie payenne faiſoit le Soleil & la Lune enfans
de Saturne (*yyy*), de même qu'on pourroit, dans un très-
bon ſens, dire que le *mi* & le *la*, dans l'Exemple de la
Progreſſion qu'on vient de voir, ſont engendrés du terme

(*uuu*) *Fables Égyptiennes & Grecques dévoilées*, &c. Par Dom Pérnéty, tom. 1,
pag. 375. *Voyez* le ſecond Terme, ou 3, de la Progreſſion ci-deſſus.

(*xxx*) *Fabl. Égypt. & Grecq. loc. cit.*
Selon Hermæus, dans Plutarque, Apis eſt *l'Image vivante d'Oſiris.* Traité d'Iſis
& d'Oſiris, Amyot, N°. XXI.

(*yyy*) Il faut remarquer que les Egyptiens offroient trois fois le jour du Parfum
à Oſiris (*Plut. loc. cit.* XXVII), & que la Fête d'Oſiris ſe célébroit de trois en
trois ans. *Fabl. Egypt. & Grecq. tom.* 2, *pag.* 240. On ſçait quelle idée avoient
les Anciens du nombre trois, *qui primus*, dit Théon de Smyrne, *habet initium,
medium & finem : proptereà de illo primo enunciatur hæc vox* OMNIA. *In ternario
verò omnia facimus*, &c. Lib. de Muſ. cap. 42, verſ. Bullial. pag. 157.

hypate,

hypate, ou *Si* (ꝗꝗ) : ils pourront nous dire ce que c'eſt que cette Muſique du Ciel, dont parlent les Auteurs les plus graves d'entre les Anciens (*aaaa*), & que quelques-uns aſſuroient ne nous être pas ſenſible, à cauſe de la petiteſſe de nos organes, comparés à des Inſtrumens auſſi gros que les Aſtres (*bbbb*). Enfin, il ne leur ſera pas difficile de nous rendre raiſon de mille idées ſemblables qu'on trouve chez les Anciens, ou chez leurs Commentateurs. Les rapports que je viens d'expoſer, fourniront, je penſe, quelques lueurs pour découvrir la ſource de cette multitude de fables, de ſens cachés, d'abſurdités feintes ou réelles, que ceux des Anciens, qui ne vouloient pas s'expliquer, ou que d'autres, qui ne s'entendoient pas eux-mêmes, nous ont laiſſé à débrouiller.

§. 119. On conçoit facilement qu'il ſuffiſoit, par la méthode des Egyptiens, d'avoir un Signe propre à repré-ſenter les différentes Octaves d'un Terme quelconque de la Progreſſion triple, pour renfermer en très-peu d'Objets

---

(ꝗꝗ) « Il y en a à qui il ſemble, dit Plutarque, qu'Anubis eſt Saturne, & » pour tant qu'il porte en ſon ventre & engendre toutes choſes, qui s'appelle » *Kyein* en langage grec ; pour cette cauſe a été ſurnommé *Kyon*, qui eſt à dire » Chien. Il y a donc quelque ſecret qui fait que quelques uns révèrent & adorent » le Chien. » *Traité d'Iſ. & d'Oſ. trad. d'Amyot*, XXII.

(*aaaa*) « Quis enarrabit Cœlorum rationem, & CONCENTUM CŒLI quis dor-» mire faciet ? » *Job*, *cap.* 38, *v.* 37. Platon, au dixième Livre de ſa République, aſſeyoit une Syrène ſur chaque Sphère, ſans douté faute de comprendre comment ces Sphères pouvoient, ſans cela, rendre des Sons. *Ces Syrènes*, ſelon Plutarque, *jettent chacune une voix propre, & de toutes enſemble, il s'en contempère une harmonie ; & elles y prenant plaiſir, chantent les choſes divines, en danſant une danſe ſacrée, ſous la douce conſonnance de huit cordes.* Plut. de la Création de l'Ame, trad. d'Am. XXIX.

(*bbbb*) « Nec hoc inter prætereunda ponemus quod Muſicam perpetua Cœli » volubilitate naſcentem, ideo claro non ſentimus auditu, quia major ſonus eſt » quam ut humanarum aurium recipiatur auguſtiis. » *Macrob. in Somn. Scip. lib.* 2, *cap.* 4. *Vide Cicer. de Rep. lib.* 6 ; *Zarl. Inſt. part,* 1, *cap.* 2.

L

tout le Systême Musical, & en rendre ainsi l'intelligence d'autant plus inaccessible aux *Profanes*, qu'elle étoit plus simple & plus facile pour les *Initiés*.

§. 120. Je vais représenter ici, avec les Signes modernes des Planètes & du Zodiaque, dont je me suis déjà servi, le Systême des Grecs de la page 45, pour servir d'exemple. Je désignerai le nombre d'Octaves dont chaque Terme de la Progression triple est élevé, dans ce Systême, par les chiffres Arabes 1, 2, 3, 4, &c.

Systême des Grecs de la page 45.

☽	8	♅
☿	5	♌
♀	2	♎
☉	10	♃
♂	7	♒
♃	4	♍
♄	12	♈
♏	1.	
☽	9	♅
☿	6	♌
♀	3	♎
☉	11	♃
♂	8	♒
♃	5	♍
♄	13	♈
☽	10	♅

Les Signes de la première Colonne représentent les Sons du Systême des Grecs; ceux de la dernière Colonne, ainsi que celui de la Trite synemmenon de la première, se rapportent aux Termes de la Progression triple, exprimés par les Signes du Zodiaque dans l'Exemple de la page 80. Quant aux Chiffres, ils désignent, comme je l'ai dit, le nombre d'Octaves dont chaque Terme de la Progression triple est élevé. Ainsi, sur les trois premiers Signes, ☽, 8, ♅, on peut lire: *Lune, Huit, des Gemeaux*; ce qui signifie: *le son* LA, *huitième Octave du troisième Terme de la Progression triple*, ou 2304 (voyez la *Troisième Table*, à la fin de l'Ouvrage), & ainsi du reste.

A l'égard des deux Signes de la Trite synemmenon, ♏ 1, ils expriment, dans le même sens, le huitième Terme, ou *si♭*, pris à sa première Octave; c'est-à-dire: SI-BÉMOL, *première Octave du huitième Terme*, ou 4374. Voyez la *Huitième Table*.

En un mot, la première Colonne de cet Exemple repréſente les Sons, ſoit diatoniques, ſoit chromatiques, du Syſtême des Grecs ; les deux autres Colonnes expriment la valeur numérique de ces Sons, leur intonation locale, pour ainſi dire, & le principe de cette intonation.

Il faut ſuppoſer, au reſte, que ce n'étoit pas le Peuple qui ſe mêloit de Muſique chez les Egyptiens ; que par conſéquent, ceux à qui on en communiquoit les Principes, ou ſçavoient déjà l'ordre des Planètes & celui des Signes du Zodiaque, ou ils ne tardoient pas à ſe les rendre familiers. J'ai cru pouvoir faire ici la même ſuppoſition.

§. 121. C'eſt ainſi qu'avec ces ſortes de Signes, le Lecteur pourra exprimer lui-même facilement le Chromatique expoſé au *deuxième Exemple* de l'Article IX, pag. 60. Je vais repréſenter ici les ſix premiers Sons de cet Exemple, *ſi♭ la la♭ ſol ſol♭ fa;* il ſera aiſé de trouver l'expreſſion des autres, ſi l'on ſe ſouvient que les Signes des Planètes répondent aux Sons naturels, & ceux du Zodiaque aux Sons chromatiques, ſelon la méthode que j'ai ſuivie dans le Tableau de la page précédente.

(ſi♭)	♏	6.	
	☾	14	♅
	♄	3.	
	♀	11	♌
	♃		
	☿	8	♎
mi	. . . .		
mi♭	. . . .		
re	. . . .		
re♭	. . . .		
ut	. . . .		
ſi	. . . .		
ſi♭	. . . .		

L ij

ARTICLE XII.

Parallèle entre le Syſtême des Égyptiens & celui des Modernes.

§. 122. Notre Syſtême, fondé ſur ce que nous appellons *l'Harmonie*, porte principalement ſur la Progreſſion triple, ainſi que celui des Egyptiens, & en quelques points ſur la Progreſſion dite *Quintuple.*

§. 123. Cette Progreſſion a pour baſe la proportion de la Tierce exharmonique de 4 à 5 (Note 35, §. 193), dont le premier nombre, ramené à ſon radical, 1, donne la Dix-ſeptième d'1 à 5, dont les Modernes ont formé leur Progreſſion *Quintuple.*

Elle conſiſte à multiplier par 5 un nombre donné ; l'on multiplie enſuite, également par 5, le produit de cette première multiplication, & ſucceſſivement le produit de chaque produit, autant qu'on en a beſoin.

Ainſi 1, multiplié par 5, donne 5 ; ce produit, multiplié par 5, donne 25 ; celui-ci donne 125, & ainſi du reſte. Les Termes de cette Progreſſion préſentent, de l'un à l'autre, des *Dix-ſeptièmes*, intervalle qui n'eſt autre choſe que la double Octave de la Tierce ſimple, mais auquel, dans la Pratique, l'on donne indifféremment le nom de *Tierce*.

§. 124. Nous nous ſervirons ici de cette dernière dénomination, ainſi que de celle de *Quinte*, pour la *Douzième*, lorſque cela, loin de faire quelque contre-ſens, pourra répandre plus de clarté dans ce que nous aurons à dire.

§. 125. La Progreſſion quintuple ſert aux Modernes pour
ſe donner une Série de Tierces majeures dans la proportion
de 4 à 5. De ces Tierces, & de quelques autres Sons juſtes,
fournis par la Progreſſion triple, ils compoſent leur Syſtême
harmonique, c'eſt-à-dire, fondé ſur ce qu'ils entendent par
le mot *Harmonie;* car pour *harmonique*, il ne l'eſt pas
toujours, ni à beaucoup près. *Voyez* Note 35, §. 193,
194, 195.

§. 126. Rameau, le premier qui ait réduit ce Syſtême en
Principes, en appliquant la Progreſſion triple aux trois Sons
principaux du Mode majeur, comme *fa ut ſol*, pour celui
d'*ut*, tire les Tierces, de chacun de ces trois Sons, de la
Progreſſion quintuple. Il obtient ainſi, pour 1, 3, 9, les
proportions 1, 5; 3, 15; 9, 45: & pour 3, 9, 27, les proportions 3, 15; 9, 45; 27, 135; & ainſi du reſte (*cccc*).

§. 127. Voici une Table qui réunit la Progreſſion Triple
& la Quintuple. Chaque Colonne y préſente une Série de
Douzièmes, ou Quintes, en montant. Les Sons pris hori-
ſontalement, d'une Colonne à l'autre, y correſpondent à
des Dix-ſeptièmes, ou Tierces, majeures, également en
montant. On pourra les pouſſer plus loin ſi l'on veut, je n'ai
beſoin, quant à mon objet, que de la première Tierce.

(*cccc*) La forme du Mode mineur, c'eſt-à-dire, la proportion de la Tierce
mineure, n'étant, dans les Principes des Modernes, que le réſultat de l'altération
de la Tierce majeure, réduite à la proportion de 4 à 5, je n'ai eu beſoin ici que
de parler du Mode majeur.
   Il auroit fallu aux Modernes, pour ſe completter, une Progreſſion qui eût
fourni directement les Tierces, ou Dix-ſeptièmes, mineures. Mais les rapports
qu'ils adoptent pour l'un ou l'autre de ces deux intervalles, n'auroient pu former
de Progreſſion ſans fractions. La Tierce ſimple étant de 5 à 6, la *Dixième*,
qui en eſt l'octave, étant de 2½ à 6, la *Dix-ſeptième*, qui en eſt la double octave,
ſeroit de 1¼ à 6; rapport peu propre à mettre en Progreſſion.

Progreſſion Quintuple.

Tierces.

Progreſſion Triple. — Quintes.

fa 1	. . . . .	la 5	. . . . .	ut✳ 25, &c, &c.
ut 3	. . . . .	mi 15	. . . .	fol✳ 75.
fol 9	. . . . .	fi 45	. . . . .	re✳ 225.
re 27	. . . . .	fa✳ 135	. . .	la✳ 675.
la 81	. . . . .	ut✳ 405	. . .	mi✳ 2025.
mi 243	. . . .	fol✳ 1215	. .	fi✳ 6075.
fi 729	. . . . .	re✳ 3645	. .	fa✳✳ 18225.

§. 128. En n'employant ici que le ſeul principe des Egyptiens, la proportion Triple, on trouvera dans la première Colonne de cet Exemple, tous les Sons qui compoſeroient notre Mode majeur d'*ut*; mais entonnés à la manière des Grecs anciens & des Egyptiens, c'eſt-à-dire, la Tierce de *fa*, entonnée à 81; celle d'*ut*, à 243; celle de *fol*, à 729, ſelon la proportion exprimée, dans cette Colonne, pour les Notes, *la*, *mi*, *fi*. D'où les deux demi-tons, *mi fa* & *fi ut*, formeront l'intervalle que les Grecs appelloient *Leimma*, & qui eſt moindre que notre demi-ton majeur.

§. 129. Si l'on réunit les deux Principes, la proportion triple & la quintuple, en prenant les notes *fa ut fol re* dans la première Colonne, & les notes *la mi fi* dans la ſeconde, on aura les ſept ſons qui compoſent notre Mode d'*ut*, entonnés comme nous croyons qu'ils doivent l'être, c'eſt-à-dire, les tierces de *fa*, d'*ut* & de *fol*, entonnées à 5, 15, 45, & les demi-tons de *mi* à *fa* & de *fi* à *ut*, entonnés comme demi-tons majeurs (39), dans la proportion factice de 15 à 16.

§. 130. Pour mieux comparer ces deux Méthodes, celle des Egyptiens & celle des Modernes, il n'y a qu'à rapprocher mutuellement, par des octaves, les ſons qui réſultent

de l'une & l'autre, pour en former deux Echelles diatoniques ou Gammes, en la manière suivante.

Selon le Principe des Égyptiens.	384	432	486	512	576	648	729	768
	ut	re	mi	fa	sol	la	si	ut.

Selon les deux Principes des Modernes.	384	432	480	512	576	640	720	768
	ut	re	mi	fa	sol	la	si	ut.
			*			*	*	

§. 131. Toute la différence entre ces deux Séries, se
réduit aux trois Sons marqués d'une Etoile, *mi*, *la* & *si*,
donnés, dans la première Série, par la progression triple,
& dans la seconde, par la quintuple. Ainsi, des sept Sons
qui constituent la totalité d'un Mode, quatre parmi les
Modernes, sçavoir, *fa*, *ut*, *sol*, *re*, sont exactement les
mêmes que ceux des Anciens ; & trois, sçavoir, *si*, *mi*
& *la*, sont différens.

§. 132. Mais ne croyons pas que cette différence s'étende
toujours jusques-là, dans les principes mêmes des Modernes.
Il y a une infinité de cas, sur-tout lorsque le *la* de leur
Gamme n'est pas conçu en descendant, où ils le prennent
dans la progression triple, l'entonnant alors comme quinte
de *re* (*dddd*). Or un *la* quinte de *re*, un *re* quinte de *sol*,
un *sol* quinte d'*ut*, & un *ut* quinte de *fa*, donnent cinq
Sons en progression triple, tels qu'on les trouve dans la
première Colonne de la Table précédente (pag. 86), sçavoir,
fa, *ut*, *sol*, *re*, *la*, ou si l'on veut, *la*, *re*, *sol*, *ut*, *fa*.

(*dddd*) Voyez la *Démonstration* de Rameau, pag. 51 & suivantes ; les *Elémens*
de M. d'Alembert, première partie, chapitre 6 ; l'*Exposition* de M. de Bérbisy,
seconde partie, septième proposition, & les Exemples 34, 35, 36 & 179 de cet
Auteur, pag. 10 & 47 des Planches gravées.

§. 133. Ce n'eft donc, dans ce cas, & dans une infinité d'autres, que pour les deux fons *mi* & *fi* : & en général, que pour les feules tierces de la Tonique & de la Dominante (*Quinta del tuono*), qu'on a recours, dans le Syftême des Modernes, à deux principes différens, à deux modèles de proportions ?

Ce motif eft fi frivole, fans compter même qu'il eft inadmiffible (*eeee*), qu'il femble annoncer un retour prochain vers la fimplicité du Syftême Egyptien. Mais enfin, comme il n'a d'autre fondement que l'erreur de Didyme & de Ptolémée à l'égard du Demi-ton, dont ils croyoient la proportion arbitraire, faute de connoître la fource de cette proportion (*voyez* Note 35, §. 191), ne doutons point que des découvertes ultérieures, que de nouvelles fpéculations, de nouvelles recherches ; en un mot, qu'un examen plus réfléchi de la chofe, ne nous ramènent un jour à la fimplicité dont je parle, à ce Principe unique fur lequel eft établi le Syftême des Egyptiens. L'Oreille, d'ailleurs, fi jamais elle eft confultée (*voyez* Note 28), peut aifément nous conduire, elle feule, à ce degré de perfection (40).

(*eeee*) Il y auroit à cet égard une réflexion très-importante à faire : c'eft que, dans aucun Syftême de Sons, il ne fçauroit y avoir à la fois deux modèles de proportions, deux *Principes* ; l'un détruifant néceffairement l'autre.

Dépend-t-il, par exemple, d'aucun Souverain, en fixant, par une Loi, le Pied à douze Pouces, & le Pouce à douze Lignes, de prefcrire, par une autre Loi, que le Demi-pied fera arbitrairement, ou de fix Pouces, ou de cinq Pouces quelques Lignes ?

La Quinte, comme *douze Pouces* ; la Tierce, de fa nature, *de fix Pouces* ; & par la Loi de Zarlin, *de cinq Pouces quelques Lignes* : voilà une fource de diffenfions dans la Théorie de la Mufique, dont les Hommes ne fe tireront peut-être pas de long-tems : voilà un fond qui leur fournira vraifemblablement encore une infinité de *Découvertes*, de Syftêmes *Nouveaux*, de nouvelles *Théories*, de Plans de *Tempérament*, &c, &c, &c.

§. 134. Boëce, chez les Latins, ne transmit à son Siècle, pour le genre diatonique, que les proportions Pythagoriciennes, c'est-à-dire, celles que Pythagore avoit apportées de l'Egypte (*ffff*).

Gui d'Arezzo, n'en présente pas d'autres dans son Système (Art. VIII, §. 88), & ce sont les seules qu'on a suivies constamment jusqu'au tems de Zarlin, c'est-à-dire, jusques vers la fin du seizième Siècle.

Le Fevre d'Estaples, le premier qui, dans ce même Siècle, ait donné, sur la Musique, un Ouvrage Élémentaire, n'admet que ces proportions (*gggg*); & il est à croire que parmi nous en particulier, les proportions Pythagoriciennes se sont conservées encore pendant quelques tems, c'est-à-dire, jusqu'au moment où les Écrits de Zarlin, assez connus en France, ont pu faire oublier des Proportions si anciennes, si authentiques. *Voyez* Note 28, §. 110.

Qu'il seroit heureux, que revenant aujourd'hui à ces mêmes Proportions, les seules avouées de nos Pères, nous

---

(*ffff*) Les valeurs que Boëce assigne aux Cordes diatoniques, depuis le cinquième Chapitre jusqu'au dixième, de son quatrième Livre sur la Musique, sont par-tout les mêmes que celles du Système des Grecs ou du Canon d'Aristide, exposées à l'Article VIII, pag. 45 & 56, de ce Mémoire. On peut voir en particulier l'Exemple du Chapitre 10, Livre 4, de Boëce, *édit. Basil.* pag. 1458, ou celui que Glaréan y a ajouté, *Ibid. pag.* 1460.

(*gggg*) L'Ouvrage de ce Sçavant a été imprimé sous le Titre de : *Musica libris quatuor Demonstrata, Parisiis* 1552; mais son vrai Titre est : *Jacobi Fabri Stapulensis Elementa Musicalia, ad Clarissimum virum Nicolaum de Haqueville,* &c. Voici ce que dit l'Auteur, touchant le Genre diatonique, au commencement de son quatrième Livre (*fol. 30, verso*) : *Diatonicum genus, melos est cujus partitio per semitonium minus & duos tonos continuè procedit.* Ce semi-ton mineur n'est autre chose que le *limma* des Grecs. Les deux tons dont parle ici Le Fevre, sont majeurs l'un & l'autre, & dans le rapport de 8 à 9. *Voyez* son Exemple du Système diatonique, où les valeurs des Sons sont assignées, *fol.* 35.

M

nous trouvaſſions ainſi affranchis d'une multitude d'erreurs qui défigurent encore notre Syſtême, & qu'on n'y vît plus que le Principe ſi ſimple (*hhhh*) ſur lequel les premiers Maîtres des Arts & des Sciences, les Inſtituteurs des Grecs & du Genre humain, avoient fixé la Muſique parmi eux (*iiii*) !

Les Nations chez leſquelles les Sciences ſe tranſplantent actuellement, pourront peut-être, un jour, exécuter ce projet. C'eſt dans cette vue que je leur offre ce Mémoire.

(*hhhh*) La Quarte ou la Quinte donnée, dont la Progreſſion triple n'eſt qu'une Formule particulière. *Voyez* Note *a* de l'*Avertiſſement*.

(*iiii*) Il nous ſuffiroit avec ce Principe, c'eſt-à-dire, la Progreſſion triple, de partir de tout autre Son que *fa*, ſi on prend cette Progreſſion en montant, ou de tout autre Son que *ſi*, ſi on la prend en deſcendant. Comme nous faiſons uſage de Dièſes & de Bémols, on pourroit appliquer le premier Terme à tel Dièſe donné, pour conduire ainſi la Progreſſion juſqu'aux Bémols ; ou bien, appliquer ce premier Terme à tel Bémol donné, pour la conduire juſqu'aux Dièſes. L'on peut encore prendre la même Progreſſion en deux ſens différens : comme *Triple*, 1, 3, 9, &c ; ou comme *Sous-triple*, 1, $\frac{1}{3}$, $\frac{1}{9}$, &c, en appliquant toujours le Terme 1 à *ſi* ou à *fa*, ſelon qu'on voudra ſous-entendre les *Vibrations* ou les *Longueurs*.

Fin du Mémoire.

NOTES
POUR LE MEMOIRE
SUR LA MUSIQUE
DES ANCIENS.

NOTE PREMIÈRE.

La Quarte, dans certains cas, n'est qu'un renverſement de la Quinte.

§. 1.

(1) *pag.* 5. Si j'écris une ſuite de ſons, comme, *ut fa fi mi la re fol ut :* là où j'aurai ſuppoſé une Quarte, un autre y ſuppoſera la quinte; & où je mettois la Quinte, il mettra la quarte, ſans que cela faſſe naître le moindre

obftacle pour l'intelligence de la propofition, fur-tout s'il s'agit d'harmonie.

§. 2. Bien plus, que j'écrive en notes de mufique, & pour une voix grave, la finale *ut fa :* que je place le *fa*, en montant, c'eft-à-dire, à la quarte d'*ut;* tous les jours, le Chanteur, s'il a une belle voix de Baffe, me tranfportera mon *fa* au-deffous de l'*ut*, me convertira la *Quarte* en Quinte, fans que perfonne penfe jamais à l'accufer d'avoir altéré l'efprit du chant, & certainement je ne me plaindrai pas de lui, bien qu'il m'ait fubftitué un intervalle à l'autre.

Les Joueurs d'Inftrumens, fur-tout, difent rarement l'Intervalle écrit : d'un petit Intervalle, ils font toujours tentés d'en faire un grand, dans les tournures où cette tranfpofition de fons peut faire briller leur dextérité, ou fournir une preuve de leur efprit de combinaifon; de leur *fcience*, pour parler dans leur fens.

§. 3. A l'oppofé de cela, combien de quartes en montant ne rencontre-t-on pas dans les mufiques faites pour la Baffe, le Violon, la Flûte, &c, lorfque le Compofiteur, voulant former une quinte en defcendant, ne trouve pas fur l'Inftrument pour lequel il travaille, le fon grave dont il a befoin (a)? Demandez à ce Compofiteur fi la *Quarte* qu'il écrit n'eft pas une *Quinte*, fi elle n'eft pas, tout au moins, l'image, la repréfentation, l'équivalent, le fyno-nyme de la quinte qu'il a en vue. On fçait d'ailleurs, que

---

(a) Comme *fa fib* en bas, pour le Violoncelle, &c; *ut fa*, pour le Violon; *fol ut*, pour la Flûte, &c, &c.

Dans les Chœurs de *Deffus*, pour la Mufique d'Eglife, ou, en général, dans les *Duo* ou les *Trio*, pour des *Deffus*, celui qui fait la baffe des autres, met fouvent le Compofiteur dans le cas d'écrire une Quarte pour une Quinte.

le Fondateur de l'Harmonie moderne, Rameau, a pris pour texte de l'un de ses Ouvrages l'*Identité des Octaves ;* & cette *Identité ,* quand même elle ne seroit pas démontrée, suffit pour rendre raison du procédé dont je parle ici. *Voyez* les *Élémens de Musique ,* par M. d'Alembert, 1ʳᵉ partie, chap. 1, *Seconde Expérience ,* édition de 1762, ou *Troisième Expérience ,* édition de 1752.

N O T E   I I.

La Progression Triple représentée dans une Série de Quartes.

§. 4.

(2) *pag. 5.* La position locale des sons, l'intervalle particulier qu'ils peuvent former, constitue la Mélodie : mais l'Harmoniste considère les Intervalles du côté qu'il veut, au grave ou à l'aigu.

Ainsi, lorsque le Praticien dit : *Les Dièses se posent par Quintes, les Bémols par Quartes ,* le Théoricien ne voit en cela que des Quintes ; les unes au-dessus, les autres au-dessous.

§. 5. Cette manière de ne considérer les sons que mélodiquement, comme le faisoient les Grecs, & de fermer les yeux, pour ainsi dire, sur ce que peut représenter une série de Quartes, s'est comme perpétuée, même parmi les Modernes, quoique le *Contrepoint ,* sans même parler ici de tout ce que j'ai fait observer à la Note précédente, quoique le Contrepoint, dis-je, le Chant *à plusieurs Parties ,* dont les Modernes sont les Inventeurs, leur offre à chaque

pas des combinaisons de sons, des renversemens d'intervalles, qui font entr'eux comme autant de synonymes, &
qu'ils employent eux-mêmes tous les jours comme synonymes, selon les bornes ou l'étendue des *Parties* pour lesquelles ils composent.

§. 6. Cette espèce d'aveuglement volontaire est tel, que
le Père Mersenne, parlant du systême Planétaire des Anciens, dans l'un de ses Ouvrages (*b*), & faisant remarquer
que l'ordre des Planètes offre *les principales consonnances*
(il veut dire apparemment *la principale des consonnances*):
que *le Soleil qui est attribué au Dimanche* (*c*), *fait la Quarte
avec la Lune, qui a donné le nom au Lundi ; il ajoute : la
Quarte est aussi de la Lune à Mars ; les autres jours vont
semblablement de* Quarte en Quarte : & n'y voit rien de
plus (*d*).

(*b*) *Traité de l'Harmonie universelle*, sous le nom de *De Sermes*, Paris, 1627,
liv. 2, Théoreme 5, pag. 351.

(*c*) Il suffisoit au Père Mersenne de penser au jour du Sabath, ou de Saturne,
que notre Dimanche a remplacé, pour en conclurre que chez les Anciens la Semaine ne commençoit point par le jour du Soleil, mais par celui du Sabath. Car
le mot *Sabaoth*, par lequel on entend communément le Dieu *des Armées* ou *des
Anges*, n'a pas toujours été restraint à ce seul sens ; il signifie aussi, selon quelques
Auteurs, *Dieu des Etoiles*, le *Très-Haut*. C'est à ce dernier sens, sans contredit
le plus ancien, que mon sujet m'a attaché. En effet, la Planète Saturne, par
rapport à nous, touche pour ainsi dire aux Etoiles, & nous voyons qu'elle est la
plus élevée des Planètes. Voyez *Sabaoth*, dans le Dictionnaire Universel traduit de
Thomas Diche, Avignon 1753, 2 vol. *in-4°.* & le mot *Sabaïsme*, dans le même
Dictionnaire, ou dans ceux de l'Académie & de Trévoux.

(*d*) C'est vraisemblablement dans Dion (*Hist. Rom. lib.* 37) que le Père
Mersenne a puisé ce qu'il nous dit ici. Mais il auroit bien dû y remarquer, lui
qui a tant écrit sur la Musique, ce que cet Historien ne fait simplement que
rapporter comme il l'a ouï dire. *De quo duos Sermones accepi*, dit-il, pag. 77,
Version de Xylandre, édition de Lyon 1559 ; & plus bas, même page, *atque hæc
prior fertur ratio* ; & encore, *hæc quidem ita perhibentur*, &c.

Je développerai, à l'Article X de ce Mémoire, le rapport que les Egyptiens
avoient établi entre les Planètes & les Sons de la Musique.

§. 7. De nos jours, le Père Sacchi, fçavant Barnabite
d'Italie, dans fa Differtation *Del numero e delle mifure
delle corde muliche*, &c, Milan, 1761, parlant vraifemblablement de Rameau (car il ne nomme perfonne), *un
moderno Autore affai celebre*, dit-il, pag. 10, *avendo replica-
tamente* (e) *confiderata la natura del tuono in tal fenfo prefo*
(in fenfo di Mode), *credette di molto accuratamente definirlo
dicendo in poco diffimili termini, che egli è una ferie, e fuc-
ceffione di corde, le quali procedono per quella confonanza che
QUINTA fi appella. Ma andando avanti affai cofe appa-
riranno, le quali ci vietano di approvare la fua fentenza.*

§. 8. Mais, comment le Père Sacchi n'a-t-il pas vu que
fes *Quartes* font les fynonymes des quintes de Rameau ?
Ou, fi ce Sçavant me permettoit de le lui dire, comment
ne voit-il pas que la Quarte, en général, eft l'image de la
Quinte ?

Enfin le Père Sacchi n'adopte pas la férie des Quintes
fa ut fol, ou 1, 3, 9, pour le mode d'*ut*. Cependant, comme
les deux Quartes *ut fa* & *fol ut*, dont cet Auteur compofe
les quatre cordes, qu'il appelle les *Principales* de ce mode
(*corde principaliffime*, pag. 80 & ailleurs), répondent aux
nombres 24, 32, 36, 48, qu'il leur affigne dans la férie
des fons diatoniques du mode d'*ut*, page 57 de fon Ouvrage,
il eft aifé de lui démontrer que fes deux *Quartes* ne font que
des fynonymes, l'une de la quinte *fa ut*, ou 1, 3; l'autre,

(e) Ce mot me fait croire que le Père Sacchi a ici en vue la définition du
Mode, donnée par Rameau, dans fes *Nouvelles Réflexions fur la Démonftration
du Principe de l'Harmonie*, pag. 16, 17, & au fujet de laquelle ce célèbre Muficien difoit dans une Note : « Je rappelle ici la définition du Mode, parce que
» je la crois plus claire encore que dans ma *Démonftration.* »

de la quinte *ut fol*, ou 3, 9. Car, dans les quatre cordes principales du Père Sacchi, *ut fa fol ut*, ou 24, 32, 36, 48, les deux *ut*, 24 & 48, ne font que des octaves du nombre radical 3 (voyez la *Deuxième Table*, à la fin de l'Ouvrage); de plus, le radical de *fa*, 32, eft 1 (voyez la *Première Table*), & le radical de *fol*, 36, eft 9 (voyez la *Troifième Table*). Or, il ne s'agit que d'arranger ces trois radicaux, fçavoir, 3, 1 & 9, felon l'ordre le plus naturel, celui qu'exige & qu'indique leur valeur, afin d'en obtenir la définition de Rameau, la férie en progreffion triple, 1, 3, 9, ou *fa ut fol*, bafe primitive, tant des deux *Quartes* du Père Sacchi, ou du chant qu'il en forme dans fes cordes *principaliffimes*, UT FA SOL UT, que de tout autre chant qu'on en peut former : comme *fol ut fa fol*, *fa fol ut fa*, &c, en combinant ces trois fons fondamentaux, & répétant celui des trois qu'on aura mis pour le premier, le *fa*, l'*ut*, ou le *fol*.

§. 9. Tout le monde fçait que le renverfement d'une quarte, eft une quinte, & que celui d'une quinte, eft une quarte : j'aurois honte de le rappeller davantage ici ; cependant l'on voit, par le peu que je viens d'obferver, combien il eft difficile de réveiller, dans l'efprit des plus habiles Gens, l'idée de *quinte* lorfqu'on leur parle de quartes, ou l'idée de *quarte* lorfqu'on leur parle de quintes. Faut-il s'étonner fi l'efprit de ces Auteurs Grecs, dont les Ouvrages fur la Mufique nous font parvenus, femble comme circonfcrit dans leurs *Tétracordes*, de même que le nôtre l'eft très-fouvent dans nos *Quintes !*

NOTE

NOTE III.

Sur les Cordes Stables *& les Cordes* Variables
du Syftême des Grecs.

§. 10.

(3) *pag. 5.* Les Grecs poftérieurs à Pythagore, avoient
donné le nom de *Stables* aux cordes extrêmes de chaque
tétracorde, par oppofition aux deux cordes intermédiaires
qu'ils accordoient, tantôt pour le genre Diatonique, tantôt
pour le Chromatique, tantôt enfin pour le genre Enarmonique; ce qui, joint à l'idée qu'ils s'étoient formée de ces
cordes, après la perte du principe, les leur faifoit nommer
Mobiles ou *Variables,* &c. En effet, rien de plus variable
chez eux que ces cordes. Le Principe une fois perdu, pro-
duifit tous ces calculs, toutes ces proportions différentes
qu'ils effayèrent fur ces cordes, & qui font toute la fcience
de la plûpart de leurs Ecrits. Retranchez de leurs Ouvrages
les plus eftimés, quelques définitions, quelques notions
élémentaires, tout le refte y eft mathématique, ou roule
fur *l'harmonie,* c'eft-à-dire, dans le fens des Grecs, fur la
proportion à donner à telle ou telle corde. Ce font ces idées
qui ont produit le monftrueux fyftême d'Ariftoxene. C'eft
de-là que viennent quelques autres fyftêmes, qu'on peut
regarder comme intermédiaires, à l'égard de celui-ci, c'eft-
à-dire, ou comme plus ou moins éloignés du Principe,
ou comme plus ou moins rapprochés des idées d'Ariftoxene.

§. 11. C'eft de cette variabilité d'intonation pour les
cordes mobiles, de cette incertitude où étoient les Grecs

N

modernes touchant la proportion que devoient avoir ces
cordes, que font nées parmi eux tant de fortes de Diatonique, de Chromatique, & même d'Enarmonique. A ne
parler ici que du Genre Diatonique, Ptolémée en a, à lui
feul, de cinq efpèces différentes. D'autres fans doute en
avoient, ou du moins pouvoient en avoir un plus grand
nombre. Ce qui m'étonne, c'eft que les Grecs n'en ayent
pas inventé davantage ; l'ignorance d'un principe doit néceffairement produire, fi je ne me trompe, des milliers
d'idées, qui fe trouveront, ou au-delà, ou en-deçà du
principe. En effet, malgré les différens fyftêmes d'intonation
propofés par quelques Auteurs Grecs, n'avons-nous pas
encore aujourd'hui de nos Modernes, qui, en effayant
d'autres proportions que celles que dicte l'oreille, ne laiffent
pas d'en trouver quelquefois de nouvelles ? d'inventer, &
de nous produire différens fyftêmes de fons, différentes
formules d'intonation ? comme fi cet objet pouvoit jamais
être foumis à la volonté ou à l'opinion de l'homme !

N O T E　I V.

Aveu d'Ariftoxene touchant la proportion de la Quarte ;
Conféquences de cet aveu en faveur de l'indivifibilité
du Ton.

§. 12.

(4) *pag. ƒ.* Aristoxene, qui, dans l'idée que le ton étoit
divifible, le partageoit en différentes portions, dont il
compofoit un Syftême de fons pour la plûpart irrationels,

avoue cependant que la Quarte eſt compoſée de deux tons
& un *limma* (*f*).

§. 13. Cet aveu d'Ariſtoxene auroit bien dû faire ouvrir
les yeux à ſes Sectateurs! Par exemple, ſi dans le Syſtême
des Grecs, *la ſol fa mi re ut ſi la*, les quartes, *ſi mi, mi la,
la re*, qui forment les quatre cordes dites *Stables*, de ce
Syſtême, ne peuvent être altérées, ſelon le ſentiment una-
nime des Grecs, ſoit anciens, ſoit modernes, & préſentent
ainſi le modèle exact de la Quarte trois fois répété, en
conſtatent la juſte proportion ſous trois formes différentes,
par quel principe, dans la ſérie des ſons, *la ſol fa mi re ut
ſi la*, que j'apporte en exemple, les trois autres Quartes,
re ſol, ſol ut, & *ut fa*, pourront-elles ne pas être conformes
à ce modèle, être entendues ſous des proportions différentes, & par conſéquent fauſſes? Quelle raiſon me trou-
vera-t-on pour que les cordes qui doivent ſonner ces trois

(*f*) Voyez la Note 23, §. 94, où j'ai rapporté le ſentiment d'Ariſtoxene,
d'après Théon de Smyrne. Mais, ce qu'il y a de plus fort contre l'abſurdité des
ſons arbitraires de cet ancien Auteur, c'eſt le principe qu'il poſe lui-même au
ſecond Livre de ſes *Elémens harmoniques*. Il y établit, que la voye la plus ſûre
pour obtenir la proportion d'un intervalle diſſonant quelconque, eſt de prendre
cet intervalle par les conſonnances. Voici à quoi ſe réduiſent les Exemples qu'il
en donne.

Si j'ai à prendre, par exemple, le diton *mi ut*, en deſcendant, ou le diton *fa
la*, en montant, c'eſt de procéder par des Quartes & des Quintes alternatives,
comme: *mi la re ſol ut*, pour le premier cas, ou *fa ut ſol re la*, pour le ſecond.
Il eſt aiſé de voir, 1°. que les deux extrêmes, *mi & ut*, de *mi la re ſol ut*, ou
les deux extrêmes, *fa la*, de *fa ut ſol re la*, forment des ditons parfaitement
juſtes; 2°. que les tons que donnent les extrêmes, de *fa ut ſol*, d'*ut ſol re*, &
de *ſol re la*, dans les deux cas, doivent également être des tons juſtes & d'une
proportion inaltérable; ou bien il faut ſuppoſer que l'intonation de la Quarte &
de la Quinte eſt arbitraire; & c'eſt ce que ne ſuppoſe point Ariſtoxene, & qu'il
ſeroit trop abſurde de ſuppoſer ici, *Magis conſonorum magnitudinibus credat ſenſus,
quam Diſſonorum. Accuratiſſima fuerit* DISSONI *intervalli ſumtio, quæ fit per
conſonantiam*. Ariſtox. Harmonicor. Elementor. lib. 2, edit. & verſ. Meibom.
pag. 55. Voyez les Notes de Meibomius ſur ce Paſſage, pag. 116 de ſes *Auctores
ſeptem, col. 2, v. 13, 23.*

Quartes, puiſſent être diſtendues ou relâchées à volonté, & fournir ainſi dans les degrés conjoints qui en réſultent, des tons & des demi-tons qui ne ſont pas ceux que l'oreille demande, & que les proportions exigent?

§. 14. Je n'ignore point les prétendues raiſons qu'on allégue en faveur de la diſtenſion des Quartes, ou du relâchement des Quintes, pour certains Inſtrumens ſur leſquels on ne peut mieux faire. Mais, ce qui ſeroit préférable à ce *mieux*, ſeroit, ce me ſemble, de ne pas tranſporter ces raiſons à la Muſique, & de l'enviſager, telle qu'elle a toujours été, comme une Science Phyſico-mathématique, plutôt que d'aller la prendre dans l'eſprit ou dans l'attelier d'un Facteur d'Inſtrumens tempérés ou à Touches.

§. 15. La Muſique, dans ſes principes les plus ſimples, il eſt bon de le rappeller, reconnoît, 1°. ſept notes naturelles; 2°. ſept notes que nous appellons *dièſées*; 3°. ſept autres notes que nous appellons *bémollées* (*). Je dis, la Muſique dans ſes principes les plus ſimples; car la Pratique elle-même fait uſage de notes deux fois dièſées, & de notes deux fois bémollées. Ainſi, il y a tout au moins, dans la

_____

(*) On dit bémoliſées, & c'eſt ainſi que j'avois d'abord écrit ce mot; mais je n'ai pu le ſouffrir de même dans l'Impreſſion. Pour ſentir mes raiſons, il n'y a qu'à former béquatriſées, du mot Béquarre, qui ne ſignifie autre choſe qu'un b qui eſt quarré, un b-quadro, comme diſent les Italiens. On voit bien que c'eſt le mot dièſer qui a fait naître le mot barbare bémoliſer; mais il faut faire attention auſſi que les mots bémol, béquarre, n'ont aucune analogie avec le mot dièſe.

Au reſte, ſi l'on dit le col & décoller, pourquoi ne diroit-on pas bémol & bémoller, comme l'inſtinct l'a fait dire à quelques Praticiens dans des Méthodes de Chant? Quoiqu'il en ſoit, barbare pour barbare, je me détermine pour le bémoller, d'autant que dans nos Provinces Muſiciennes, le Languedoc & la Provence, l'on dit bemoulla, verbe, & bemoullade, adjectif; & que bemoulifa, bemoulifade, y feroient rire. Or, ces deux Provinces, j'en demande pardon aux François, doivent faire autorité, en France, pour la Muſique, de même que Marſeille & Toulon y font autorité pour les termes de Marine, qui, dans la Langue Françoiſe, ſont preſque tous Marſeillois, ou corrompus du Marſeillois.

Mufique, la fomme de vingt-un fons, ou fi l'on veut, le réfultat de vingt Quintes confécutives, qu'on peut employer fans crainte de reproches, fçavoir : *fab*, *utb*, *folb*, *reb*, *lab*, *mib*, *fib*, *fa*, *ut*, *fol*, *re*, *la*, *mi*, *fi*, *fa✳*, *ut✳*, *fol✳*, *re✳*, *la✳*, *mi✳*, *fi✳* ; & nous voudrons, en faveur des connoiffances bornées de l'Ouvrier, réduire cette fomme à douze fons feulement ? Confondre avec lui un *Si✳*, par exemple, avec un *ut* ? Bien plus, un *Si✳* & un *rebb*, avec un *ut* ?

§. 16. Ce n'eft rien encore : Selon nos Principes, qui admettent deux fortes de tons, le *majeur* & le *mineur*, ce nombre de fons augmente encore du double ; car il nous faut à nous un *re*, par exemple, qui forme, avec *ut*, un ton majeur, & un *re* qui forme, avec le même *ut*, un ton mineur ; un *mi* qui forme, avec *re*, un ton majeur, & un *mi* qui forme, avec le même *re*, un ton mineur ; & ainfi généralement de toutes les autres notes, qui, d'après nos principes, doivent paroître fous les deux formes différentes de ton majeur, & de ton mineur, par rapport à leurs voifines, dans l'ordre des tons confécutifs. Renonçons donc une fois à tout Principe, de quelque nature qu'il foit, fi cette multitude de fons peut s'exécuter, ou être repréfentée par douze feulement.

La Mufique, je le répète, fut toujours une Science Phyfico-mathématique ; ne prenons donc pas pour le fondement de notre théorie & de nos principes, l'embarras ou l'impuiffance de l'Ouvrier à nous faire entendre, fur certains Inftrumens, tous les fons dont nous compofons nos Modes, & que la Voix, le Violon, le *Violoncello*, &c, font entendre quand nous voulons.

NOTE

NOTE V.

Par quelle raison l'Instrument dont se servent les Modernes, pour donner le ton, sonne l'A-mi-la.

§. 17.

(5) *pag. 6.* C'EST de-là que vient l'expression Grecque dont nous nous servons encore quelquefois, *donner le ton*, pour dire, donner l'*A-mi-la;* car notre Système, notre Gamme, n'est point en *A-mi-la*, mais en *C-sol-ut.* Nos Ancêtres ont tout vu en *ut*, dans la Musique; les douze modes qu'ils y reconnoissoient, n'étoient que des combinaisons de la Gamme d'*ut* (*g*); nos Transpositeurs ne chantent encore, ne conçoivent, ne composent tous les modes majeurs, que par l'*ut;* ceux qui donnent du Cor, ceux qui sonnent de la Trompette, à quelque ton qu'on les fasse jouer, pour quelque ton que leurs Instrumens ayent été fabriqués, ne jouent jamais, mentalement & quant à eux, qu'en *C-sol-ut;* &c, &c. Ainsi, *donner le ton*, auroit été, pour nos Pères, donner le *C-sol-ut*, si une tradition ancienne n'eût perpétué, comme à leur insçu, pour ainsi dire, le ton Grec, le ton de la Lyre & du Système qu'elle présentoit; en un mot, le ton de la corde dite Proslambanomène, l'*A-mi-la.*

§. 18. C'est par la même raison qu'aujourd'hui encore, l'Instrument dont nous faisons usage pour conserver un ton

---

(*g*) Voyez les Institutions de Zarlin, quatrième partie, chap. 10. L'on trouvera, d'ailleurs, la même doctrine touchant les Modes, dans tous les vieux Auteurs contemporains de Zarlin.

à peu près fixe., & que quelques uns nomment *Choriste*, sonne l'*A-mi-la*.

§. 19. Dans nos Provinces Méridionales, où les traces des Grecs ne sont pas totalement effacées, cet Instrument n'est guères connu que sous le nom de *Diapason*. En effet, il n'est autre chose qu'une Octave, plus ou moins aiguë, de la Proslambanomène. Or, tout le monde sçait qu'*Octave* ou *Diapason*, sont des termes synonymes en Musique.

§. 20. On pense bien qu'il falloit aux Grecs quelque son fixe en *A-mi-la*, pour monter sur ce ton, soit la Proslambanomène de leur Lyre, soit la représentation de cette Proslambanomène, dans le *Monochorde* sur lequel opéroient les Pythagoriciens. Car cet Instrument leur servoit, non-seulement pour y trouver les sons principaux du Système, mais encore pour comparer & pour vérifier, en quelque manière, les sons que devoient rendre les Instrumens sujets à l'accord, c'est-à-dire, les Instrumens à corde, & s'assurer ainsi de la justesse ou de la fausseté de ces sons. Mais l'usage le plus essentiel du *Monochorde*, parmi les Grecs, étoit de former l'Oreille & la Voix à l'intonation. *Touchez souvent le Monochorde*, disoit Pythagore à ses Disciples, & c'est ce qu'il leur répétoit encore étant sur la fin de sa carrière.

« Pythagoram, aiunt, cum ex hâc vitâ abiret, amicos » adhortatum, ut Monochordum pulsarent. » *Aristides Quint. Music. lib. 3, ex vers. Meibom. pag. 116.*

§. 21. En effet, n'est-ce pas comme qui diroit : *Consultez souvent le Pied*, si vous voulez apprécier plus sûrement au coup d'œil une longueur donnée ?

Quelle différence, entre ce Siècle brillant de la Mufique, & le nôtre ! Un Homme naît aujourd'hui, pour ainfi dire, dans la Mufique ; vit & meurt Muficien ; fans jamais avoir entendu une Quarte, une Quinte, un ton, un demi-ton, &c, d'après aucun modèle qui en préfente la jufte proportion ! Faut-il s'étonner fi, comme les Ariftoxéniens, des Sçavans & des Praticiens s'amufent encore parmi nous, les uns à rechercher des *Syftêmes* de fons, des *Théories*, des *Approximations*, &c ; les autres des *Tablatures*, que tantôt ils appellent *idéales*, tantôt, *données par l'oreille même*, pendant que leurs opérations mêmes démontrent qu'ils n'ont ni l'oreille jufte, ni une idée jufte du fon, je veux dire, des proportions qui le repréfentent, & qu'on les voit s'appuyer indiftinctement & avec une égale con-fiance, fur des proportions purement arbitraires, comme fur les plus authentiques ?

Au refte, il faut obferver au fujet du Monochorde, que ce n'étoit pas là un Inftrument à exécuter de la mufique, un Inftrument à jouer des Airs. Le Monochorde eft proprement la *Règle*, le *Canon* de l'Intonation. « Mo-» nochordum igitur Regulare idcircò dicitur, quod in » unico nervo muficæ confonantiæ harmonicâ regulâ per-» veftigentur. » *Faber Stapulenfis Elementor. mufical. lib.* 4, *fol.* 32. *Vide Boeth. Muf. lib.* 4, *cap.* 4; *Theon. Smyrn. çap.* 35; *Ariftid. Quint. lib.* 3; *Euclid. apud. Meibom, pag.* 23.

NOTE VI.

Caractère de la Corde dite Proſlambanomène.
Sens le plus vrai de ce mot.

§. 22.

(6) *pag. 6.* LES noms d'*Acquiſe*, d'*Ajoutée* ou *Sur-ajoutée*, par leſquels on traduit communément le mot *Proſlambanomène*, ont pu faire naître cette opinion ; mais la ſuite de ce Mémoire fera voir que la Proſlambanomène a dû être ajoutée au Syſtême, lors de ſon extenſion. Le ſens littéral du mot Grec *Proſlambanomenos*, n'eſt pas d'ailleurs contraire à cette idée ; car la même corde s'appelloit auſſi *Proſmelodos* (*h*).

§. 23. Or, *Proſlambanomenos* ne ſignifie autre choſe que *miſe au devant*, priſe pour être placée au devant des autres. C'eſt le ſens dans lequel M. d'Alembert a parlé de cette Corde, au cinquième Chapitre de la première Partie de ſes *Élémens de Muſique* ; mais ce ſens ne ſuppoſe pas un intervalle de tems néceſſaire entre l'extenſion du Syſtême par Pythagore, & l'addition de la Proſlambanomène pour completter ce Syſtême. On verra à l'Article IV de ce Mémoire, par quelles raiſons Pythagore a dû ajouter cette Corde au Syſtême qu'il amplifioit.

Il ne faut pas oublier au reſte, en liſant le Chapitre de

(*h*) « Super hypatas hypatôn addita eſt una chorda, quæ dicitur Proſlamba-nomenos : ab aliquibus autem Proſmelodos dicitur. » *Boeth. Muſ. lib. 1, cap. 20, edit. Baſil. pag.* 1387.

Voyez encore, au ſujet de *Proſmelodos*, l'*Harmonie univerſelle* de Merſenne, édition *in-12*, Paris 1627, pag. 133.

O

M. d'Alembert, que je viens de citer, que les *Élémens*
ne sont, en général, qu'une simple exposition des idées &
des principes de Rameau. Principes que M. d'Alembert,
en les développant avec la plus grande netteté, a sçu mettre
à la portée même des Enfans. Ce sont les expressions de
Rameau, dans sa Lettre de Remercîment à M. d'Alembert.
Voyez le Mercure de France, Mai 1752.

N O T E   V I I.

Le Tétracorde mi re ut si, *mal interprété par les Modernes.*

§. 24.

(7) *pag. 8.* C'est à peu près-là interpréter de l'Hébreu
ou du Syriaque, en le lisant à l'Européenne, je veux dire,
de gauche à droite. Mais enfin, en prenant ce Tétracorde
à notre manière, ne pourroit-on pas y voir tout aussi bien
le produit de *sol,* tonique, à *ut* sous-dominante? Ou bien,
en supposant un mode mineur, ne pourroit-on pas y voir
de même, le produit de *re,* sous-dominante, au *la,* tonique, ou de *mi,* dominante, & de *re,* sous-dominante,
au même *la,* ou tout autre chose encore?

§. 25. Si le hasard eût fait entonner à Rameau ce Tétracorde, comme le chantoient les Grecs (en descendant),
il eût sûrement été pénétré de l'impression du mode mineur
de *la,* ou même de celle du mineur de *mi,* selon le degré
d'attention qu'il auroit pu donner à son chant. Je dis, mode
mineur; mais il est constant que le Tétracorde *mi re ut si,*
étoit, pour les Grecs, un vrai mode *majeur,* puisqu'ils y
procédoient, comme nous l'exigeons pour ce mode, par

un ton, un ton, & un demi-ton : *mi re*, *re ut*, *ut fi*; ou, ce qui eſt la même choſe, puiſque la première note de ce Tétracorde forme, avec la *Trite*, ou troiſième, une vraie tierce majeure, *mi ut*.

§. 26. Il faut obſerver, au reſte, 1°. que les quatre ſeules notes de ce Tétracorde ſuffiſent pour conſtituer, dans le ſens des Grecs, ce que nous appellons le mode de *mi*, compoſé chez nous de deux Tétracordes (la ſuite confirmera cette obſervation); 2°. que les Grecs, ne faiſant pas uſage de notre harmonie, ne pouvoient point être conduits à l'idée de rapporter un même ſon, ou un même Tétracorde, à divers ſons fondamentaux, encore moins à divers modes; car tous les ſons de leur Syſtême étant exactement fonda-mentaux, ne ſe préſentoient à leur oreille que comme autant de ſons iſolés, abſolus, indépendans, & non comme des portions quelconques d'un grouppe de ſons, des portions de ce que nous nommons *Accord*. Un *mi*, par exemple, étoit pour eux un *mi*, & non la tierce de l'accord *ut mi ſol*, ou la quinte de l'accord *la ut mi*, &c, &c. C'eſt ainſi que les Chinois, qu'une infinité d'autres Peuples, conçoivent le ſon, & qu'ils l'ont toujours conçu. Parmi les Européens mêmes, ceux dont l'oreille n'a pas été accoutumée à l'har-monie, n'ont pas une autre idée du ſon. Nos Plaincha-niſtes, & pluſieurs Muſiciens qui, comme les Chinois, ne voyent encore dans la Muſique que la Mélodie, peuvent également dépoſer en faveur des ſons iſolés, ou abſolus, dont je parle, & par conſéquent en faveur des Grecs, qui n'en connurent pas d'autres dans tous leurs chants.

NOTE VIII.

Raifons qui confirment la juſteſſe des nombres que Boëce *fait correſpondre aux Cordes de la Lyre de Mercure.*

§. 27.

(8) *pag. 12.* Boëce n'eſt point ſuſpeƈt en nous tranſ-mettant ces nombres ; rien ne le portoit à les arranger en une ſorte de *Baſſe-fondamentale.* Ce ſont préciſément ceux qui ont préſenté la Lyre de Mercure comme compoſée de degrés conjoints, dont le témoignage me paroît ſuſpeƈt. L'habitude d'enviſager les ſyſtêmes de Muſique par des in-tervalles rapprochés, de ne les concevoir que ſous les formes diatoniques d'Echelle, de Gamme, de Diagramme, a pu leur faire regarder comme tronqué, comme vicieux, un Syſtême dans lequel ils voyoient des lacunes. Ils auront voulu le rétablir, le corriger ; d'où chacun a cru devoir l'arranger ſelon ſa manière de voir, comme font aſſez ſouvent la plûpart des Interprêtes, des Traduƈteurs & des Peintres.

§. 28. C'eſt ainſi qu'Homère, dans l'Hymne à Mercure qu'on lui attribue, que Bryennius, Auteur didaƈtique, dans Wallis (*Oper. Mathemat.* T. 3), & quelques autres Auteurs anciens, parlent de cette Lyre comme d'un com-poſé de ſept cordes par degrés conjoints, tandis que d'autres n'en admettent que quatre, d'autres que trois (*i*), toujours par degrés conjoints.

(*i*) Nous verrons à la Note 21 de ce Mémoire, comment la Lyre de Mercure a pu être conçue ſous l'idée de trois cordes. D'où il eſt aſſez naturel que ceux qui

§. 29. Rameau, par exemple, n'a voulu voir, dans cette même Lyre de Mercure, que le chant *si ut re mi*, faisant le Dessus de la Basse *sol ut sol ut*. Rameau étoit moderne, sçachant très-bien son *Contrepoint*; grand Harmoniste d'ailleurs, & Auteur de la *Basse-fondamentale.*

§. 30. Glaréan, Editeur de Boëce, n'a pas manqué d'ajouter au Texte qui présente la Lyre de Mercure (*edit. Basil. pag. 1383*), les notes *ut sol fa ut*. C'est que, de son tems, tout étoit en *C-sol-ut* (voyez Note 5).

§. 31. De nos jours, M. Euler, ne voyant que deux sons conjoints entre le *fa* & le *sol* de la traduction *ut sol fa ut* de Glaréan, a cru ne pouvoir mieux faire que de prendre le *fa* pour premier son, pour premier degré, sans doute afin d'avoir au moins un commencement de Gamme dans *fa sol*. On sçait que depuis Gui d'Arezzo, le premier son d'une Gamme est toujours placé du côté du grave : c'est donc sous les notes *fa sol ut fa*, que M. Euler concevoit la Lyre de Mercure (*k*).

Mais, le plus sûr en ceci, comme en beaucoup d'autres choses, seroit de ne rien sçavoir du tout, afin de ne voir dans un objet quelconque, que ce qui y est. L'habile

---

regardoient les degrés Diatoniques comme les élémens du Chant, & même de la Musique, ayent été conduits à croire ces trois cordes disposées par degrés conjoints, comme *mi re ut*, ou *re ut si*; sans penser que les Grecs, qui ont toujours regardé les Tierces comme des dissonances, nous ont appris, par cette doctrine, que le premier Système de Musique n'a pas dû former *une Tierce*. D'ailleurs, l'idée que les mêmes Grecs donnent du Ton, prouve encore suffisamment que ce *Ton* n'a pu exister avant la Quarte & la Quinte, puisqu'il est défini, *l'excès de la Quinte sur la Quarte*. C'est en effet par des Quintes & par des Quartes que les Tons se font formés, & non les Quartes ou les Quintes par des Tons, comme on le croit communément. Voyez Note *à* de l'*Avertissement.*

(*k*) Voyez Note 10, §. 34, pour les nombres que M. Euler attribue à ces sons.

Peintre voit les objets tels qu'ils font, le fçavant Peintre ne voit fouvent que les règles, les préceptes, la manière de fon Maître.

N O T E I X.

Les nombres que Vincenzo Galilei *attribue à* Plutarque, *touchant la Lyre de Mercure, font les mêmes, pour le fond, que ceux de Boëce.*

§. 32.

(9) *pag. 12.* Dans les Exemples que Vincenzo Galilei donne de la Lyre de Mercure, pag. 113 & 120, de fon *Dialogo,* on trouve pour *mi fi la mi,* les nombres 3072, 4096, 4608, 6144, fous le nom de Plutarque : mais ces nombres, loin d'être oppofés à ceux de Boëce, en conftatent au contraire l'exactitude, & d'une manière bien frappante, puifque les divers nombres que rapporte Galilei, dans ces mêmes Exemples, y font préfentés comme autant d'opinions différentes (*diverfi pareri*) touchant la Lyre de Mercure.

§. 33. Les nombres de Plutarque, quoique différens en apparence, de ceux de Boëce, n'en font néanmoins, dans le fond, que des fynonymes ; ou, pour mieux dire, ce font les mêmes nombres, pris à neuf octaves de diftance. En un mot, ils émanent des mêmes générateurs, des mêmes radicaux, 1, 3, 9, que ceux de Boëce.

L'on peut voir à la fin de cet Ouvrage, pour le nombre 3072, la *Deuxième Table* (dixième octave) ; pour le nombre 4096, la *Première Table* (douzième octave) ; pour

4608, la *Troifième Table* (neuvième octave); & pour
6144, octave du premier nombre, la *Deuxième Table*
(onzième octave). D'où l'on conclurra que tous ces nombres, comme je l'ai déjà dit, ne font que les neuvièmes
octaves de 6, 8, 9, 12, de Boëce. Le premier, ou 3072,
eſt, en effet, la neuvième octave de 6; le fecond, ou
4096, eſt la neuvième octave de 8; le troifième, 4608,
la neuvième octave de 9; & le dernier, 6144, la neuvième
octave de 12.

Au reſte, Plutarque, dans fon Traité de Muſique, rapporte bien les nombres 6, 8, 9, 12, au fujet des confonnances des Anciens; mais je n'ai pu trouver encore, dans
ce Traité, ni dans quelques autres de Plutarque, les
nombres cités par Galilei. D'un autre côté, le Père Martini, dans fa *Storia della Muſica*, pag. 443, fait mention
des nombres de Galilei; mais il ne dit pas mieux que cet
Auteur, en quel endroit de Plutarque il faut les prendre.
Quoiqu'il en foit, que ces nombres fe trouvent, ou non,
il eſt conſtant, que loin d'infirmer l'autorité de Boëce,
comme l'a peut-être cru Galilei, ils ne font que l'établir
davantage. Car le Syſtême *mi fi la mi*, fera toujours le
même, à quelque degré d'élévation ou d'abaiſſement qu'on
veuille le repréſenter, dès que les rapports entre les fons
qui le compoſent feront les mêmes.

NOTE X.

Les nombres de M. Euler, pour la Lyre de Mercure, ne font qu'une combinaison de ceux de Boëce.

§. 34.

(10) *pag. 13.* M. EULER, dans fon Ouvrage fur la Mufique (*Tentamen , cap. 8*), donne la Lyre de Mercure fous les nombres 8, 9, 12, 16; & il y fait correfpondre les notes montantes F G c f (*fa fol ut fa*). Ces nombres fe réduifent également aux trois radicaux, 1, 3, 9.

Toute la différence qu'on peut trouver entre les nombres 8, 9, 12, 16, de M. Euler, & 6, 8, 9, 12, de Boëce, c'eft que, dans ceux-ci, 12 eft une répétition de 3, & que, dans les nombres de M. Euler, 16 répète 1.

§. 35. Si nous faifons correfpondre les notes *fi mi la,* aux nombres 1, 3, 9, qui font les radicaux, tant des nombres de M. Euler, que de ceux de Boëce, les premiers de ces nombres donneront le Tétracorde defcendant, *fi la mi fi,* au lieu du Tétracorde, *mi fi la mi,* de Boëce. En voici la comparaifon :

$$\text{Selon Boëce.} \left\{ \begin{array}{cccc} 6 & 8 & 9 & 12 \\ mi & fi & la & mi. \end{array} \right.$$

$$\text{Selon M. Euler.} \left\{ \begin{array}{ccccc} & 8 & 9 & 12 & 16 \\ \ldots & fi & la & mi & fi. \end{array} \right.$$

§. 36. Il eft aifé de voir que la difpofition des nombres, felon M. Euler, ne change rien, ni au fond, *fi mi la,* ni à fa traduction, *fa ut fol.* Traduction, dans laquelle le

fa,

fa, 8, repréſentant le premier terme, ſuppoſe la progreſſion montante, *fa* 1, *ut* 3, *ſol* 9, comme *ſi*, 8, repréſentant également le premier terme, ſuppoſe la progreſſion deſcendante, *ſi* 1, *mi* 3, *la* 9.

§. 37. Au reſte, ſi l'on trouve la traduction, *fa ut ſol*, défectueuſe, il faut s'en prendre à Gui d'Arezzo, qui, par ſon addition du *Gamma*, au-deſſous du Syſtême des Grecs, a tellement déguiſé cet ancien Syſtême, qu'il nous a forcés dès-lors de tout voir en *C-ſol-ut*, & en montant. En effet, il n'y a qu'à chanter l'Echelle des Grecs, *la ſol fa mi re ut ſi la*, avec un *Sol-naturel* au bout, pour ſentir que, par l'opération de Gui, toute la Muſique devoit déformais être conçue en montant. C'eſt du moins le ſeul moyen d'obtenir, dans la ſérie propoſée, un chant tant ſoit peu ſupportable. Auſſi voyons-nous qu'on a été obligé, dans la ſuite, de tranſporter le *Gamma-ut* à quelques degrés plus haut, au *C*, pour former le chant, *ut re mi fa ſol la ſi ut*, lequel a enfin ſi heureuſement remplacé l'Echelle abſurde, *ſol la ſi ut re mi fa ſol*.

Si les Lacédémoniens ſévirent contre Timothée, parce qu'à l'ancienne Cithare, compoſée de ſept cordes, il en avoit ajouté quatre (*l*), on peut ſe faire une idée du changement que cette addition pouvoit apporter au ſyſtême reçu, quelles que fuſſent ces cordes, par la conſidération de ce qu'a produit la ſeule corde *ſol*, ajoutée au Diagramme des Grecs !

_____

(*l*) Voyez le Décret des Éphores, rapporté à l'Article V du Mémoire, Note *ee*, pag. 25, où il faut lire la faute d'impreſſion, *poſt poſitâ*, en un ſeul mot, comme l'indique mon *inverſâ* de la parenthèſe.

NOTE XI.

Rameau, pour n'avoir pas pris en descendant le Système des Grecs & celui des Chinois, n'a pu s'appercevoir du rapport qu'ont entr'eux ces Systêmes.

§. 38.

(11) *pag. 15.* L E célèbre Rameau, soit dans son *Code de Musique* & son *Origine des Sciences*, soit dans quelques autres Ouvrages, en prenant le Tétracorde renversé, *si ut re mi*, pour le plus ancien Systême qui ait existé, & le chant, également renversé, *ut re mi sol la ut*, pour être le Systême des Chinois, n'a pu voir aucun rapport entre ce Systême & celui des Grecs. *Si les Chinois & Pythagore*, dit-il, pag. 224 de son Code, *suivent cette progreffion* (la triple), *les systêmes qu'ils en ont tirés n'ont nul rapport entr'eux, non plus qu'avec le Tétracorde* (c'est le Tétracorde *si ut re mi* que Rameau entend par cette expreffion).

§. 39. Le même Auteur, dans son *Origine des Sciences*, pag. 11, parlant de la toute-puiffance fur la Mufique que Pythagore attribue au nombre 3, s'écrie ainfi : *Sur quoi Pythagore a-t-il pu fonder une fi jufte décifion, lorfque de cette progreffion* (la triple), *il a tiré le plus mauvais de tous les fystêmes ? Les Chinois,* ajoute-t-il, *en propofant la même progreffion, en tirent un fyftême tout différent ;* &c, &c.

En fuivant ce Mémoire, on verra ce que c'est que ce Systême de Pythagore, & l'on trouvera tous les rapports qu'on pourroit défirer entre le Systême des Chinois, celui de Pythagore, & ce que Rameau appelle *le Tétracorde.*

Pythagore mérite bien d'être mieux connu parmi nous, du moins en ce qui concerne la Musique; car je m'apperçois que ce n'est pas notre célèbre Musicien seul, que l'erreur fasse s'acharner à Pythagore. On verra en particulier à la Note 28, quel tort se font ceux qui n'ont pas d'oreille, d'en vouloir à Pythagore. Au reste, j'appelle *n'avoir pas d'oreille*, lorsqu'on chante selon les proportions de Pythagore, comme nous le faisons, & comme je le prouverai à la Note que je viens de citer, & qu'on se répand en invectives, en déclamations contre ces mêmes proportions. Cela prouve, du moins, qu'on ne sçait pas apprécier ce qu'on a chanté, ou que ces déclamations ne font lâchées que sur la foi de ce qu'ont écrit les Modernes depuis deux siècles, c'est-à-dire, depuis Zarlin, touchant les Proportions.

NOTE XII.

Sur les différentes acceptions des mots Heptacorde *& Tétracorde.*

§. 40.

(12) *pag. 16.* ON doit faire la même attention aux divers sens que comporte le mot *Heptacorde,* qu'à ceux dans lesquels le mot *Tétracorde* peut être pris, afin de ne pas confondre les intervalles que ces mots expriment, avec les Systêmes ou les Instrumens qu'ils peuvent désigner, comme cela arrive quelquefois aux personnes qui ne connoissent pas la Musique des Grecs. Voyez ce qu'observe l'Auteur de la *Lettre à M. Diderot sur le Projet de l'unité de Clef*

dans la Mufique, Paris 1767, pag. 12, au fujet des Tétracordes du Syftême des Grecs, pris pour des *Inftrumens,*
dans un Ouvrage Élémentaire dédié à Monfeigneur le
Dauphin.

§. 41. Ainfi, comme le mot *Tétracorde* peut défigner
tantôt un Syftême compofé de quatre fons, tel que celui
que préfente la Lyre de Mercure (voyez les expreffions dont
fe fervent Boëce & M. Euler, Notes *n, o,* pag. 11),
tantôt une Quarte par degrés conjoints, ou une Quarte
par degrés disjoints, tantôt enfin un Inftrument quelconque,
monté de quatre cordes; de même le mot *Heptacorde* peut
défigner, ou les fept degrés conjoints qui compofent un
intervalle de feptième, ou l'intervalle même conçu par
degrés disjoints (c'eft de-là que nos Anciens avoient des
Heptacordes majeurs & des Heptacordes mineurs). Enfin
ce mot peut défigner un Inftrument monté de fept cordes,
quelle que foit leur difpofition, ou bien il exprime le
Syftême de fons, qui réfulte de la difpofition particulière
des cordes d'un tel Inftrument. C'eft en ce dernier fens que
je prends le mot *Heptacorde* dans le texte ; & il ne faut
pas prétendre, de ce que ce mot peut défigner un Intervalle
ou un Syftême de fept fons diatoniques, que le Syftême-
-heptacorde doive être compofé de fept fons diatoniques,
de fept notes par degrés conjoints.

NOTE XIII.

*La Cithare à sept cordes ne contenoit que six sons différens,
le septième étant l'octave du premier. Différence entre
l'intervalle de Septième, dit* Heptacorde, *& le système
de la Cithare-heptacorde.*

§. 42.

(13) *pag. 17.* PLUSIEURS Auteurs, trompés par le mot
Heptacorde, qui signifie aussi une intervalle de *Septième*,
font de la Cithare-heptacorde, un composé de sept sons
diatoniques. Mais une légère attention sur la signification
du mot composé, *Dia-pason, par toutes les cordes (per
omnes)*, suffira pour faire connoître que ce mot, parmi les
Grecs, ne fût jamais devenu un terme propre, dans leur
Musique, ou n'y eût été qu'un mot vuide de sens, s'il eût
existé chez eux quelque système, qui, d'une corde extrême
à l'autre, eût sonné la *Septième*, l'*Heptacorde.*

On sçait que le mot *Dia-pason* a toujours répondu, chez
les Grecs, à ce qu'ils appelloient *la consonnance*, à cet intervalle que nous nommons *Octave*, & que les Grecs, dans
notre sens, auroient bien pu appeller *Dia-octo*, si les petits
systêmes qui avoient précédé celui de Pythagore, n'eussent
déjà consacré parmi eux le mot *par toutes*, pour désigner cette
consonnance que la corde grave y forme avec l'aiguë (m).

(m) Aristote, dans un de ses Problêmes, recherchant pourquoi l'Octave étoit
appellée *par toutes* ou *Dia-pason*, & non *par huit*, ou *Dia-octo :* c'est, dit-il,
que du tems de Terpandre, cette consonnance contenoit sept cordes, ou sons,
& non pas huit. *Ejusque temporibus* (Terpandri) *consonantia hæc dicta est Dia-
pason, non Diocto : quippe quæ septem non octo constaret.* Sect. 19, Probl. 32.

§. 43. Si l'on pèse bien cette Observation, elle pourra servir à prouver encore en particulier, que le Systême le plus ancien parmi les Grecs, n'a pu être le Tétracorde *mi re ut fi* (ou *fi ut re mi*, felon les Modernes), parce que le *per omnes* ne fonna jamais la Quarte, & que ce même intervalle, ce *per omnes*, fi on fe rappelle les fyftêmes précédens, n'a pas toujours fonné le huitième degré, la huitième corde, bien que de tout tems il ait fonné cette confonnance, ce fon que nous ne pouvons définir qu'après avoir compté exactement fept degrés.

§. 44. Si l'idée que nous attachons au mot *Octave*, & qui nous eft comme innée à tous, a pu me rendre inintelligible dans ce que je viens de faire obferver, malgré le befoin & l'envie que j'ai de me faire entendre, l'Exemple qu'on trouvera à la fin de l'Article IV, pag. 24, rendra tout ceci plus fenfible. On y verra que, dans la Lyre de Mercure, la Proflambanomène ou *Confonnance:* que le *Dia-pafon*, en un mot, eft un *Dia-4;* que dans le Syftême Chinois, il eft *Dia-6;* que dans l'Heptacorde, il eft *Dia-7;* que dans l'Octacorde, il eft *Dia-8;* & fi l'on veut jetter les yeux fur les Touches d'un Clavecin, on y trouvera ce même *Dia-pafon* à *Dia-13.*

J'ai vu autrefois une ancienne Épinette où *l'Octave* étoit à *Dia-18*, de même que dans ces Clavecins *Spezzati* ou Chromatiques dont on fe fervoit autrefois (*n*), lorfque

---

(*n*) Les Italiens donnent indifféremment à ces Clavecins, les noms de *Cromatici* ou de *Spezzati*. Mais ces fortes d'Inftrumens font très-mal nommés, *Cromatici :* ce font nos Clavecins modernes qui font Chromatiques; les *Spezzati* font Enarmoniques. Car, dans ceux-ci, les petites touches étant coupées en deux portions, pour qu'on puiffe exécuter, par l'une, le dièfe de la note inférieure ; & par l'autre,

l'ignorance ou l'aveuglement volontaire n'avoient pas encore établi comme un Principe, que deux sons qui diffèrent entr'eux d'un quart de ton, ne font qu'un seul & même son : que l'homme, par exemple, qui chante un *re-dièse*, & celui qui chante un *mi-bémol*, sont à l'unisson parfait (o).

NOTE XIV.

Raison particulière qui a concouru à l'établissement de la Proslambanomène.

§. 45.

(14) *pag.* 20. I l seroit contre toute raison de penser que des hommes qui, dans leurs systêmes, voyoient presque tout en descendant, ainsi qu'aujourd'hui nous voyons tout en montant, eussent voulu terminer leurs chants dans les cordes supérieures ; tandis que nous, qui ne nous plaisons qu'aux *démanchemens*, qu'aux sons les plus aigus, nous cherchons néanmoins toujours nos finales du côté du grave,

---

le bémol de la note supérieure : ces portions forment entr'elles des intervalles *Enarmoniques* & non pas *Chromatiques*.

Le mot *Brisé*, auroit toujours répondu parfaitement, dans notre Langue, au *Spezzati* des Italiens, si nos Facteurs d'Instrumens n'en avoient corrompu la signification, en l'appliquant, soit pour des Clavecins bornés du côté du bas, soit pour des Épinettes, à certaines touches coupées, dont une portion forme un *ut✕*, par exemple, & l'autre un *la* ; ou bien, dont l'une fait sonner *mi♭*, & l'autre *si*, &c:

Le Facteur ne voit que les Touches, & il n'a pas tort ; mais le Musicien auroit dû voir éternellement la chose représentée par la Touche. Il ne devoit jamais perdre de vue l'intervalle Énarmonique que le *Tasto-Spezzato* désigne encore chez les Italiens ; pour les Instrumens dont nous parlons.

(o) Ce Principe est tiré de l'Attelier d'un Facteur d'Instrumens à Touches, & cela fait honneur à la Théorie des Modernes. Voyez Note 4, §. 15, & le dernier alinea de la page 101.

par où commencent nos fyftêmes. Eh! comment les Grecs
n'auroient-ils pas cherché les leurs, de ce même côté où
venoient naturellement aboutir leurs Syftêmes, comme
nous le retrace fi bien le mot *cadence*, dont nous nous
fervons dans ce cas? Certainement ce mot ne fignifie pas
qu'il faille *monter* vers l'aigu, comme le font nos Syftêmes,
pour placer là nos finales : j'aimerois autant dire, *tomber* en
haut.

Les mots de Chûte, de Cadence, quoique modernes,
font des témoignages inconteftables de la manière dont
les Grecs procédoient (*p*); & n'ont pu être établis que
d'après leur manière de voir. Car, ce que nous appellons,
Notre Mufique, n'eft que la Mufique des Grecs, comme
le prouvent une infinité de termes de l'Art ; nous n'avons
pas même inventé la majeure partie de nos erreurs, nous
les avons prifes chez des Grecs modernes. Ptolémée fur-
tout, a été l'Oracle de Zarlin ; Rameau, & le célèbre
M. Tartini, ont été entraînés par ce que Zarlin leur
difoit être la *Nature* (voyez Note 28, §. 110, Note 35,
§. 199); ceux qui ont écrit après Rameau & M. Tartini,
ont été éblouis par leurs *Phénomènes* (voyez *ppp* de la
Note 35), & perfonne n'a vérifié encore fi la Souche, fi
Ptolémée, fe guidoit par des Principes muficaux dans fes

(*p*) « Cur aptiùs de acuto in grave canitur, quam de grave in acutum ? »
Ariftot. Sect. 19, *Probl.* 33.
« Naturale eft omnibus, cùm canere incipiunt, ab acuto incipere ; cùm autem
» definunt, in gravi definere. . . . . Naturâ duce fit, ut ab acutâ voce cantum
» exordiamur. Quod fi à gravi, cantandi principium faceremus, A FINE potiùs,
» quam à principio, contra naturæ ordinem, principium faceremus. » *Blancanus*
in *Ariftotelis loca Mathematica explicata*, Bononiæ 1615, ad Problema 33.
pag. 264, 265.

opérations

opérations mathématiques fur le Son. Ainſi, nos erreurs,
je le répète, & ce que nous appellons *Notre Muſique*, ſont
toujours les erreurs & la Muſique des Grecs : celles-là,
des Grecs modernes; celle-ci, des Grecs anciens.

NOTE XV.

*Valeurs des Sons du Syſtême Chinois repréſentés, ſoit par
des Bémols, ſoit en Notes naturelles. Conſéquences qui
ſe déduiſent de l'application des Nombres radicaux des
Chinois, aux Sons avec des Bémols.*

§. 46.

(15) *pag. 28.* Sɪ on vouloit donner un ordre diatonique
aux ſons qui correſpondent à ces nombres, c'eſt-à-dire,
en rapprocher davantage les valeurs les unes des autres,
il faudroit élever les quatre premiers par des octaves, relativement à la dernière valeur, 177147, qui eſt la plus
forte. Ainſi le premier nombre, 6561, devra être élevé
de quatre octaves (voyez la *Neuvième Table*, à la fin de
l'Ouvrage); le ſecond nombre, 59049, n'a beſoin d'être
élevé que d'une octave (*Onzième Table*); le troiſième,
2187, doit l'être de ſix (*Huitième Table*); le quatrième
enfin, 19683, le ſera de trois (*Dixième Table*).

§. 47. Si, à la férie qui réſultera de ces nombres ainſi
élevés, l'on ajoute enſuite la répétition de *mi♭*, premier
terme des cinq dont il s'agit ici, on aura, en élevant encore
ce *mi♭* de cinq octaves (*Neuvième Table*), l'expreſſion
numérique des ſix ſons rapprochés, *mi♭ re♭ ſi♭ la♭ ſol♭
mi♭*, qui forment le Syſtême Chinois, tel qu'il eſt dans

Q

sa source. En voici l'exemple, divisé en deux Quartes ou
Tétracordes.

104976   118098   139968   157464   177147   209952
  mi♭   *re♭*   *si♭*   *la♭*   *sol♭*   *mi♭*

Tétracorde Supérieur.   Tétracorde Inférieur.

§. 48. Il est bon d'observer que la proportion respective
entre ces nombres, est toujours la même que celle que
supposent les différentes notes naturelles que j'ai rapportées
à l'Article II, §. 20, 22 & 23.

§. 49. Les nombres radicaux qui répondroient à ces notes
naturelles, sont les cinq premiers termes de la progression
triple, sçavoir, 1, 3, 9, 27, 81, dont les proportions sont
exactement les mêmes que celles des cinq termes de l'Exemple
ci-dessus, ou de tels autres cinq termes qu'on voudroit
prendre de suite dans la série de la progression. Car tous les
termes d'une progression quelconque, n'offrent jamais entr'eux que la même proportion.

§. 50. Ceux dont nous parlons ici, étant rapprochés par
des octaves, donnent, pour les deux sortes de notes naturelles, *sol la ut* &c, ou *mi re si* &c, de l'Article II,
§. 20, 23, l'expression numérique suivante :

EXEMPLE.

	48	54	64	72	81	96
	mi	*re*	*si*	*la*	*sol*	*mi*
	sol	*la*	*ut*	*re*	*mi*	*sol*
Nombres Radicaux..	3	27	1	9	81	3.

*Pour le premier nombre, 48, & le dernier, 96, de cet Exemple, voyez
la Deuxième Table, à la fin de l'Ouvrage; pour 54, voyez la Quatrième
Table; pour 64, la Première, & pour 72, la Troisième. Quant à 81,
il est radical (§. 49).*

§. 51. Les différentes notes de cet Exemple ne font, comme on voit, que la *transposition* muficale des fons *mi♭* *re♭* *si♭* &c, qui conftituent le Syftême Chinois, ou fi l'on veut, des fons *sol✳* *la✳* *ut✳* &c, fous lefquels Rameau fe repréfentoit ce Syftême.

§. 52. Mais, pour prendre les chofes dans le fens des Anciens, & fur-tout dans celui des Chinois, qui non-feulement conçoivent les fons de leur Syftême, en defcendant, mais chez qui la manière même de les repréfenter, & de les noter, fe porte réellement, ainfi que leur écriture, du haut vers le bas, c'eft-à-dire, en defcendant, nous devons difpofer les fons de Rameau dans ce même fens, & de plus, les diftribuer en deux Tétracordes disjoints, comme nous l'avons fait à la page précédente, pour les fons *mi♭* *si♭* &c.

§. 53. Or, les cinq fons, *sol✳* *la✳* *ut✳* *re✳* *mi✳*, en y ajoutant l'octave de l'un d'eux, ne peuvent fournir deux Tétracordes disjoints que dans la forme de chant *la✳ sol✳ mi✳ re✳ ut✳ la✳*, femblable à *mi♭ re♭ si♭ la♭ sol♭ mi♭* de l'Article V, pag. 27 du *Mémoire*, & portant les mêmes nombres radicaux qu'à la page 28.

§. 54. Ces deux difpofitions, *mi♭ re♭ si♭* &c, & *la✳ sol✳ mi✳* &c, différent néceffairement entr'elles, ou d'un Intervalle de cinq demi-tons, fi on fuppofe le *la✳* au-deffous de mon premier *mi♭*, ou d'un Intervalle qui comprendra fept demi-tons, fi on fuppofe ce *la-dièfe* au-deffus de mon *mi-bémol*. Or, ce qui peut nous décider entre ces deux pofitions, entre ces deux fyftêmes de fons, c'eft le fait fuivant.

§. 55. L'application que je fais, dans ce Mémoire, du

premier terme de la Progreſſion triple, à la corde Hypate des Grecs, *Si*, & qui m'a fourni, pour le Syſtême Chinois, les ſons originaux *mi♭ re♭ ſi♭ la♭ ſol♭ mi♭*, m'a conduit à imaginer que l'Inſtrument Chinois, dont il eſt parlé à la page 192 du *Code de Muſique*, pourroit bien être monté au ton que ſuppoſent les ſons *mi♭ re♭ ſi♭* &c, donnés par les nombres radicaux que rapporte notre Muſicien philo-ſophe, dans ſon *Code*.

§. 56. Cet Inſtrument eſt de la claſſe de ceux qu'on appelle *fixes*, ou *ſtables* (voyez Note 33 ci-après) : il eſt aujourd'hui entre les mains de M. l'Abbé Arnaud, de l'Académie des Inſcriptions, qui a bien voulu me le confier, pour conſtater à loiſir, ce que je ne regardois alors que comme une conjecture. J'ai confronté le Ton de cet Inſ-trument, ſur un *Amila* d'acier, fait par M. Welters, Lu-thier, aux Quinze-Vingts, à Paris (*q*) : cet *Amila* eſt exactement pris ſur le Ton de la Comédie Italienne.

§. 57. Avec ce ton fixe, j'ai trouvé que le ſon que je ſuppoſois être un *la-bémol*, dans l'Inſtrument Chinois, étoit comme à l'uniſſon, tant ſoit peu bas, de l'*Amila* de M. Welters, c'eſt-à-dire, du Ton de la Comédie Ita-lienne.

§. 58. De-là nous pouvons conclurre, en premier lieu : Que les ſons *mi♭ re♭ ſi♭* &c, que m'a fourni mon ſyſtême,

---

(*q*) M. *Welters* appelle ces *Amila*, des *Fourchettes d'acier*; ils ont la forme d'une Fourche à deux Branches, & ce ſont ces Branches qui rendent le ſon ; lorſ-qu'on les met en vibration. Le ton de ces *Amila* eſt *fixe*, ainſi que celui de l'Inſtrument Chinois. Je dis *fixe*, au reſte, parce que je compte pour peu les variations que le froid, la chaleur, &c, peuvent apporter au ton de ces Inſtrumens. On ſçait que ce qu'on appelle *le ton*, n'a jamais été enviſagé, en Muſique, comme un point mathématique d'intonation.

font les vrais fons de l'Inſtrument Chinois, puiſqu'un *la-bémol* fort haut, tel que l'eſt celui de cet Inſtrument, ne diffère pas beaucoup d'un *la* naturel, c'eſt-à-dire, du ton propre des *Amila*. Or, ce *la* naturel, dans le ſyſtême *la*♯ *ſol*♯ *mi*♯ *re*♯ *ut*♯ *la*♯ de Rameau, correſpondroit à *re*♯, ſon le plus aigu du Tétracorde inférieur, *re*♯ *ut*♯ *la*♯, de ce ſyſtême : il eſt donc viſible que le ſon aigu de mon Tétracorde inférieur, *lab ſolb mib*, c'eſt-à-dire, que le *la-bémol*, dans *mib reb ſib lab ſolb mib*, eſt plutôt la vraie note de l'Inſtrument Chinois, que ne ſçauroit l'être le *re-dièſe*, dans la ſuppoſition de Rameau. Sinon il faudroit démontrer que notre *A-mi-la* a varié de toute la différence qui ſe trouve entre un *lab* & un *re*♯. Différence, qui ſeroit de cinq demi-tons, ou de ſept, ſelon qu'on veut procéder en montant ou en deſcendant, depuis *la-bémol* juſqu'à *re-dièſe*. Ou, ce qui eſt la même choſe, il faudroit admettre que la conſtitution de notre organe vocal, différe aujourd'hui de tout ce nombre de demi-tons, d'avec celle de l'organe de nos Pères, qui n'appréciоient l'étendue de leur voix que par l'*A-mi-la* qu'ils reçurent de la main même des Grecs ; car, il faut le répéter, ce que nous appellons *Notre Muſique*, n'eſt que celle des Grecs. L'action de lire le Syſtême des Grecs à rebours, ne conſtitue pas un nouveau Syſtême. *Voyez Note 10, §. 37.*

§. 59. En ſecond lieu, il eſt démontré par le fait que j'ai rapporté, §. 57, touchant le Ton de l'Inſtrument Chinois, que notre *Diapaſon*, notre *A-mi-la*, pris en général, s'eſt maintenu à peu près le même, & tel que nous le tenons des Grecs (voyez Note 5), malgré la variabilité de nos idées à cet égard, & l'inconvénient où elles nous jettent, de n'avoir ni point fixe, ni règle sûre ou authentique pour ce que nous appellons ridiculement *le Ton*. En effet, qu'est-ce qu'un *Ton*, à qui nous donnons pour champ, un espace d'environ trois demi-tons ? que nous promenons, pour ainsi dire, d'un extrême à l'autre de cet espace, sans presque tenir compte du chemin parcouru ?

§. 60. On peut donc regarder l'*A-mi-la* de la Comédie Italienne, à Paris, comme le vrai *A-mi-la* des Grecs, comme le *Diapason* constant, le ton propre de leur Proslambano-mène ; mais Diapason tant soit peu bas, selon ce que nous observerons à la Note 31, touchant l'étendue de la voix humaine, considérée relativement à différens climats ; car cette considération doit nécessairement entrer pour quelque chose ici.

§. 61. L'*Amila* du ton de l'Opera, que m'a fourni le même M. Welters, est d'un *demi-ton* plus bas que celui de la Comédie Italienne, dont j'ai parlé, §. 56.

§. 62. Il est aisé de comprendre la raison de cet Abaisse-ment, soit pour l'Opera, ou pour le Concert des Thui-leries, soit pour d'autres endroits. On sçait que les *Hautes-contres* mettent une sorte de gloire à donner le *C-sol-ut*, en haut, & les voix de *Dessus*, le *B-fa-si*. C'est sans doute pour favoriser ces idées, que les Compositeurs modernes ont prodigué, pour ainsi dire, les sons les plus aigus, dans leurs Ouvrages, les sons de *Fausset*, pour chacune des Parties chantantes (*r*). Or, tout cela devoit nous conduire

_____

(*r*) La voix de *Fausset* commence à la petite ligne ajoutée au-dessus des cinq, dans les Parties chantantes ; c'est pour cela que le nombre des lignes, pour la

à baiſſer notre *A-mi-la*, afin de laiſſer croire aux Compoſiteurs qu'ils n'ont commis aucune incongruité lorſqu'ils ont paſſé les bornes de la Voix, dans leurs Compoſitions, & aux Chanteurs, qu'ils ont réellement fait entendre les ſons ſur leſquels ils établiſſent leur gloire.

§. 63. D'après tout ce que nous venons d'obſerver, je penſe qu'il ne ſera pas inutile de dire bien clairement ici aux Amateurs, que le prétendu *C-ſol-ut* de l'Opera, n'eſt, pour les autres Hommes, qu'un *B-fa-ſi* très-bas ; ou bien encore, que ce qu'on appelle le ton de l'Opera, eſt exactement à un *ton* au-deſſous de l'*A-mi-la* que nous ont tranſmis les Grecs, & que la tradition, l'eſprit de ſon origine, ou peut-être le beſoin (à cauſe des voix de Baſſe), font conſerver encore en partie à la Comédie Italienne.

§. 64. Cette obſervation eſt d'ailleurs indiſpenſable pour ceux qui voudroient ſtatuer quelque choſe touchant l'étendue ſimulée de nos voix, & l'étendue réelle qu'avoient celles des Anciens, ou ſeulement en tirer quelques inductions. Car on conçoit aiſément, qu'en tenant, pour ainſi dire, le manche de l'*Amila*, il eſt très-facile de faire donner à un Homme le *C-ſol-ut*, le *D-la-re*, &c, &c, de même qu'il ſeroit aiſé de faire acquérir ſur le champ, à une voix de Baſſe, deux, trois, ou même quatre degrés de grave, en hauſſant le ton à volonté, ainſi qu'en faveur des Compoſiteurs & des voix aiguës, on l'a baiſſé à l'Opera, ſans doute pour étonner les Grecs qui n'exiſtent plus, ou pour

---

Muſique vocale, a été fixé à cinq. Ces cinq lignes préſentent continuellement au Compoſiteur les onze degrés que toute Partie chantante peut donner naturellement. Voyez ſur cette matière, plus importante qu'on ne le croit communément, la Lettre de M. Boyer à M. Diderot, pag. 17 & ſuiv.

tromper les imbécilles, dont l'efpèce ne fut jamais rare dans aucun lieu, ni dans aucun fiècle.

§. 65. Au refte, la même obfervation ne doit pas être négligée, lorfqu'il s'agit d'apprécier au jufte le mérite de certains Virtuofes à démanchemens, dont la plûpart ont l'adreffe de monter leurs Inftrumens à un bon *ton* au-deffous de l'*A-mi-la* convenu, & cela pour pouvoir s'approcher du chevalet avec plus d'aifance, puifque c'eft à ce point que le Public, c'eft-à-dire, la foule des Gens qui ne font pas Connoiffeurs, a pris à tâche d'applaudir aujourd'hui.

N O T E X V I.

Sur le Comma dit de Pythagore. Définition de ce Comma.

§. 66.

(16) *pag. 29.* C'est pour cela que les Égyptiens coupoient ici le fil de leur progreffion, rejettant le treizième terme qu'elle fournit, non-feulement comme inutile & comme hors du fyftême, mais comme recommençant lui-même un autre fyftême, une autre fuite de fons à très-peu de diftance des premiers. Mais, ce qui eft encore une raifon effentielle pour rejetter ces derniers fons, c'eft que, loin d'être en-deçà de ceux qu'ils doivent avoifiner, comme cela devroit être, ils font au contraire au-delà; ce qui renverfe tout le plan qu'ont déjà établi les premiers fons.

§. 67. Le douzième terme étant *fol♭* 177147 (voyez la Série, pag. 27), le treizième terme, feroit *ut♭* 531441, c'eft-à-dire, le triple de 177147. On fçait que d'*ut* à *fi*, il

y a,

y a, dans le syſtême des Grecs, l'intervalle qu'ils appelloient *leimma* (c'eſt ce que nous nommons *limma*). Or, du même *ut* à un *ut-bémol*, il y a un *apotome*, intervalle beaucoup plus grand que le limma, & qui fait paſſer l'intonation de l'*ut-bémol* au-deſſous de celle du *ſi*, contre l'ordre établi entre les ſons fournis par les douze premiers termes. Il ne faut donc pas être étonné que les ſages Egyptiens (ou tel autre Peuple qu'on voudra imaginer, pourvu qu'il ſoit antérieur aux Grecs & aux Chinois) rejettaſſent, de la ſérie de la progreſſion triple, le treizième terme, puiſqu'il s'exclut lui-même de la catégorie des autres. C'eſt ce terme rejetté, que Pythagore a appellé *Comma*, en ſa langue ; & dont vraiſemblablement il entretenoit ſi fort ſes Diſciples, que ce treizième terme en a pris le nom de *Comma de Pythagore*. On ſçait que le ſens littéral de ce mot eſt, *coupure, retranchement, ſection* (à *ſeco*), *diviſion, céſure* (à *cædo*), &c.

§. 68. Ce *Comma*, au reſte, ne peut être attribué ni à Pythagore, ni à aucun des Grecs ſes contemporains, puiſ-que l'ancien ſyſtême des Grecs n'embraſſe que les huit premiers termes de la Progreſſion triple, & que le *Comma*, terme rejetté, ſi les Grecs étoient inventeurs des *Comma*, eût été pour eux le neuvième terme de cette Progreſſion ; car c'eſt-là qu'ils l'ont *coupée* : c'eſt à ce neuvième terme qu'ils ſe ſont arrêtés. Mais, ſi l'on demande une preuve plus convaincante en faveur des Egyptiens, ou de tel autre Peuple qu'on voudra imaginer, comme je l'ai déjà dit, on la trouvera dans l'impreſſion que devoit avoir fait ſur l'eſprit des Chinois, cette ſorte d'excommunication portée contre le treizième terme, puiſque depuis pluſieurs ſiècles

R

ils aiment mieux laiffer deux lacunes dans leur fyftême, que d'employer, & ce terme exclu, le treizième, & celui qui lui fuccède, le quatorzième.

§. 69. Ces deux termes, rejettés par les Chinois, font *utb* 531441, & *fab* 1594323. Ils donnent, avec ceux dont ces mêmes Chinois font ufage, les fept fons *fib mib lab reb folb utb fab*, avec lefquels il leur feroit aifé de former la Gamme complette *mib reb utb fib lab folb fab mib*, que leur fyftême imparfait femble attendre (*s*). Cela vaudroit mieux, fans doute, que d'y laiffer vuides, comme ils le font, les deux efpaces de *reb* à *fib*, & de *folb* à *mib*, que nous trouvons dans leur Lu, *mib reb fib lab folb mib* (voyez l'Exemple de l'Article V, §. 44, & la Note 15).

§. 70. Cette obfervation peut prouver encore que les Chinois ne font pas les inventeurs de leur fyftême, puifque fi quelqu'un avoit dû employer le terme profcrit par les autres Nations, c'étoit certainement ce Peuple fçavant ; car le terme dont nous parlons, n'eft que le fixième de ceux que les Chinois employent dans leur fyftême : & s'il y a une raifon pour exclurre le treizième terme d'une progreffion triple donnée, dans un fyftême quelconque, il y en a mille pour embraffer un fixième terme & un feptième, par quelque nombre qu'on fuppofe que commence cette

---

(*s*) Il eft à remarquer, que dans la Série des cinq Tons confécutifs, rapportée dans le *Code* de Rameau, pag. 191, & dont je parlerai à l'Obfervation fuivante, §. 58., le dernier Terme employé eft notre douzième Terme, fçavoir, *fol-bémol* 177147.

Cette fuite de cinq Tons commence par le fecond Terme, ou 3, en cette manière : 3, 27, 243, 2187, 19683, 177147. C'eft-là une nouvelle preuve de la conftance des Chinois à rejetter fcrupuleufement le treizième Terme. Voyez pour ces nombres, & pour le treizième Terme, la *Série* de la Progreffion triple, à la fin de l'Ouvrage.

Progreſſion. Or, les Chinois ne font uſage que de cinq
termes, ſoit dans le ſyſtême que j'ai expoſé à l'Article II,
§. 24, & à l'Article V, §. 44, ſoit dans les cinq tons dont
je viens de parler à la Note s, pag. 130.

§. 71. Au reſte, comme l'idée que je donne ici du
Comma, dit *de Pythagore*, quoiqu'aſſez ſimple & aſſez
naturelle, à ce qu'il me ſemble, n'a preſque aucun rapport
avec celle que nous nous en ſommes formés, d'après nos
Maîtres, les Grecs : je crois devoir ajouter un mot touchant cet objet.

Définition du Comma de Pythagore.

§. 72. La perte du principe de Pythagore, chez les Grecs
modernes, les a privés d'une infinité de connoiſſances qu'ils
auroient pu nous tranſmettre, au lieu de ces idées ou fauſſes
ou erronnées, de ces calculs arbitraires, de ces principes
contradictoires qui fourmillent dans leurs Écrits. Mais, ce
qu'on y trouve de plus étonnant, c'eſt que malgré la définition de la choſe que porte bien clairement le mot *Comma*,
dans leur langue, ils ſe ſoient obſtinés à regarder ce Comma,
ce treizième terme retranché, ou comme un rapport entre
deux ſons, ou comme l'eſpace, l'intervalle, qui peut ſe
rencontrer entre ces ſons.

§. 73. En un mot, ils ont appellé *Comma de Pythagore*,
& le rapport de l'une des octaves du premier terme de la
progreſſion triple, au treizième terme de cette même progreſſion, & la diſtance qui ſe trouve de cette octave du
premier terme, au nombre radical qui exprime le treizième
terme. Par exemple, le rapport ou la diſtance qui ſe trouve
entre la dix-neuvième octave de *ſi* 1, ſçavoir, 524288, &

R ij

le treizième terme *ut♭* 531441 : ou felon nos idées, entre la dix-neuvième octave d'*ut* 1, fçavoir, 524288, & le treizième terme *fi✳* 531441, font ce que les Grecs ont appellé *Comma de Pythagore*; & c'eft-là en effet ce que nous entendons encore aujourd'hui par ce mot. Voyez le Dictionnaire de M. Rouffeau, au mot COMMA, où nos idées & nos principes touchant ce prétendu *Intervalle* qui a fait inventer aux Modernes d'autres *Comma*, font développés avec la plus grande jufteffe. Mais il eft aifé de voir, par une lecture attentive de ce Mémoire, qu'il n'y a, dans la Mufique, qu'un vrai Comma, celui *de Pythagore*.

§. 74. Ce qu'il y a de fingulier dans ce que les Grecs nous ont appris fur le Comma, quoique la perte du principe rende cette fingularité très-excufable, c'eft qu'ils n'ont jamais vu ce petit Intervalle (c'eft ainfi que nous l'appellons), que dans le rapport individuel dont j'ai déjà parlé. Cependant, au moyen du principe de la progreffion triple, il eft aifé d'imaginer que le Comma fe trouve non-feulement entre l'un des produits du premier terme & le treizième, pris dans fes nombres radicaux, mais encore entre l'un des produits du fecond terme & le radical du quatorzième, entre l'un des produits du troifième terme & le radical du quinzième; & ainfi de fuite. En un mot, le Comma de Pythagore, en le prenant dans le fens des Grecs & dans le nôtre, eft (dans la progreffion triple) *la comparaifon de la dix-neuvième octave d'un terme quelconque, à fon treizième.*

§. 75. Mais voici ce que nous auroit dit Pythagore, & ce que vraifemblablement il avoit appris en Egypte : Le Comma eft (dans la progreffion triple) *tout treizième terme après un premier donné.* Il n'y a pas d'autre finéffe ni d'autre reftriction à imaginer fur cela.

§. 76. Si l'on veut fuivre ce qu'indique ce principe, on trouvera beaucoup d'autres objets fur lefquels les Grecs modernes n'ont pas eu d'idées ni plus générales ni plus juftes que fur le Comma.

§. 77. Tous leurs principes fur les intervalles, par exemple, ne font proprement qu'une explication, que l'exemple particulier, la définition, fi l'on veut, d'un cas individuel & ifolé, dont le principe fondamental, fe trouve dans la progreffion triple, laquelle fournit en même-tems & le modèle & la règle, de ce cas individuel. Voyez Note 35, §. 182, 183, 184, où ce que j'avance ici cft plus développé.

N O T E X V I I.

Préfomptions en faveur des Intonations des Grecs.

§. 78.

(17) *pag. 30.* Nos Théoriciens pourront dire ici que ces demi-tons, comme fournis par la progreffion triple, n'ont pas la même intonation que les nôtres. Ils ajouteront, que les Tons que donne cette même progreffion, étant tous majeurs, deux de ces tons font une tierce majeure différente de la nôtre, & plus forte. Tout cela eft inconteftable ; & c'eft auffi pour cela principalement, que notre Mufique n'a pas les effets qu'avoit celle des Anciens, lorfqu'on veut entonner ces intervalles comme le prefcrivent nos principes.

§. 79. Sans m'arrêter ici à difcuter fi, en général, les

intonations des Anciens valoient mieux que les nôtres,
ou si les nôtres ont l'avantage sur les leurs ; & en particulier,
si le Diton & le Semi-diton des Grecs étoient réellement
les vraies tierces, ou si les nôtres, quoique modelées sur le
phénomène de la résonnance du corps sonore, ne seroient
pas défectueuses (*t*) : enfin, sans adopter aveuglément tout
ce qu'on raconte des effets de la Musique des Grecs, il me
suffiroit, pour me déterminer en leur faveur, d'avoir observé,
que dans quelques Arts, avec beaucoup plus de préceptes,
de règles, d'observations écrites ; avec plus d'outils, d'inventions & de facilités que n'en eurent jamais les Grecs ;
en un mot, avec les modèles même qui nous restent des
Grecs, les ouvrages des Européens n'ont pas néanmoins le
même degré de perfection. C'est sans doute le coup d'œil
grec qui nous manque : c'est ce tact des Peuples de l'Ionie
& de leurs Voisins, qui met une si grande différence dans
notre manière de voir, de sentir & de juger ; car nous
avons la manie de la décision dans beaucoup de choses où
nous ne sentons rien (*u*).

(*t*) On trouvera, à la Note 28, quelques Expériences que je propose, qui
contribueront peut-être à décider ces questions, si on veut ne point y apporter
de l'entêtement pour ce qui s'est écrit depuis Zarlin.

(*u*) Il ne faut qu'entendre parler les Modernes touchant les proportions de
divers Intervalles musicaux, chez les Grecs, pour être persuadé de ce que j'observe
ici. Voyez par exemple, les Paragraphes 204, 205, 206, & suivans, Note 35.
Je m'abstiens des Citations qui pourroient confirmer ce que j'avance ; ceux qui
lisent, trouveront aisément les preuves dont j'aurois besoin à cet égard.

NOTE XVIII.

Les Chinois font usage, pour la Musique, de la Progression Triple.

§. 80.

(18) *pag. 33.* Je me rappelle d'avoir vu moi-même, au commencement de 1763, dans des Manuscrits traduits de divers Auteurs Chinois, une sorte de résultat de la progression triple, une série de nombres qui commençoit par le terme 1, en cette manière : 1, 9, 81, 729, &c. C'est-là proprement une progression de 9, laquelle donne les tons successifs qu'en tirent les Chinois. Or ces nombres, avec les intermédiaires, 3, 27, 243, &c, dont j'ai parlé dans le texte, composent ensemble la progression suivie, 1, 3, 9, 27, 81, &c, &c.

§. 81. Mais ce que rapporte Rameau, dans une Note de son *Code de Musique*, est encore plus précis à ce sujet. Je vais transcrire ici cette Note en entier : elle est la première de l'*Introduction* des *Nouvelles Réflexions sur le Principe Sonore*, pag. 189 du Code.

« Il m'est tombé depuis quelques jours une traduction
» de tout ce qu'a pu ramasser sur la Musique chinoise le
» R. P. Amiot, de la Compagnie de Jésus, Missionnaire
» à Pékin, depuis environ seize ans (le *Code* est de 1760).
» L'Auteur dont il tire la plus grande partie de ses lu-
» mières, vivoit, à ce qu'il dit, 2277 ans avant Jésus-
» Christ ; & cet Auteur, qui ne donne que ce qu'il a pu
» ramasser des débris des Recueils de son père, échappés
» d'un incendie, cite d'abord, conjointement avec d'autres,

» la progreſſion triple juſqu'à ſon treizième terme (*exclu-*
» *ſivement*), pour la ſource des ſyſtêmes de Muſique chi-
» noiſe, & enſuire ces ſyſtêmes, que je rapporterai bien-
» tôt ; puis, après avoir raconté des effets merveilleux de
» cette Muſique, il donne une énumération des compa-
» raiſons qu'on en a faites avec tout ce qu'on peut ima-
» giner dans la Nature. Cette traduction ſe trouve adreſſée,
» en 1754, à M. de Bougainville, de l'Académie des
» Belles-Lettres. »

Quant à l'incendie dont parle ici Rameau, il n'en arrive
pas ſouvent de cette eſpèce. Il entend ſans doute celui qui
fut ordonné par l'Empereur *Tſin* ou *Tſine.* Voici ce qu'en
dit M. Freret, tome X des Mémoires de l'Académie des
Inſcriptions, pag. 381.

« Les Abrégés latins des Annales Chinoiſes, & même
» les Relations des Voyageurs, ont appris à tout le monde
» que l'Empereur *Tſine Tchi Hoamti*, qui monta ſur le
» Thrône de la Chine l'an 246 avant Jéſus-Chriſt, entre-
» prit, on ignore par quel motif, d'abolir la Littérature
» dans ce Pays, & de détruire tous les Livres qui ne
» traitoient ni d'Agriculture, ni de Médecine, ni de
» Divination. . . . . Il vint à bout d'exécuter ſon projet. . . .
» C'eſt un fait dont nous avons maintenant quelque peine
» à concevoir la poſſibilité, mais qu'il n'eſt pas permis de
» révoquer en doute, car il eſt atteſté par tous les Ecrivains
» Chinois, & par ceux-là même qui vivoient un ſiècle après
» l'incendie de ces Livres. »

J'ai lu quelque part, que cet Empereur en vouloit particulièrement à l'Hiſtoire, c'eſt-à-dire, à la mémoire des
Empereurs qui valoient mieux que lui.

NOTE

NOTE XIX.

*Conjectures sur une Série de cinq Tons consécutifs,
attribuée aux Chinois.*

§. 82.

(19) *pag. 33.* PEUT-ÊTRE que ces cinq tons des Chinois,
ainsi que quelques autres systêmes particuliers qu'ils peuvent
avoir, ne sont simplement, parmi eux, que des portions
d'un systême plus étendu ; tels à peu près que les tétracordes
des Grecs, qui ne sont en eux-mêmes que comme autant
de petits systêmes, dont la réunion compose leur Systême
total, appellé pour cela *Grand Systême, Systême parfait*
(*maximum, perfectum*).

§. 83. Mais il y a plus de vraisemblance à penser que
ces cinq tons consécutifs rapportés comme une sorte de
Gamme, dans le *Code* de Rameau (pag. 191), ne sont
autre chose, dans le fond, qu'un exposé simple de divers
sons engendrés du terme 1 (& cela prouveroit que les
Chinois ont beaucoup perdu de leurs anciens principes),
sans que l'ordre qu'on remarque entre ces sons, puisse pour
cela être appellé Systême. Ou, sans aller chercher plus
loin, ce n'est peut-être là qu'un Systême tronqué, mal
rendu ou mal interprêté. Il faudroit avoir les Manuscrits
d'où Rameau a tiré ce qu'il nous dit dans son *Code*, afin
de vérifier la chose ; ceux qui en sont les possesseurs, pourront le faire, si ce Mémoire leur tombe entre les mains.
En attendant, je m'en tiens à croire qu'une série de cinq
tons consécutifs, n'est pas plus une Échelle musicale (une

S

Gamme) chez les Chinois, que chez tout autre Peuple qui a de l'oreille.

N O T E　X X.

Ufage de la Lyre de Mercure , confidérée comme Inftrument.

§. 84.

(20) *pag. 35.* Si on vouloit regarder la Lyre de Mercure comme un Inftrument que les Egyptiens employaffent dans leur Mufique, un tel Inftrument ne pourroit qu'être envifagé, dans ce cas, comme nous le faifons de nos Timbales, dont tout le fyftême fe réduit à une Quarte, c'eft-à-dire, à deux fons qui fonnent la Quarte. Or, dans la Lyre de Mercure, il y auroit comme deux paires de Timbales, *mi fi,* & *la mi.*

§. 85. Sous cet afpect, la Lyre de Mercure auroit pu fervir aux Egyptiens, non-feulement à foutenir la voix, l'accompagner, & former par ce moyen ce que les Grecs appelloient une Symphonie, c'eft-à-dire, cet affemblage de fons que nous appellons *Harmonie* (x), mais encore à faire corps avec d'autres Inftrumens, afin de fortifier les fons principaux de la modulation fur laquelle auroit été montée la Lyre, & marquer ainfi plus fenfiblement les

---

(x) *Symphonie* eft, chez les Grecs, accord de Voix ou d'Inftrumens ; *Harmonie* eft, proportion, rapport entre des fons, foit fucceffifs ou fimultanés, foit confonnans ou diffonans. Voyez Note *bb*, Article IV du Mémoire, pag. 21.

« Periti Arithmetici contemplatione inveftigant quinam numeri inter fe confonent, Symphoniamque efficiant, quique non. » *Theon. Smyrn. Mathematica, Verfion. Bullialdi, pag.* 8.

divers repos de cette modulation, les différens points de ses hémistiches.

§. 86. En un mot, si la Lyre de Mercure a été chez les Egyptiens un Instrument de pratique, il n'a pu être employé que pour produire une *Symphonie*, dans le sens que les Grecs attachoient à ce mot : j'entends, Symphonie à l'octave.

N O T E X X I.

Conjecture sur la Lyre de Mercure, représentée à trois Cordes.

§. 87.

(21) *pag. 36.* S1 quelques Auteurs, & d'anciens monumens, nous représentent la Lyre de Mercure, montée de trois cordes seulement; si les Egyptiens ont pu la concevoir eux-mêmes, ou la représenter aussi quelquefois sous la forme de trois cordes, ne seroit-ce pas-là ce qu'ils auroient voulu nous dire par leurs trois cordes? Idée dont les autres Hommes n'ont sçu nous rendre que la lettre, en copiant servilement trois cordes?

§. 88. Nous ne comptons nous-mêmes tous les jours que sept notes dans la Musique, malgré le démenti constant que peut nous donner un clavier d'Orgue ou de Clavecin.

§. 89. Mais, nos Harmonistes ne s'expriment-ils pas encore aujourd'hui comme les Egyptiens, en parlant du Mode? *Le mode d'*ut, FA UT SOL, nous disent-ils: *Le mode* *de* fol, UT SOL RE (*y*). Qui eſt-ce qui ne ſçait pas que dans un Mode, il y a plus de trois ſons? quel mal y auroit-il donc que les Egyptiens euſſent dit en leur langue : *La Lyre de Mercure,* SI MI LA? qu'ils euſſent peint & ſculpté *ſi mi la,* dont l'ignorance ou la manie de l'homme, de tout traduire à ſes idées, auront aiſément fait *ſi la ſol* ou *ſi ut re,* c'eſt-à-dire, un ſyſtême de trois degrés conjoints, formant deux tons, ou un ton & un demi-ton? Voyez Vincenzo Galilei, *Dialogo della Muſica antica e moderna;* Bontempi, *Hiſtoria Muſica,* &c, &c.

N O T E XXII.

Uſage de la Lyre de Mercure, conſidérée comme Syſtême.

§. 90.

(22) *pag. 36.* DANS les ſons *mi ſi la mi,* de cette Lyre, on a, en deſcendant, une quarte du premier *mi* à *ſi,* une quinte du même *mi* à *la,* & une octave de ce premier *mi* au dernier. Cette diſpoſition peut ſans contredit être regardée comme le modèle & l'origine de la phraſe : *Quarte, Quinte, Octave,* dont ſe ſont toujours ſervis les Grecs pour énoncer leurs conſonnances, c'eſt-à-dire, les ſons qu'ils faiſoient ſonner enſemble, ſoit pour accorder leurs Inſtrumens, ſoit pour le ſimple plaiſir de l'oreille; car, chez eux, les *diſſonances,* étoient pour faire du chant,

---

(*y*) *Élémens de Muſique,* par M. d'Alembert, première Partie, Chapitre 4. Voyez encore l'*Extrait des Regiſtres de l'Académie des Sciences,* dans la *Démonſtration* de Rameau, pag. xx, xxi de l'Extrait.

& la confonnance même, dans ce cas, entre dans la claffe des fons qui s'entendent l'un après l'autre (χ).

§. 91. Cet ordre des confonnances, *Quarte*, *Quinte*, *Octave*, parvenu jufqu'à nous, dans les Ecrits des Grecs, eft une nouvelle preuve en faveur des Egyptiens. En confirmant, d'un côté, l'exiftence de la Lyre de Mercure, il nous apprend, de l'autre, que les Grecs modernes n'ont fait que fe copier mutuellement & fidellement les uns les autres, dans l'énumération de leurs confonnances. En effet, le fyftême des Grecs ne préfente aux yeux de l'efprit que des degrés conjoints. Tout au plus y voit-on des quartes, dans les tétracordes, & il faut s'obftiner à vouloir trouver la quinte pour l'y rencontrer. Sur quel modèle les Grecs auroient-ils donc établi cet ordre des confonnances, fi fcrupulenfement obfervé dans leurs Ecrits? Quel feroit d'ailleurs le motif de ce fcrupule? Au jugement de l'oreille, & avec la moindre réflexion fur le plus ou le moins de fimplicité de chacune des confonnances, la quinte auroit

---

(χ) Il ne s'enfuit pas de ceci, comme on voit, que le mot *Diffonance* doive emporter l'idée de *dur*, de *défagréable*, comme le penfent aujourd'hui les Modernes.

« Qui funt diffoni, non funt omnes & inconcinni; quamvis fi fimul pulfentur, » oriatur alterius quædam cantus peculiaritas. . . . . Sunto igitur inconcinni, » omninò & diffoni; diffoni autem non ftatim & inconcinni. » *Bryennii Harmonica, lib.* I, *fect.* 4, *ex verf. Wallis, Oper. Mathem. vol.* 3, *pag.* 380.

En effet, comment les Grecs auroient-ils attaché une idée de *dureté* aux intervalles qu'ils appelloient *diffonans*, aux tierces, par exemple, eux qui, dans le genre Chromatique, compofoient la Quarte, d'une *Tierce mineure*, fuivie de deux demi-tons, & qui, dans le genre *Énarmonique*, compofoient la même Quarte, d'une *Tierce majeure*, fuivie de deux quarts de ton? Loin de taxer de *durs* ces deux fortes de chant, les Grecs les regardoient au contraire comme très-doux. Plufieurs même, tels que Platon, les Lacédémoniens, & d'autres, ne fe déclaroient contre ces Genres qu'à caufe du trop de douceur qu'ils leur attribuoient : *Infame mollitie*, dit Macrobe, parlant du Chromatique (*Somn. Scip. lib.* 2, *cap.* 4). Voyez le Décret des Lacédémoniens, Note *ee*, Article V du Mémoire, pag. 25.

certainement obtenu quelquefois le pas fur la quarte (*aa*);
fi une tradition refpectée n'eût affervi les Grecs à un ordre
déjà confacré depuis long-tems, & que plufieurs d'entr'eux
n'ignoroient pas avoir été établi par les Inftituteurs de
leurs Pères, les Egyptiens, bien qu'ils puffent en ignorer
le principe.

N O T E　X X I I I.

Idée du Demi-ton, relativement à la formation de la Quarte
par degrés conjoints. Étymologie muficale du mot
Leimma, d'après Ariftoxene.

§. 92.

(23) *pag. 37.* Qu'on prenne la quarte *mi fi*, par
exemple, qu'on place deux tons dans fon enceinte, pour
ainfi dire, foit à la manière des Modernes, foit à la
manière des Anciens, on aura ce que nous appellons une
quarte par degrés conjoints. Si on opère à la Moderne, on
aura *SI ut✳ re✳ MI;* fi on opère comme les Anciens,
on aura *MI re ut SI.* Il n'eft pas même befoin de fonger,
dans ce cas, fi la quarte doit contenir deux tons & un

(*aa*) Dans le facré quaternaire 1, 2, 3, 4, on trouve d'ailleurs, entre 2 & 3,
le modèle de la quinte, avant celui de la quarte, qu'on a de 3 à 4. Ce facré quaternaire, donné directement aux Grecs par Pythagore, offre, exactement à l'in-
verfe, les mêmes confonnances que préfente la Lyre de Mercure. Cette Lyre porte,
dans 6, 8, 9, 12, la quarte, de 6 à 8; la quinte, de 6 à 9; l'octave, de 6 à 12;
& le facré quaternaire, pris d'un nombre à fon voifin, porte au contraire l'octave,
d'1 à 2; la quinte, de 2 à 3; & la quarte, de 3 à 4. Je dis d'*un nombre à fon*
voifin, parce qu'en prenant par 1, 2; 1, 3; 1, 4; non-feulement on n'obtient
pas toutes les confonnances des Grecs, mais la quinte même n'y paroît que fous
la forme de *Douzième*, d'1 à 3. Voyez Article VII, §. 69 du Mémoire, pag. 38.

Demi-ton; il fuffit de placer deux tons entre les limites qui circonscrivent l'intervalle de quarte, pour obtenir ce demi-ton.

§. 93. Il ne fera peut-être pas inutile d'obferver à ce fujet, que dans la quarte par degrés conjoints, telle que la concevoient les Grecs, l'intervalle que nous appellons demi-ton, étoit le *leimma* chez eux (*bb*). Mais ce mot n'eft pas un nom propre : il ne fignifie autre chofe qu'*un refte* (*refiduum*). Le Limma, en effet, eft ce petit intervalle qui refte après avoir placé les deux tons dont la Lyre de Mercure fournit le modèle ; & l'on voit, d'après ce que nous venons d'obferver, que ce modèle fuffit à tout.

§. 94. Voici mon garant pour ce que j'ai dit du mot *leimma*.

« Ariftoxenus dicit ex duobus tonis, cum duobus in-
» tegris femiffibus tritonum componi, DIATESSARON vero
» ex duobus, & Lîmmate. Illudque Lîmma NOMINE
» CARERE AIT, rationem vero fervare numeri ad numerum,
» quam habet 256 ad 243. » *Ex Theon. Smyrn. verf. & edit.
Bullialdi, pag. 102.*

(*bb*) Je ne comprends pas pourquoi les Latins, & les François après eux, ont fait, de λίμμα, le mot *limma* fans *e*. Je dis *limma* par-tout, mais ici, & dans quelques autres endroits où j'ai écrit *leimma*, je ne pouvois fuppofer que les Grecs parlaffent françois ou latin.

Zarlin, dans fes *Inftitutions*, dit toujours *leimma*, en Italien ; & je viens de voir, dans le *Timée de Locres* de M. l'Abbé Batteux, Paris, chez Saillant, 1768, pag. 100 des Remarques : *Le demi-ton mineur* (chez les Grecs), *c'étoit le* lemme *ou* refte. *Voyez ibid.* pag. 99.

NOTE XXIV.

Idées générales fur l'Intervalle appellé Ton.

§. 95.

(24) *pag. 37.* Si les Grecs poftérieurs à Pythagore nous préfentent dans leurs Écrits, différentes formes de ton, que l'ignorance même du principe de leur fyftême leur faifoit enfanter avec une forte de fertilité, les erreurs, les idées fingulières, les principes contradictoires qu'ils nous ont tranfmis à cet égard, & dont nous avons embraffé une bonne partie depuis les Ouvrages de Zarlin, feront un exemple bien frappant, pour ceux qui viendront après nous, & bien capable de les empêcher de tomber dans les mêmes erreurs, foit en croyant pouvoir divifer à leur gré l'intervalle indivifible du ton, foit en adoptant ridiculement, pour ce *ton*, deux fortes de modèles : celui qu'offre la Lyre de Mercure, de 8 à 9, & tel autre, fous une forme arbitraire, dont ils pourront trouver l'idée dans les Écrits de quelqu'Auteur Grec ou dans les nôtres.

§. 96. Il ne fera pas difficile, fans doute, à ceux qui nous fuccéderont dans le renouvellement des Sciences, de s'appercevoir que, comme en Mufique, il n'y a pas deux modèles, deux proportions, pour la Quarte ou pour la Quinte, de même il n'y a pas deux proportions pour le *ton*, qui n'eft que le rapprochement des fons extrêmes de deux Quartes ou de deux Quintes : le Violon ou le Violoncelle, fi ces Inftrumens fe confervent jufqu'à eux, pourront le leur démontrer.

§. 97. En effet, malgré tout l'attachement à nos principes,
celui

celui qui parmi nous, faifant fonner la corde *la* du Violon, veut former un *ton* en defcendant, c'eft-à-dire, un *fol*, ne tâche-t-il pas de s'accorder avec le *Bourdon*, avec la corde à vuide qui donne *fol?* Et fi, pour former ce que nos principes appellent un *ton mineur*, il vouloit rétrécir fon *ton*, en élevant un peu plus le *fol* qui doit le rendre, difcordera-t-il alors la corde à vuide *fol*, pour qu'elle faffe l'octave jufte de ce prétendu ton, de fon ton rétréci ou *mineur?* C'eft ce que perfonne ne fit jamais. Tout le monde s'étudie au contraire, à former, dans ce cas, un *fol* qui correfponde parfaitement à la corde à vuide dont on eft affuré, & c'eft le ton *majeur* qu'on a fait alors. Auffi pouvons-nous dire que nous ne connoiffons guères de ton *mineur* que dans le raifonnement, & qu'on n'en trouve de réels que dans les Livres, dans nos Principes, ou lorfque nous détonnons.

Au refte, je ne fais qu'indiquer ici, à l'occafion du modèle du *ton* que nous fournit la Lyre de Mercure, des matières qui feront plus développées aux Notes 28, 35, 40, & qui certainement ont befoin de l'être. Quoique tous ces objets foient étrangers à mon Mémoire, ce ne feroit pas néanmoins une chofe inutile d'avoir fourni à quelqu'un l'idée, ou peut-être le moyen, de perfectionner les principes d'un Art que tout le monde paroît aimer aujourd'hui, & dont la partie la plus effentielle eft l'*intonation*, ou, fi l'on veut, la proportion jufte, la précifion dans les fons. Or, des principes faux, ne donnent que de fauffes intonations. On a beau apprendre ce qu'on appelle le *goût du chant*, il faut toujours, avant ou après, en venir à l'intonation. Je remarque même que le mot *entonner* ne fignifie radicalement que, *former des TONS.* D'où il fuit,

T

comme je l'ai dit, que de faux principes sur le *ton*, ne peuvent donner que de *fausses* intonations, qu'occasionner des tons *faux*.

N O T E X X V.

Pythagore n'est pas l'inventeur du Sacré Quaternaire.

§. 98.

(25) *pag. 37.* PYTHAGORE & ses Disciples ne juroient que par le Sacré Quaternaire : *Per Sanctum Quaternarium* ; & c'étoit-là le plus grand serment qu'ils croyoient pouvoir faire. Voyez Plutarque, au premier Livre des Opinions des Philosophes, Chap. 3.

§. 99. Quelquefois les Disciples de Pythagore juroient par Pythagore lui-même, qui leur avoit révélé le mystère de ces nombres sacrés. Par respect, ils ne le nommoient point, comme nous l'apprend Jamblique (*de Vita Pythagoræ, lib. 1, cap. 28*), mais ils le désignoient en ces termes: *Par celui qui nous a donné le Quaternaire* (cc).

§. 100. Le respect de Pythagore pour le Quaternaire 1,

(cc) « Constat ut Pythagoras per Quaternarium jurabat, ita per Pythagoram, » qui Quaternarium tradidisset, jurasse ejus sectatores ; ac juramenti verba erant » illa ubique apud Auctores celebrata :

Ναί μά τὸν ἁμετέρᾳ ψυχᾷ παραδόντα τετρακτὺν
Παγαν ἀενάᾰ φυσεος ρίζωματ᾽ ἔχᾰσαν.

» Per eum qui animæ nostræ tradidit Quaternarium
» Fontem sempiternæ naturæ radices habentem. » *Meursius, in Denario Pythagor. cap. 6, Lugd. Bat.* 1631, *pag.* 50. Vide Theonem Smyrn. lib. de Music. cap. 38, Macrob. in Somn. Scip. lib. 1, cap. 6, edit. Lugd. Bat. 1597, pag. 24.

2, 3, 4, dont il s'agit ici, suffit pour prouver que ce Philofphe n'eft pas lui-même l'inftituteur, ni de cette forte de méthode, ni des principes vraiment admirables qu'elle renferme. C'eft certainement, des Prêtres Egyptiens que Pythagore la tenoit, ainfi que fes idées fur le Comma qui porte fon nom (voyez Note 16); de même encore que la progreffion triple & quelques autres principes qu'on lui attribue, & dont le Sacré Quaternaire eft l'abrégé. En effet, quelle apparence qu'un fage, tel qu'on fçait que l'étoit Pythagore, eût donné lui-même le nom de *Sacrée* à une de fes Inventions, comme s'il avoit voulu tranfmettre à fes Difciples qu'il en étoit l'Auteur?

§. 101. Lorfque Pythagore a réellement inventé la Démonftration du quarré de l'*Hypothénufe*, on raconte qu'il offrit un Sacrifice, pour en témoigner fa reconnoiffance à la Divinité. Conduite bien oppofée à celle qu'il faudroit lui fuppofer, fi on vouloit lui attribuer l'invention du Sacré Quaternaire! D'ailleurs, il fuffiroit de fe rappeller que c'eft Pythagore, le premier, qui a pris le nom d'*Amateur de la fageffe* (de *Philofophe*), choqué du titre faftueux de *Sages*, qu'on donnoit aux autres avant lui.

NOTE XXVI.

Un Mode eft renfermé dans un Tétracorde.

§. 102.

(26) *pag. 40.* Nous nous entêtons de vouloir envifager un Mode fous la dimenfion d'une Octave. Cependant les nouvelles découvertes commencent à nous rapprocher de

l'idée des Grecs, felon que je l'ai fait remarquer à la Note-*dd* de l'Article IV, pag. 23. Il faut efpérer que des recherches réitérées, qu'un examen plus réfléchi des prineipes, que le hafard peut-être, ou l'expérience, nous rameneront enfin totalement à ce que nous avoient appris les Grecs.

Voyez l'*Origine des Modes*, par M. Rameau, Pièce inférée dans le Mercure de Juin 1761, dans laquelle ce profond Harmonifte commence à voir, comme les Grecs, deux Modes dans deux Tétracordes. Voici ce que difoit ce Muficien vraiment Philofophe, pag. 152 du Mercure: c'est le langage de l'homme de Génie.

« On fera peut-être furpris de me voir fonder d'abord » dans mes *Nouvelles Réflexions* (celles qui font à la fuite » du *Code*) le *Mode* fur deux Quintes, ... lorfque, » portant mes vues plus loin, je ne fonde ce *Mode* que » fur une feule Quinte ; mais l'Ouvrage (le *Code*) étoit » déjà imprimé jufqu'à la page 215, quand j'en ai entrepris » la fuite, fans que j'aye eu le tems de confronter le tout » enfemble.

» Qu'on a de peine à fe défifter des ufages ! Je n'ai pas » eu plutôt découvert la Baffe-fondamentale, que je n'ai » fongé qu'à lui foumettre cet ordre diatonique, fur lequel, » tous les fyftêmes de Mufique étoient déjà fondés : telle » eft l'erreur qui m'a toujours perfécuté jufqu'à ce mo- » ment, comme s'il n'y avoit que cet ordre qui nous » fût naturel, comme fi les confonnances ne devoient » pas l'emporter fur les diffonances, dont cet ordre eft » entièrement compofé ! Mais il eft toujours tems de fe » corriger.

» Que ne m'en a-t-il pas coûté, ajoute t-il, pag. 159,
» pour entretenir un même Mode dans les huit sons dia-
» toniques ! Malgré l'heureuse découverte du *Double*
» *Emploi*, pour pouvoir conserver du moins le sentiment
» d'un même Mode en pareil cas, je n'ai que trop senti
» que ce Mode s'y changeoit en un autre. Reconnoissant
» de plus en plus les droits du Tétracorde dans les seules
» cadences qui constituent le *Mode*, mes yeux se sont
» enfin ouverts. »

Voyez encore les *Nouvelles Réflexions*, du même Auteur, *sur sa Démonstration du Principe de l'Harmonie*,
pag. 23, 59, 81; son *Origine des Sciences*, pag. 10, 11
& suivantes, & l'Exemple de la page 201 de son *Code
de Musique*.

NOTE XXVII.

Sur les Lettres du Système de Gui.

§. 103.

(27) *pag.* 44. QUELQUES Auteurs de Méthodes de
Chant, en France, faute de connoître l'usage propre de
ces Lettres, n'employent absolument que des Capitales
pour tous les sons, soit graves, soit aigus, qu'ils ont à
représenter (*dd*); c'est ce qui m'a obligé d'expliquer ici une

---

(*dd*) Voyez par exemple, *L'Art de la Musique par la Nouvelle Méthode du
Bureau Typographique*, établie sur UNE SEULE CLEF, &c; le *Traité général des
Élémens du Chant*, dédié à Monseigneur le Dauphin, &c, & quelques autres
Ouvrages Élémentaires, où les Auteurs, après le G, ne se gênent pas pour mettre

chofe qui ne devroit pas l'être, & qui ne s'explique chez aucune autre Nation que la nôtre.

§. 104. L'emploi vicieux de ces Lettres a conduit infenfiblement ceux des François, qui n'ont pas d'ailleurs affez de principes, à perdre entièrement de vue la pofition locale du fon, le degré d'élévation ou d'abaiffement que lui affigne la forme particulière de la Lettre qui lui correfpond, dans le fyftême de Gui, & que cette même forme défigne fi commodément par-tout ailleurs. D'où quelques-uns, parmi nous, n'ont plus eu qu'un pas à faire pour être à portée de propofer des réformes touchant les fynonymes des Lettres, ces fignes modernes, qu'on appelle *Clefs*, du nom des Lettres dont ils tiennent la place. Car ces Lettres, dans le fyftême de Gui, s'appellent également *Clefs* (ee).

Il eft malheureux, fur-tout pour ceux qui ont des Principes, que les différentes réformes touchant les *Clefs*, déjà trop fouvent imaginées par nos Tranfpofiteurs-monoclaviftes, ne faffent que confirmer les Nations qui nous envi-

---

d'autres capitales, croyant monter d'un degré de G à A, tandis qu'à chaque fois ils redefcendent de fept; car, après G, vient A, lorfqu'on veut monter.

S'il y a quelque circonftance où l'on puiffe indiftinctement fe fervir de capitales pour toutes fortes de fons, il ne fera jamais indifférent de le faire dans des Livres deftinés à tranfmettre les Principes. J'invite ceux qui voudront, à l'avenir, nous donner des *Méthodes*, à lire l'Article *Gamme* du Dictionnaire de M. Rouffeau. La connoiffance des Lettres de la Mufique n'exige certainement pas une étude ni bien longue, ni bien réfléchie. Mais il faut dire auffi, que fi cette notion eft très-peu de chofe en elle-même, les erreurs dans lefquelles l'ignorance d'une chofe fi fimple nous a déjà jettés, ne font que trop confidérables aux yeux des Muficiens étrangers, qui rient d'avance fur les abfurdités vers lefquelles ils nous voyent marcher, d'après ces erreurs.

Voyez la *Lettre à M. Diderot, fur le Projet de l'unité de Clef dans la Mufique*, Paris, 1767, Note gg, pag. 69.

(ee) Voyez le Dictionnaire de Broffard, au mot *Syftema*, ou celui de M. Rouffeau, Article *Clef*.

ronnent, dans l'opinion où elles font que nous ne fommes pas nés pour la Mufique!

§. 105. Quoiqu'il en foit, il eft de notre intérêt, ou du moins de l'intérêt de nos Muficiens & de tous les Amateurs François, d'inviter ici les Etrangers à lire la *Lettre à M. Diderot*, que je viens de citer à la fin de la Note *da*, & dont M. Boyer, ci-devant Maître de Chapelle, eft l'Auteur.

En réfutant, dans cette Lettre, le projet de réduire les *Clefs* à une feule, M. Boyer expofe, de la manière la plus exacte, tout ce qui concerne, & ces Clefs, & les différens genres de Voix, ou *Parties*, qu'elles repréfentent; l'étendue ou les bornes de ces mêmes *Parties*, la différence apparente de leurs Clefs particulières, felon l'endroit du Clavier général d'où elles font tirées, ainfi qu'une multitude d'autres objets relatifs à ces matières. Les Muficiens étrangers verront, par cette Lettre, que nos Principes & les leurs font exactement les mêmes, & que les divers Projets de réforme que quelques Particuliers, parmi nous, ont pu imaginer, dans divers tems, n'ont jamais altéré, ni la tradition, ni le fond de doctrine, dont nos Maîtres de Chapelle, & les Muficiens inftruits qu'ils forment, font les dépofitaires.

§. 106. En effet, l'Auteur de cette Lettre remarque très-bien, pag. 23, que l'ordre des fons n'étant point interrompu d'une Partie à l'autre, dans le Clavier général, ceux qui voudroient n'avoir qu'une même Clef pour chaque Partie, *pour chaque Grouppe de cinq lignes*, felon l'expref-fion même de l'Auteur (pag. 24, Note *k*), introduiroient précifément *différentes Clefs*, là (dans le Clavier) *où il n'y en avoit qu'une* (celle des Compofiteurs).

§. 107. Cette *différence* de Clefs, que s'efforcent de jetter dans le Clavier général, ceux de nos Tranſpoſiteurs qui combattent pour *l'unité de Clef* dans les *Parties*, vient de ce que ces prétendus Monoclaviſtes n'enviſagent la Muſique que dans l'eſpace raccourci des cinq lignes ſur leſquelles on écrit ce que le Muſicien doit chanter. Tandis qu'à l'égard des Inſtrumens qui ont beaucoup d'étendue, tels que le Violon, le Violoncelle, &c, & ſur la Partie deſquels on trouve aſſez ſouvent plus de lignes que n'en porta jamais le Clavier général, perſonne ne s'eſt aviſé encore de vouloir changer de Clef de cinq en cinq lignes, comme voudroient le faire, pour les onze lignes du Clavier, ces Tranſpoſiteurs dont la vue ne ſe porte pas au-delà du Grouppe qu'ils ont devant les yeux ; ſemblables à celui qui, prenant les différentes portions d'une Statue miſe en pièces, pour autant de Statues, trouveroit ridicule qu'on appellât *bras*, *main*, *tête*, &c, & non pas *Statue*, celle de ces portions où toutes ſes connoiſſances ſeroient concentrées.

§. 108. Or le mot *Partie* a exactement le même ſens en Muſique. Il ſe prend pour *Portion du Clavier général* (*ff*), *Portion d'une partition générale* (*gg*). Comment donc

---

(*ff*) Voyez la Lettre à M. Diderot, pag. 25. Voici ce que dit M. Rouſſeau au mot *Partie* de ſon Dictionnaire : *c'eſt le nom de chaque voix ou mélodie ſéparée, dont la réunion forme le concert*. Voyez encore ſon Article *Partition*.

(*gg*) « *PARTIE*, C'eſt proprement une portion de la *Partition*, écrite ſéparément, pour la plus grande commodité de ceux qui exécutent. » *Dictionnaire de Broſſard*, au mot *PARTE*.

Qui eſt-ce qui lira ce Paſſage, ſans y ajouter au moins une Réflexion ? Voici la mienne : Eſt-il dans l'ordre naturel des choſes, que le Maçon qui exécute (s'il

pourroit-il

pourroit-il y avoir du ridicule, ainſi que le penſent & que veulent le faire accroire les Tranſpoſiteurs-monoclaviſtes, à ce que chaque Partie muſicale dénomme ſes notes différemment? Ou, ce qui eſt la même choſe, à ce que chaque Grouppe de cinq lignes qui correſpond à une de ces *Parties*, porte en tête une Clef différente, pour indiquer & la différence de noms dans les notes, & la différence de poſition dans les ſons, & la différence de Diapaſon dans la Voix ou l'Inſtrument qui doit exécuter cette *Partie*, qui doit lire dans ce Grouppe particulier de cinq lignes?

§. 109. Ce ridicule, au reſte, que quelques Tranſpoſiteurs voyent peut-être bien réellement dans la pluralité des Clefs, parce qu'ils oublient communément de la rapporter à la pluralité des Parties (*hh*), vient principalement,

---

ne ſçait d'ailleurs l'Architecture), puiſſe changer à ſon gré, blâmer, ou approuver ſeulement, les Principes ſur leſquels ſe fonde l'Architecte?

Je ne nie pas, au reſte, qu'un ſimple Maçon, s'il étoit homme de génie, ne pût créer une nouvelle Architecture; de même qu'un ſimple Chanteur, par exemple, pourroit, avec du génie & quelques connoiſſances, inventer une nouvelle Muſique: mais ces deux phénomènes n'ont pas encore apparu ſur notre Globe; & il y a grande apparence que les Règles de l'Architecture & celles de la Muſique, ſeront toujours à l'abri des atteintes du ſimple Maçon & du ſimple Muſicien: cela eſt dans l'ordre.

(*hh*) Les Tranſpoſiteurs font uſage de toutes les Clefs, pour une ſeule Partie, ſelon le nombre de Dièſes ou de Bémols qu'exigent le ton & le mode dans lequel cette Partie aura été compoſée. Mais ces Clefs ne ſont, ſelon eux-mêmes, dans ce cas, que des Clefs feintes qu'ils ſuppoſent mentalement, pour entonner tous les Modes qui ne ſont pas l'*ut* majeur ou le *la* mineur. Or, des Clefs *feintes* ne ſont pas que, dans la Muſique, il y ait jamais autre choſe qu'une ſeule Clef pour chaque Partie. Pourquoi donc ceux de ces Tranſpoſiteurs, qui veulent prêter un ridicule à la pluralité des Clefs, partent-ils toujours d'*une ſeule Partie* en parlant de cette pluralité? Car il n'y a qu'eux qui faſſent uſage de pluſieurs Clefs pour une Partie ſeule, laquelle n'eut jamais qu'une ſeule Clef réelle & viſible. Mais enfin, trouveront-ils ridicule qu'on n'emploie pas, pour nos vêtemens, une *ſeule* meſure, une meſure *unique*, pour ſervir à toutes ſortes de tailles & de grandeurs?

Ce qui explique cette inconſéquence des Monoclaviſtes, c'eſt que ceux d'entr'eux qui veulent établir le prétendu ridicule qu'ils trouvent à la diverſité des

comme l'a remarqué M. Boyer, dans sa Lettre, de l'usage
où ils sont *de chanter en ut & en la*, *à toute sorte de degré
d'élévation ou d'abaissement.* «Ainsi (observe judicieusement
» l'Auteur), dès qu'un *ut*, un *re*, un son quelconque, en
» un mot, seront pris arbitrairement; dès que chacun
» croira pouvoir les mettre au ton de sa voix, il est tout
» naturel qu'on trouve extraordinaire, ridicule même, &
» très-pénible pour les Transpositeurs, l'usage de tant de
» Clefs différentes. L'Académie des Sciences, en paroissant
» approuver (*ii*) le Projet de l'*Unité de Clef*, n'en parle

---

Clefs, sçavent bien que le commun des hommes ne voit la Musique que dans
un Grouppe de cinq lignes, & que toutes les vieilles gens (ou ceux qui ont appris
ou qui apprennent la Musique par les vieux Principes) en sont encore à la Transpofition. Or, ceci explique à son tour pourquoi, en général, la Lettre de M. Boyer
n'a pas été entendue.

Si j'en ai rapporté quelques endroits, dans cette Note, c'est que M. Rousseau,
dans les Articles *Gamme, Clef, Clavier, Partie, Partition, Voix,* & quelques
autres de son Dictionnaire de Musique, développant aujourd'hui les mêmes Principes, qui, sur la matière présente, ont été exposés dans la Lettre, on pourra
maintenant mieux entendre en France & cette Lettre & ces Principes.

Qu'on se souvienne bien, au reste, qu'en voulant les condamner, ces Principes, on nous feroit perdre le fruit de tout ce que M. Rousseau a rassemblé
de relatif à l'objet présent, dans un Ouvrage *destiné principalement pour la
Nation Françoise*, comme il le dit lui-même, page 8 de sa Préface. Objectera-
t-on que M. Rousseau Transpose? Cela ne seroit pas adroit : Il faudroit citer
que M. Rousseau, en recommandant la Transposition, dans son Dictionnaire
(Article *Solfier*), eût écrit ou pensé les mêmes absurdités que proposent nos
Transpositeurs-monoclavistes. Mais, qu'ils lisent attentivement quelques-uns des
Articles que je viens de citer, de cet excellent Dictionnaire; ils cesseront de
vouloir lire, par la même Clef, chaque Grouppe de cinq lignes du Clavier
général : car, c'est à cette absurdité que se réduit la *Réforme des Clefs.*

Pendant l'Impression de cet Ouvrage, il a paru une Méthode de Chant, par
M. Jacob, *de l'Académie Royale de Musique. Ceux qui n'ont pas le Dictionnaire
de M. Rousseau, peuvent lire avec fruit cette nouvelle Méthode; ils y trouveront
les mêmes principes, & de très-bonnes instructions, soit dans l'Avant-propos, soit
à l'Article IV, touchant la Nature & le vrai usage des Clefs. En effet, c'est que
tous ceux qui sçavent la Musique, n'ont, à cet égard, que les mêmes principes.*

(*ii*) Il faut joindre, à ces termes honnêtes de l'Auteur, ce qu'observe M. d'A-
lembert à l'égard du sens dans lequel on doit entendre le mot *approuver*, dans ces
sortes de circonstances; sçavoir : *que l'Académie a déclaré plusieurs fois, qu'en*

» que comme d'un moyen *propre à faciliter l'étude de la*
» *Musique par la méthode ordinaire.* Or, cette méthode
» ordinaire, tout le monde sçait que c'est la *Transpo-*
» *sition.* . . . . Je conviens, ajoute l'Auteur, que cette
» Méthode auroit grand besoin de quelque réforme pa-
» reille, si cela pouvoit s'arranger avec la Musique. »
Lettre à M. Diderot, pag. 6 & 7.

N O T E X X V I I I.

Prétentions de Zarlin *touchant le Diatonique* Synton.
*Expériences qui démontrent que c'est l'ancien Genre
des Grecs, le* Diaton, *que chantent les Hommes.*

§. 110.

(28) *pag. 50.* C e n'est pas néanmoins cette espèce de
Diatonique qu'a suivi Zarlin dans ses *Institutions.* Il a
embrassé le Diatonique dit *Synton, incité* ou *intense,* de
Ptolémée, que, malgré ces dénominations, il ne fait pas
difficulté d'appeller par-tout, *naturel (kk).* C'est aussi depuis

---

approuvant *un Ouvrage, elle ne prétend pas en* adopter *les Principes comme*
démontrés. Élém. de Musique, édit. de 1762, pag. 16, du *Discours préliminaire,*
Note L.

(*kk*) Dans l'*Exemple* que donne Zarlin, au Chapitre 39 de la seconde Partie
de ses *Institutions,* pag. 147, édition de 1589, ce Diatonique y est pourtant
regardé comme produit par l'*Art,* quoique par la *Nature* aussi.

Voici l'inscription que porte le Tétracorde Synton, qui fait partie de cet Exemple :
*Tetrachordo naturale detto da Tolomeo Diatonico Syntono, dall' Arte
e della Natura prodotto.*

Comment donc une chose qui porte l'empreinte de la main de l'homme, peut-
elle être dite *Naturelle ?* Mais, où Zarlin auroit-il pris cette *Nature,* si Ptolémée

les Ecrits de Zarlin (fans doute en vertu du mot *naturel*)
que ce diatonique a pris faveur chez la plus grande partie
des Théoriciens, bien que l'oreille, & la pratique même
dans une infinité de cas, foient, pour l'ancien diatonique
des Grecs, le *Diaton*.

§. 111. Il n'eſt pas queſtion en ceci de diſcuter ou de
déterminer quelle doit être la juſte proportion des fons qui
compoſent le genre Diatonique, ou quelle eſt l'eſpèce de

n'eût pas paru un moment dans le Monde; ou, ce qui eſt la même choſe, fi les
Écrits de Ptolémée ne fuſſent pas venus juſqu'à lui ?

Au reſte, les dénominations d'*intenſe*, d'*incité*, données au Tétracorde Synton,
font une preuve bien conſtante de la manière dont les Grecs enviſageoient les
intervalles qu'ils comparoient entr'eux. Le fens attaché à ces mots, une fois développé, fervira à confirmer ce que j'ai tâché d'établir à ce fujet, dans ce Mémoire.
J'ai cru devoir m'y arrêter ici un inſtant.

Si nous prenons, par exemple, la tierce *ut mi*, compoſée d'un ton majeur &
d'un ton mineur, & par conféquent moindre que le vrai *Diton* ancien, dont les
deux tons font majeurs, comment nous ferons-nous une idée de *renforcé*, d'*intenſe*,
à l'égard de cette tierce moindre, fi, à notre manière, nous partons toujours d'*ut*
pour lui comparer *mi* ?

Mais, figurons-nous, comme les Grecs, la tierce deſcendante *mi ut*; compoſons
la comme eux de deux tons majeurs : Altérons enſuite l'un des tons, ſoit en rétréciſſant celui de *mi* à *re*, comme le faifoit Ptolémée, ou celui de *re* à *mi*,
comme l'avoit fait Didyme, près de deux ſiècles avant Ptolémée. Par la petite portion
que nous aurons retranchée de l'un ou de l'autre de ces deux tons, nous concevrons
fans peine comment le *mi* reſtant immobile, l'*ut* ſe trouve ainſi plus élevé que
nous ne l'avions d'abord ſuppoſé; nous comprendrons comment il eſt plus *fort*,
plus *intenſe*, plus *incité*, & comment le genre de Ptolémée, qui porte cette même
tierce que nous venons d'altérer, en élevant l'*ut*, eſt dit, *intenſe* ou *incité*, tout
de même que, par la raiſon contraire, une tierce dont nous voudrions ſurbaiſſer
l'*ut* ſeroit dite *molle*, *foible*, *relâchée*. C'eſt en effet l'idée que Ptolémée attachoit
à ſon diatonique *Mol*, qui, ſelon lui, eſt en raiſon de 7 à 8, pour le premier
ton; de 9 à 10, pour le ſecond; & de 20 à 21, pour le *demi-ton*; & où, par
conféquent, l'*ut* de la tierce *mi ut*; ou ce qui eſt la même choſe, où la tierce
mi ut eſt beaucoup plus baſſe, plus *molle*, plus relâchée, qu'elle ne l'eſt dans
le Diatonique Synton ou incité, dans lequel l'*ut* eſt plus élevé, plus rapproché
du *mi*.

« In *ſextâ* (ſupple *Pagellâ Tabulæ* 111), fecundum nos, *Mollis Diatoni* ; in
» rationibus fefquiſeptimâ, & feſquinonâ, & feſquivigeſimâ : In *nonâ*, fecundum
» nos, *Intenſi Diatoni*; in rationibus feſquinonâ, & feſquioctavâ, & feſquidecimâ-
» quintâ. » *Claud. Ptolem. Harmonicor. lib.* 2, *cap.* 14, *ex verſ. Wallis, Oper.
Mathematicar. Oxon.* 1699, *vol.* 3, *pag.* 90.

Diatonique, qui eſt la plus convenable, la plus régulière, ou ſi l'on veut, la plus harmonique, en prenant ce mot dans le ſens des Grecs. Il s'agit uniquement ici d'un fait : il s'agit de ſçavoir ſi le genre Diatonique que chantent les hommes eſt conforme à l'ancien genre des Grecs, ou s'il eſt comme l'ont arrangé Didyme & Ptolémée, en rétréciſſant l'un des tons qui entrent dans la compoſition du Tétracorde-diatonique.

§. 112. Il ne faut, avec le ſecours de l'oreille, que la meſure, le compas, ou le calcul, pour s'aſſurer de ce fait. On peut même, lorſqu'on entend exécuter de la Muſique dans le genre Diatonique, ſoit à la Voix, ſoit ſur les Inſtrumens libres, tels que le Violon, le *Violoncello*, &c, faire attention à la ſorte de demi-tons, dits majeurs, que le Muſicien entonnera : ſi, par exemple, les demi-tons qu'il forme entre *ſi ut, mi fa*, ou *ſol fa❋, la ſi♭*, &c, ſont très-petits, ainſi que cela arrive le plus ſouvent, c'eſt que ſes tons auront été égaux, majeurs, & dans la proportion de 8 à 9 ; or c'eſt-là l'ancien genre Diatonique, dont le demi-ton, ou limma, eſt dans la proportion de 243 à 256, au lieu de celle de 15 à 16, que lui aſſignent nos principes.

Je vais propoſer ici quelques Expériences, tant pour confirmer ma propoſition, que pour développer davantage les matières que je n'ai fait qu'indiquer aux Notes 17 & 24.

Expériences

Expériences touchant la justesse des Intonations fixées par les Grecs anciens, soit aux Tons & aux Demi-tons, soit à l'une & à l'autre Tierce, le Diton & le Semi-diton.

Première Expérience.

§. 113. Il y a mille traits de Chant sur lesquels on peut s'essayer soi-même, pour constater l'excès ou le défaut des Intonations des Grecs, lorsqu'on n'a pas l'oreille gâtée par l'à-peu-près des sons, les sons *tempérés*.

§. 114. Par exemple, dans l'Intonation de l'Air *Mon cœur volage*, que je vais noter ici (*voyez au bas de la Page*), si, après avoir chanté tout ce que j'en ai transcrit, l'on veut recommencer ensuite le même Chant, & apprécier avec soin la sorte de Demi-ton qu'on aura formée d'*ut* à *si*, entre *A B*, de la seconde mesure, on s'appercevra que ce Demi-ton est extrêmement petit. D'où il sera aisé de sentir que la tierce *ut mi* de *C* à *D*, est un vrai Diton grec, une vraie tierce de Pythagore, composée de deux tons majeurs, dans la proportion de 64 à 81, & non la tierce affoiblie, de 64 à 80, que nous voulons, que nous croyons entonner,

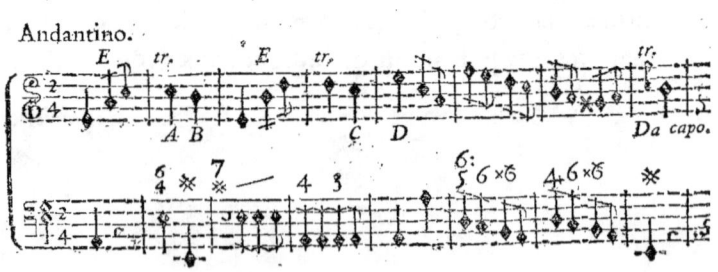

que, felon nos Principes, nous devons entonner; en un mot, que tous les Modernes font dans l'intention & dans la volonté déterminée d'entonner; mais que l'Oreille, foit dans cette occafion, foit dans un million d'autres, empêche heureufement d'*entonner*.

Je ne parle point des deux tierces *la ut*, & *fi re*, à *E*, dont la proportion aura dû être moindre que celle que nous leur attribuons. C'eft une conféquence du rappétiffement du demi-ton *ut fi*, d'*A* à *B*, & de l'agrandiffement de la tierce *ut mi*, de *C* à *D*. On peut répéter l'Expérience, & y faire attention.

§. 115. Il ne faut pas croire que ce foient les Livres qui pourront décider de ces faits, c'eft l'oreille même, ou bien le compas & la mefure, appliqués aux corps qu'on voudra monter à l'uniffon des fons qu'on aura formés, afin de conftater & de fixer, pour ainfi dire, l'intonation fugitive de la Voix (*ll*).

§. 116. Je ne garantis pas néanmoins qu'il ne puiffe fe rencontrer des gens à qui la même Expérience pourroit démontrer le contraire de ce que je fuppofe ici. Les intonations fatices, de convention, ou infpirées & contractées par l'habitude des Inftrumens tempérés, ou par celle des Inftrumens dits naturels, tels que le Cor, la Trompette, pourroient bien contrarier, dans ce cas, l'intonation que

---

(*ll*) Un Monochorde feroit d'un grand fecours dans ce cas. Les Phyficiens qui en ont, pourront faire cette Expérience, en faifant chanter l'Air à quelqu'un, s'ils ne peuvent le chanter eux-mêmes, ou en le faifant jouer fur le Violon. Mais le plus fûr en cela, eft de choifir une perfonne qui fçache l'Air de routine, pour ne pas tomber entre les mains de quelqu'un qui auroit pu fe gâter l'oreille, ou à qui on auroit pu la gâter, d'après nos faux principes; ce qui néanmoins eft affez rare, parce qu'on apporte communément, dans la Mufique, plus de routine que de fcience. Voyez ce que j'ai dit au commencement de la page 104.

dicte l'oreille, & que prescrivent les proportions dites de Pythagore. Intonation que la seule envie de placer des cordes intermédiaires, entre certains intervalles, a fait abandonner & perdre totalement de vue aux Grecs modernes, dont nous suivons en partie & les proportions fantastiques & les idées absurdes touchant la divisibilité du ton. C'est ce que nous verrons à la Note 35.

§. 117. Voici, au reste, ce que pense Zarlin touchant le Diatonique Synton, que j'ai dit, au commencement de cette Note, n'avoir pris faveur parmi les Théoriciens, que depuis les Ouvrages de ce célèbre Auteur.

Il faut remarquer que Zarlin, dans le Passage que je vais rapporter, parle du genre Diatonique en général, dont précédemment il a distingué cinq espèces différentes, qu'il rapporte d'après Ptolémée. Ces cinq espèces sont : le Diatonique *Diaton*, ou l'Ancien, pour la première espèce ; le Diatonique *Mol*, pour la seconde ; le *Synton* ou *incité*, pour la troisième ; le *Toniaque*, pour la Quatrième ; & l'*Égal*, pour la cinquième (*mm*). Ce sont en effet les cinq

---

(*mm*) Je ne fais cette remarque, & je n'ajouterai quelques mots en parenthèse dans le texte de Zarlin, que pour préserver mes Lecteurs des fausses idées dans lesquelles pourroit les jetter la traduction qu'a donnée Rameau de ce Passage, dans son *Code de Musique*, pag. 191, où il en applique le sens à l'une des espèces de Diatonique, au Diatonique *Égal*, n'ayant pas fait attention, sans doute, au mot *genere* de Zarlin, qu'on va lire. Cette méprise m'a paru trop importante pour n'en pas prévenir ici ceux qui pourront lire ce qui concerne ces matières, dans le *Code*, & s'en tenir au jugement que Rameau porte de *Pythagore*, des *Anciens*, des *Philosophes*, en partant de sa méprise. Aussi l'Auteur de la *Théorie de la Musique*, n'a pas cru, pag. 111 de son Ouvrage, devoir ajouter foi à ce que Rameau fait dire à Zarlin sur les Anciens, au sujet du Diatonique *Égal* de Ptolémée, dont il conste que Zarlin ne parle pas dans le Passage dont il s'agit.

Au reste, les sons qui doivent correspondre aux nombres 9, 10, 11, 12, de ce Diatonique *Égal* de Ptolémée, ne sont pas *re mi fa sol*, comme le traduit encore faussement Rameau, à l'endroit cité, mais, *mi re ut si*, ou, selon le texte

espèces

espèces de Diatonique qu'on trouve dans Ptolémée, quoique dans un ordre différent. *Harmonicorum, lib. 2, cap. 14.* Voyez *ooo*, Note 35, §. 199.

« Si usò anticamente questo Genere (*il diatonico*) più
» d' ogni altro (*più del cromatico e dell' enarmonico*); &
» fin à i miei tempi si è creduto che si usasse, nel sonare
» & nel cantare, nella sua prima specie (*la diatona*),
» come si può vedere ne i Scritti de' molti Antichi, & de
» Moderni; & credo che ancora ne sarebbono molti che
» terrebbono questo esser vero, s'io non havesse apertamente
» fatto conoscere il contrario, ma che si usa la sua terza
» specie (*la syntona*). » *Instit. armon. part. 2, cap. 16,*
edit. in-fol. 1589, pag. 103.

§. 118. L'on voit, par ce passage, que Zarlin pense avoir établi dans le monde l'opinion (& il l'a établie en effet), que c'est le diatonique Synton de Ptolémée que les hommes chantent. Mais cette opinion peut toujours être examinée, & l'on est libre encore aujourd'hui de vérifier si la chose est ainsi ou non. Voici comment, à mon particulier, je raisonne sur ce fait.

§. 119. Nous croyons aujourd'hui, sur la foi de Zarlin & de tous les Auteurs qui l'ont copié, ou qui ont suivi son opinion sans le moindre examen, nous croyons, dis-je, chanter le diatonique Synton, selon même que l'exigent nos principes, posés sur la parole de Zarlin : or, si l'expé-

---

même de Zarlin : « 9, *Hypate meson*; 10, *Lychanos hypaton*; 11, *Parhypate
» hypaton*; 12, *Hypate hypaton*. » (Instit. Harm. edit. de 1589, pag. 103,
Exemple du *Tetrachordo Diatonico equale*). On sçait que l'*Hypate meson* répond
à E, ou *mi*; le *Lichanos* à D, ou *re*, &c. Voyez le *Tableau* du Systême des Grecs,
pag. 45 du Mémoire, où, au lieu de *Lychanos*, il faut lire, *Lichanos*.

X

rience démontre à ceux qui font en état d'apprécier les
fons, qu'avec toute notre volonté pour le *Diatonique
Synton*, nous ne chantons néanmoins dans le fait, & en
une infinité d'occasions, que l'ancien Diatonique, le *Diaton*,
il n'eft pas douteux que du tems même de Zarlin, les
hommes., dont les principes portoient de chanter ce genre
Diaton, qui déterminément ont voulu chanter ce Diaton,
& qui ont cru fermement le chanter, jufqu'à ce que Zarlin
ait prétendu le contraire, il n'eft pas douteux, dis-je, qu'ils
ne l'ayent chanté en effet; & l'affertion de Zarlin ne peut
concerner alors que lui-même, ou quelques Particuliers,
qui, à force d'art, & en s'étudiant à contrefaire les fons
faux de quelqu'Inftrument monté fur le Diatonique *Synton*
de Ptolémée, pouvoient chanter réellement ce Diatonique
tempéré (*nn*), mais que l'oreille empêchoit les autres

(*nn*) Quelques Auteurs appellent *tempéré* ce Diatonique de Ptolémée. Zarlin lui-
même, page 102 de l'édition que j'ai citée, lui donne le nom *d'incité. Il Syntono*, dit-il, *overo Incitato, che lo vogliamo dire*, & cela eft conforme à l'idée
de Ptolémée lui-même, qui n'a propofé cette forte de Diatonique que comme
altéré, comme arrangé par lui à certaines proportions : *Secundum nos, intenfi
Diatoni*, dit cet Auteur. Voyez Note *kk* ci-devant.
　Le Père Martini, dans fa *Storia della Mufica*, parlant du *Tempéramment* (Dif-
fert. 2, pag. 270), en diftingue de deux fortes, l'un ancien, l'autre moderne.
L'ancien, dit-il, *eft une invention de Ptolémée ;* & c'eft le genre *Synton* ou *incité*
de cet Auteur, que le Père Martini apporte en Exemple. Quant au Tempéramment
moderne, c'eft de celui que nous connoiffons que parle le Père Martini. Voici fes
termes, Note 202, à l'endroit cité.
　« Due nella Teoria muficale fono ftati cotefti Temperamenti ; antico l'uno,
»　l'altro moderno. L'antico fu un ritrovato fpezialmente di Tolomeo (*Didyme*
»　*l'avoit trouvé avant lui*), il quale avendo nel Tetracordo mutato in maggiore
»　il femituono, che prima era minore, e quindi a proporzione diminuito il fe-
»　condo tuono, venne tofto a temperare le terze e le fefte, &c. Il moderno
»　(Temperamento) fu opera del contrapunto, &c.
　Il faut obferver, pour l'intelligence de ce Paffage, que ce que le Père Martini
appelle le *fecond ton*, eft comme *re mi* dans *mi re ut fi*, pris à rebours, c'eft-
à-dire, en commençant par la note grave *fi*. Or Didyme, que j'ai dit en paren-
thèfe avoir, le premier, trouvé le Tempéramment dont il s'agit, en élargiffant

hommes de chanter, comme elle en empêche encore ceux qui ne confultent que cet organe, le Maître même des Théoriciens, & la pierre de touche de toutes les Théories.

§. 120. Au refte, il eft bon d'être prévenu que Zarlin a été contredit fur fon opinion, par plufieurs Auteurs de fon

le demi-ton *fi ut*, altéroit le ton *ut re*, qu'il rendoit mineur, & laiffoit *re mi* dans fa proportion de 8 à 9. Ptolémée, au contraire, en élargiffant également le même demi-ton *fi ut*, remettoit *ut re* dans fa proportion de 8 à 9, & rendoit mineur le ton *re mi*. Dans l'un & l'autre fyftême, le demi-ton *fi ut* étoit élevé jufqu'à la forme de 15 à 16, au lieu de celle de 243 à 256 qu'il avoit auparavant. J'expo- ferai, à la Note 35, les raifons particulières du procédé de Didyme & de Ptolémée. Mais je dois faire remarquer ici, en fecond lieu, que le Tempéramment des Mo- dernes ne doit pas fon origine au *Contrepoint*, comme le penfent & le P. Martini & la plûpart des Auteurs Italiens que j'ai lûs. Une réflexion bien fimple peut dé- montrer le faux de cette idée : fi les hommes, jufqu'au tems de Zarlin, ont chanté l'ancien Diatonique non tempéré, le *Diatonique-Diaton*, comme notre propre expérience peut nous en convaincre aujourd'hui, il eft conftant que le Contre- point n'a été ni la caufe, ni l'occafion du Tempéramment, puifqu'avec les fons de ce Diatonique non tempéré l'on faifoit du Contrepoint, & avant le tems de Zarlin, & de fon tems, & qu'on en fait encore actuellement par-tout, avec ces mêmes fons, dans un concert de Voix, ou lorfque, dans une Mufique quelconque, l'on n'emploie que des Voix & des Inftrumens libres, tels que le Violon ou le Violon- celle. Car, ni ces Inftrumens, ni la Voix, n'ont aucune raifon de *tempérer*; & dans le fait, ils ne tempèrent jamais, quand on a bien foin, comme je le fuppofe, d'en écarter tout Inftrument faux ou affujetti au Tempéramment. Voyez le Paffage de Zarlin, rapporté à la fin de la Note 40 de cet Ouvrage, au fujet de la *violence* (ce font les termes de Zarlin) que font quelquefois ces fortes d'Inftrumens à la Voix, laquelle cependant, de l'aveu même de cet Auteur, reprend bientôt fes intonations *naturelles*, dès que ces fortes d'Inftrumens ne l'accompagnent plus. Voici ce que dit *Salinas* fur le même fujet; & il faut remarquer que Zarlin & Salinas font deux Températeurs, chez lefquels je ne devrois pas trouver de fem- blables autorités. Auffi en auront-elles plus de force, dans la bouche même de deux Auteurs qui fe font quelquefois contrariés dans leurs Ecrits. Si tout cela ne produit rien pour le préfent, comme il y a grande apparence, ceux qui viendront après nous feront peut-être bien aifes de voir jufqu'à quel point nous avons pu porter l'entêtement, ou peut-être l'amour-propre, pour des opinions que nous croyons les nôtres.

« Voces humanæ facile flecti poffunt. . . . Omnes confonantias atque minora » intervalla in fuis legitimis proportionibus, juxta numerorum harmonicorum » naturam in cantu cuftodiunt, nifi aliquod interveniat impedimentum, propter » quod id facere non poffint; ut cum artificialibus applicantur inftrumentis; tunc » enim eorum IMPERFECTAS CONSONANTIAS, atque intervalla fequi coguntur, » à quibus cum recedunt, ad vera & fibi naturalia redeunt intervalla. » *Francifc.* *Salina*, in Acad. Salmantic. *Muficæ Profeffor; de Mufica*, lib. 3, cap. 13, *Sal- mantica*, 1577, pag. 139.

X ij

tems. Il eſt vrai que la cauſe de l'ancien Diatonique a été
ſi mal défendue, que l'opinion de Zarlin, qui d'ailleurs
étoit très-ſçavant & très-verſé dans ſon Art, a prévalu au
point de ſe trouver toute établie pour nous, avant même le
Siècle actuel, malgré tout ce que nous éprouvons de contraire, ſoit que nous exécutions nous-mêmes, à la Voix
ou ſur des Inſtrumens libres, du Chant Diatonique, ſoit
que nous voulions former, par les mêmes moyens, du Chant
Chromatique.

Auſſi propoſerai-je ici, au ſujet du Genre Chromatique,
une autre Expérience, qui confirmera de plus en plus la
juſteſſe des principes & du tact des Grecs anciens, malgré
la bonne opinion que nous avons de nous-mêmes & de
ce que nous appellons *nos* principes.

S e c o n d e   E x p é r i e n c e.

§. 121. Qu'on exécute le chant chromatique *re ut✳,*
ut ſi, ſi♭ la, ou *la ſi♭, ſi ut, ut✳ re,* ſoit à la Voix,
comme je l'ai dit, ſoit ſur des Inſtrumens libres, tels que
le Violon ou le Violoncelle, l'on s'appercevra que le demi-
ton le plus fort ſe trouvera entre *l'ut-dièſe* & *l'ut-naturel,*
& entre le *ſi* & le *ſi-bémol,* & que le demi-ton le plus
foible ſera entre *re* & *ut-dièſe,* entre *ut* & *ſi,* & entre *ſi-*
bémol & *la,* c'eſt-à-dire, préciſément à l'oppoſé de nos
idées, & dans un ſens contraire à ce que portent nos
principes, qui aſſignent un demi-ton *majeur* de *re* à *ut-dièſe,*
&c, ou de *ſi-bémol* à *la;* & un demi-ton moindre, ou
mineur, d'*ut-dièſe* à *ut,* de *ſi* à *ſi-bémol,* &c.

J'ai rencontré en ma vie pluſieurs Perſonnes à qui leurs

Maîtres, à ce que ces Personnes me difoient, leur avoient toujours recommandé de fortifier un peu les dièfes, en les élevant, & de radoucir dans la même proportion les bémols, en les baiffant. En effet, il faut beaucoup d'art, une grande habitude des Inftrumens tempérés, & une volonté bien déterminée, pour faire le contraire, c'eft-à-dire, pour ne pas entonner comme le fimple fentiment de l'oreille l'infpiroit à ces Maîtres, & les obligeoit de plus d'en faire une Règle. Or, en entonnant felon cette Règle, & felon que je l'ai fuppofé dans l'expérience du chant *re ut✳*, *ut fi*, *fib la*, &c, on aura formé de *re* à *ut✳*, d'*ut* à *fi*, & de *fib* à *la*, l'intervalle que les Grecs appelloient *Leimma*, & qui revient à peu près à notre demi-ton mineur; & d'*ut✳* à *ut*, ou de *fib* à *fi*, on aura formé un autre intervalle qui correfpond à peu près à notre demi-ton majeur, & que les Grecs appelloient *Apotome*. Or, le *leimma*, ou *limma*, étant un intervalle moindre, & de beaucoup moindre que l'apotome, il en réfulte que la tierce *re fib*, ou *fib re*, qui précède le limma *fib la*, ou qui refte après le même limma *la fib*, doit fe trouver compofée de deux tons majeurs, & conftituer ainfi le vrai *Diton* des Grecs anciens, la vraie tierce majeure, dans la proportion de 4 à $5\frac{1}{16}$, ou 64 : 81.

TROISIÈME EXPÉRIENCE.

§. 122. Ce diton fe manifeftera encore mieux dans la phrafe de chant diatonique *re ut fib la*, ou *la fol fa mi*, &c, conforme à ces traits de Baffe qu'on trouve à la fin des *Adagio* des anciennes Sonates, & qui imitent les finales du Quatrième ton des Organiftes. Pour juger du Diton, dans ce cas, entre *re fi*♭, ou *la fa*, &c, il faut faire attention au peu de diftance qu'il y aura, quant à l'intonation, entre l'avant-dernière note & celle par où l'on finit la phrafe, c'eft-à-dire, entre *fi*♭ & *la*, pour le premier Chant, ou entre *fa* & *mi*, pour le fecond, &c. Cette Expérience eft, pour le fond, la même que celle du Paragraphe 114 de cette Note : l'une confirme l'autre.

§. 123. En un mot, c'eft toujours du demi-ton entonné qu'il faut partir, lorfque, dans toute Quarte diatonique donnée, l'on veut apprécier la diftance que laiffe le demi-ton, foit pour la tierce majeure, foit pour l'un & l'autre des deux tons qui la compofent. On fçait que les Grecs divifoient leur Syftême par Tétracordes ou Quartes, & que la marche de ces Syftêmes étoit en defcendant? Qu'on effaye de tenir la même marche, & l'on entonnera fûrement de même. La Nature ne fut jamais circonfcrite, au tems & au Pays des Grecs. L'oreille feulement femble l'avoir été, dans ces derniers fiècles, fi l'on confulte nos Livres, ou pour mieux dire, *nos Compilations :* car tout ce que les Grecs modernes nous ont laiffé d'abfurde ou d'erroné, s'y trouve répété & réduit en principes. Voyez Zarlin, Rameau, Tartini. Le premier a fondé les proportions de Ptolémée fur l'ordre *naturel* des nombres; le fecond, fur la *Réfonance* du corps fonore; le dernier fur le *troifième fon* (Note 35, §. 197, 198, 199).

Quatrième Expérience.

§. 124. Cependant, comme il y a beaucoup de personnes qui n'ont pas de point fixe pour l'intonation des demi-tons, & par conséquent des tons ; soit que ces personnes manquent de précision du côté de l'oreille, soit qu'une habitude vicieuse ou de mauvais principes leur ayent totalement perverti l'organe, voici une expérience sur la tierce majeure, qui peut convaincre les plus entêtés ou les moins sensibles à la justesse de l'intonation (oo). Il faut avoir l'embouchure de la Flûte, dite *Traversière* ou *Allemande*, pour faire soi-même cette expérience ; ou bien on peut la donner à faire à un Joueur de Flûte : l'on n'aura ainsi que le soin d'apprécier les sons qu'il fera entendre. Voici ce qu'il doit observer.

§. 125. Bouchez tous les trous de la Flûte, & faites sonner le *re* en bas : en tenant toujours la Flûte dans cet état & dans la même position, soufflez plus fort (à peu près comme on le fait pour les octaves aiguës indéfiniment, c'est-à-dire, en rétrécissant les lèvres), & vous obtiendrez quelqu'un des sons qu'on appelle *harmoniques* : ce sera ou l'octave du *re* grave, ou bien sa douzième *la*, c'est-à-dire, l'octave de la quinte de ce même *re* grave. Poussez le souffle plus fortement encore (en rétrécissant toujours les lèvres), vous entendrez ou un nouveau *ré*, ou la dix-septième du *re* grave, c'est-à-dire, un *fa-dièse*, double octave de la tierce

___

(oo) Je parle d'une conviction intérieure. Les phrases ou les autorités qu'on voudra opposer, n'infirmeront certainement pas le résultat de l'expérience.

propre du *re* grave. Répétez fouvent les mêmes opérations, en tâchant d'obtenir par ordre, 1°. l'octave du *re* grave, 2°. fa douzième, 3°. fa double octave, 4°. enfin fa dix-feptième, en cette manière : RE, *re*, *la*, *re*, *fa*✱. Lorfque vous ferez-arrivé au *fa-dièfe*, percevez-en bien l'into-nation, nourriffez-en, pour ainfi dire, l'oreille; après quoi faites parler le *fa-dièfe* que donne la Flûte par le doigter, & qui, comme le fon harmonique, eft la dix-feptième du *re* le plus bas de la Flûte, vous vous apper-cevrez que ce *fa-dièfe*, formé par la pofition des doigts, fur telle excellente Flûte que ce foit, eft de beaucoup plus haut que celui qu'on obtient en qualité de fon harmonique, c'eft-à-dire, par la feule action du fouffle, tous les trous de la Flûte étant bouchés.

§. 126. Tout le monde fçait que les *fa-dièfes*, fur la Flûte, font trop bas, fur-tout les deux plus graves, puifque pour rendre ceux-ci moins bas, il faut, felon les Principes de Flûte d'Hotteterre le Romain, que j'ai vus autrefois, non-feulement relever la clef, mais encore tourner la Flûte beaucoup en dehors. Or, fi les uns ou les autres de ces *fa* défectueux & trop bas, font cependant encore bien plus hauts que le *fa* harmonique (*pp*); il confte alors que ce *fa*,

---

(*pp*) On trouve beaucoup de Flûtes où ce *fa* harmonique, tend plus à être à l'uniffon du *fa-naturel*, dix-feptième mineure, qu'à l'uniffon du *fa-dièfe*, dix-feptième majeure. C'eft M. Genillion, Organifte & Maître de Flûte, à Paris, qui m'a communiqué cette Obfervation. Frappé de ce que je lui avois fait remarquer touchant la comparaifon des deux *fa* dont nous parlons, il en a répété l'expérience fur autant de Flûtes qui lui font tombées fous la main; le réfultat eft que le *fa* harmonique, en général, eft très-bas, fur cet Inftrument, & qu'il y a telles Flûtes où il ne diffère pas beaucoup du *fa* naturel, comme je l'ai dit.
Je laiffe aux Phyficiens le foin d'approfondir quelles font les caufes du plus ou du moins de fauffeté de ce *fa* harmonique, fur différentes Flûtes; il me fuffit

improprement

improprement dit harmonique, eft très-faux, très-difcor-
dant, non harmonique, non proportionné, non muſical,
puiſqu'il eft plus bas que ceux que tout le monde accuſe
déjà de faux ſur la Flûte la plus juſte.

§. 127. Nous pouvons conclurre de toutes ces Expériences, que les proportions aſſignées par Pythagore,
c'eſt-à-dire, par les Egyptiens, ou pour mieux dire encore,
par le Principe inconteſtable de la Progreſſion triple, ſoit
à l'intervalle que les Grecs appelloient *Diton*, & qui répond
à notre Tierce majeure, ſoit au *Semi-diton*, ou ſelon nous
Tierce mineure, ſoit au *Limma* & à l'*Apotome*, ſont irré-
vocablement les vraies proportions, démontrées telles par
une Série de Quartes, ou de Quintes, ſuites d'une première
Quarte ou Quinte donnée. Voyez Note *a* de l'*Avertiſſement*.

Mais, ne ſeroit-ce pas un paradoxe bien ſingulier de
prétendre que les Grecs, qui ont vu ſi finement dans tous
les Arts, euſſent manqué d'oreille en ceci, euſſent adopté
ou aſſigné eux-mêmes de fauſſes proportions aux intervalles
dont nous venons de parler ?

§. 128. Celles qu'ils ont fixées à la Tierce majeure,
à la mineure & au Demi-ton, ſont ſans contredit les

d'obſerver que dans tout corps ſonore, il n'y a de juſtes, contre le ſon grave,
que les ſons qui répondent aux diviſions $\frac{1}{2}$, $\frac{1}{3}$, $\frac{1}{9}$, $\frac{1}{27}$, ou aux octaves indéfinies
de quelques-unes de ces diviſions. Le Cor & la Trompette peuvent démontrer en
particulier cette propoſition à ceux qui ont de l'oreille, & leur faire conclurre que
les intonations données par une Série de Quintes, ou, ce qui eſt la même choſe,
par la Progreſſion triple, ſont les ſeules dont on puiſſe tirer les élémens d'un
ſyſtême quelconque (les tons & les demi-tons), comme le faiſoient & Pythagore
& les Grecs anciens, & comme le font les Chinois, pour les tons & les tierces
mineures qui compoſent leur Syſtême (Article V, §. 44, 46).

Y

vraies proportions. Car il ne faut pas croire que la Tierce majeure, par exemple, soit dans le rapport factice de 4 à 5, ou 64 : 80; que la mineure soit de 5 à 6, ou 80 : 96; & que le Demi-ton soit de 15 à 16, comme le portent les Ecrits des modernes. Les rapports authentiques, pour ces Intervalles, & les seuls qui satisfassent l'oreille, sont, celui de 4 à 5$\frac{1}{16}$, ou 64 : 81, pour la Tierce majeure; celui de 5$\frac{1}{16}$ à 6, ou 81 : 96, pour la mineure; & celui de 243 à 256 pour le Demi-ton; tout autre rapport n'est plus harmonique, n'est plus que l'ouvrage de l'homme, & nous pouvons dire, de l'homme qui oublie le principe qui doit le juger : la Quarte, ou la Quinte.

§. 129. En effet, dès qu'on voudra bien substituer ce Principe, ou même le simple sentiment de l'oreille, à des autorités, on trouvera aisément que la Tierce majeure, par exemple, n'est autre chose que la somme de quatre Quintes, ou Quartes, comme *ut mi* dans *ut fol re la mi*. Il en est de même des autres intervalles qui sont toujours le produit d'un certain nombre de Quintes ou de Quartes (*qq*).

§. 130. En appliquant ces Quintes ou ces Quartes aux termes de la Progression triple, on obtient l'expression

---

(*qq*) Ce qu'il y auroit de bien humiliant pour ceux qui voudroient se déclarer en faveur des proportions factices des Modernes, c'est que le Principe sur lequel je m'appuye ici, m'est fourni par l'Antagoniste des Pythagoriciens, par le Chef même de la Secte des *Températeurs*, Aristoxene. Voyez *f* de la Note 4. Il est étonnant que cet Auteur, en donnant lui-même ce Principe comme une excellente méthode pour obtenir la juste proportion du ton, des tierces, du demi-ton, &c, ne se soit pas apperçu qu'il sappoit ainsi les principes contraires, les proportions exharmoniques qu'il vouloit établir ! Cela prouve que ce n'est pas d'aujourd'hui qu'on a écrit sur la Musique sans s'entendre ; car il ne dépend pas de l'homme de vouloir les contraires, & certainement Aristoxene ne vouloit pas se contredire. Mais, la vérité a pu quelquefois percer malgré lui à travers les erreurs qu'il prenoit pour des principes.

numérique de l'intervalle que l'on cherche. C'eſt ainſi que la Tierce majeure, par exemple, naît de la comparaiſon de la ſixième octave d'un ſon, d'un terme quelconque de la Progreſſion triple, à ſon cinquième.

Si nous prenons les cinq termes 1, 3, 9, 27, 81, & qu'à la manière des Modernes, nous les faſſions correſpondre aux Quintes montantes *ut ſol re la mi*; en élevant l'*ut* de ſix octaves, pour le porter vers *mi*, nous aurons la tierce *ut mi* dans le rapport de 64 à 81, ſynonyme du rapport 4 : $5\frac{1}{16}$, dans lequel l'*ut* ſe trouve élevé de deux octaves ſeulement, & le *mi* 81, baiſſé de quatre (*rr*), ce qui fait toujours les ſix octaves requiſes pour rapprocher ces ſons.

§. 131. Cette tierce, fondée, comme on voit, ſur des principes, & totalement indépendante de la volonté de l'homme, eſt celle qu'ont chantée les Egyptiens, celle

---

(*rr*) Comme la Progreſſion double, par la méthode des Modernes, rend les ſons plus aigus, il s'enſuit que la Progreſſion ſous-double les rend plus graves. Ainſi la moitié de 81, ſçavoir, $40\frac{1}{2}$, donne la première octave au-deſſous de 81; la moitié de $40\frac{1}{2}$, c'eſt-à-dire, $20\frac{1}{4}$, donne la ſeconde octave; la moitié de $20\frac{1}{4}$, ou $10\frac{1}{8}$, donne la troiſième octave; enfin la moitié de $10\frac{1}{8}$, ſçavoir, $5\frac{1}{16}$, donne la quatrième octave ſous-double de 81.

Pour ce qui eſt de l'*ut* 1, porté à 4 ou à 64, voyez la *Première Table*, à la fin de l'Ouvrage.

L'Exemple que je donne ici de la Tierce majeure, doit ſuffire pour trouver, de la même manière, l'expreſſion numérique de tout autre intervalle. Trois termes de la Progreſſion triple, comme 1, 3, 9, ou *ut ſol re*, donnent, en élevant le premier vers le dernier, le ton 8, 9, ou *ut re*, & la ſeptième mineure 9, 16, ou *re ut*, en portant l'*ut* au-deſſus du *re*; Quatre termes, comme 1, 3, 9, 27, ou *ut ſol re la*, donnent, en élevant le premier vers le dernier, la ſixte majeure 16, 27, *ut la*, & la tierce mineure 27, 32, *la ut*, en portant l'*ut* au-deſſus du *la*; Six termes, comme 1, 3, 9, 27, 81, 243, ou *ut ſol re la mi ſi*, donnent, en élevant le premier vers le dernier, la ſeptième majeure 128, 243, *ut ſi*, & le demi-ton 243, 256, *ſi ut*, en portant l'*ut* au-deſſus du *ſi* : & ainſi du reſte. Voyez, pour ces opérations, la *Série* de la Progreſſion triple, à la fin de l'Ouvrage, & la *Première Table*.

Y ij

qu'ont chantée les Grecs, & dans des tems où la Mufique étoit chez eux la Science des Philofophes, des Poëtes, des Gens de Lettres. C'eft cette tierce que chantent encore les Chinois depuis une longue fuite de fiècles; c'eft celle enfin que la nature force les Européens mêmes de chanter, lorfque leur oreille n'a pas été viciée jufqu'à un certain point, par l'habitude des Inftrumens accordés felon ce qu'on appelle le *Tempérament*, ou, pour mieux dire, *par l'habitude* des Inftrumens *faux;* car tempérer des fons, c'eft les difcorder, & par conféquent les rendre faux. Voyez Note 34, §. 173.

N O T E XXIX.

Les Modernes, depuis l'établiffement de la Gamme d'ut, ne voyent plus le Syftême des Grecs que dans le ton d'ut. Examen du Mode mixte, *propofé en France, & du Mode mineur* réformé, *propofé en Italie.*

§. 132.

(29) *pag. 51.* Ce n'eft pas en France feulement qu'on croit le Syftême des Grecs en *C-fol-ut :* le Père Martini, dans fa *Storia della Mufica,* Bologne 1757, ne fe repréfente ce Syftême que relativement à la Gamme d'*ut.* Tout ce que cet Auteur déduit des Tétracordes *mi re ut fi* & *la fol fa mi,* foit à l'égard de ce qu'il appelle le chant *naturel à l'homme,* dans la première de fes Differtations, foit à l'égard des autres objets dont il traite dans fon Ouvrage, il le rapporte de telle manière au ton d'*ut,* qu'il ne paroît pas même avoir foupçonné la poffibilité de confidérer

autrement ces Tétracordes. En effet, il est bien difficile
de voir autre chose que le ton d'*ut*, dans le Système des
Grecs, toutes les fois que, faisant abstraction de la Proslambanomène, l'on y prendra le Tétracorde des Principales
à rebours, je veux dire en montant. Dans ce sens, le chant
si ut re mi, pour peu qu'on ait de l'oreille, paroît être en
C-sol-ut, & débuter par la septième du ton, par cette note
que les François appellent la *sensible*.

§. 133. C'est ainsi que le Père Martini a été conduit,
non-seulement à adopter les intonations de Ptolémée,
mais, ce qui devoit être, à blâmer encore celles de Didyme,
comme ne pouvant s'assortir à ce Mode *naturel*, ce Mode
inné de *C-sol-ut*, qui présidoit aux recherches de notre
sçavant Auteur. Didyme, premier Inventeur connu de
l'intervalle que nous appellons *Ton mineur*, le plaçoit d'*ut*
à *re*, dans le Tétracorde *mi re ut si*, entraîné par le Mode
principal du Système, par le Mode de *la*. Ptolémée, au
contraire, plaçoit ce ton mineur entre *re* & *mi*, malgré
le sentiment de l'oreille, malgré l'harmonie qui doit se
trouver entre ce *re* & la Proslambanomène. Car le *re*,
entonné comme ton *majeur* dans l'arrangement de Ptolémée, forme, avec cette Proslambanomène, une Quarte
altérée & trop forte.

§. 134. Mais comme cette altération convient parfaitement, selon nos idées, à notre Mode majeur d'*ut*, bien
que Ptolémée n'ait pu penser ni à nous, ni à notre Mode,
prévoir, en un mot, ce que deviendroit la Musique parmi
les Modernes, le Père Martini, qui, comme tout le monde,
voit le Système des Grecs, le chant *la sol fa mi re ut si la*,
en *C-sol-ut*, a suivi de préférence la disposition de

Ptolémée, & avec la même exactitude que si cet Auteur avoit eu en vue notre *C-fol-ut.*

§. 135. Il paroît même au P. Martini, *Storia*, pag. 194, que l'arrangement de Didyme offre d'*ut* à *re* un intervalle faux & très-discordant, un *superparziente dannoso alla soavità musicale, fol degno da riprovarsi;* & pag. 195, il lui semble que la marche diatonique (*la progressione*), que *la nature* même (*ss*), exigent le ton majeur à l'endroit où le plaçoit Ptolémée, c'est-à-dire, d'*ut* à *re*, & non de *re* à *mi*, comme l'oreille & le besoin de s'accorder avec la Proslambanomène & avec la *Nète synemmenon*, l'avoient inspiré à Didyme. *Porta la progressione*, dit avec force le Père Martini, *e vuol la natura il maggior tuono presso al semituono* (du côté d'*ut si*, dans le Tétracorde *mi re ut si*); *dal che riluce la necessità, non meno dell' operato di Tolomeo nel correggere Didimo, che nel dover noi in tal corezione seguirlo.*

§. 136. Le parti que prend ici notre Auteur Italien, est bien le plus sûr, lorsqu'on veut que le *re* de *mi re ut si* soit en *C-fol-ut* majeur; mais toutes les fois qu'on voudra être en *A-mi-la* mineur, comme l'est sans contredit le chant *la sol fa mi re ut si la*, que présente l'Echelle des Grecs, il est important alors de suivre l'opinion de Didyme, qui place le ton mineur d'*ut* à *re*, & le majeur de *re* à *mi*. Par cette opération, l'on obtiendra une Quarte juste pour le *la* inférieur, c'est-à-dire, dans nos principes, une *Sous-*

(*ss*) Cette *Nature* n'est autre chose ici, comme chez Zarlin, que l'opinion, le *secundum nos*, de Ptolémée, au sujet de son Diatonique *intense*. Voyez *kk*, Note 28.

dominante (*Quarta del tuono*) pour le Mode de *la ;* car le *re* du ton d'*ut* ne fçauroit jamais être ici cette Sous-dominante (il eft trop haut d'un Comma). L'oreille, d'ailleurs, fournit elle-même cette Quarte jufte de *la*, dans le befoin; puifque, fur les Inftrumens libres, les Praticiens nous la font entendre journellement lorfqu'ils jouent en *A-mi-la*. Ils ne fçauroient même trop faire le contraire, à moins que leur organe n'ait été corrompu par l'habitude des Inftrumens tempérés ou à touches, fur lefquels on eft forcé de fe contenter de l'à-peu près des fons.

EXAMEN *du Mode* mixte & *du Mode mineur* réformé.

§. 137. Il n'eft pas furprenant, au refte, que le Mode qu'offre le Syftême des Grecs, foit comme généralement méconnu; car rien, ce me femble, ne paroît être fi ignoré aujourd'hui, que ce que nous appellons *Mode*. Le cas que notre fiècle a fait de certaines fingularités en matière de Modes, juftifie affez ma propofition. Voici ce que ceux qui viendront après nous auront peut-être de la pcine à croire.

§. 138. Le douzième Mode de nos Pères (*tt*), c'eft-àdire, l'Echelle du Mode d'*ut*, commençant par *mi ;* ou,

---

(*tt*) Zarlin, dans fes *Inftitutions*, dit de ce Mode : *Volendo haver perfetta cognitione del Duodecimo Modo, il quale è l'ultimo de i Dodici, s'avertirà, che egli è contenuto nelle chorde della terza fpecie della diapafon E & e, divife arithmeticamente dalla chorda a.* Chap. 29, IVe Part. édition *in-fol.* de 1589, pag. 433. Voyez encore l'Exemple du chap. 10, ibid. pag. 399.

ce qui eſt la même choſe, le chant *mi fa ſol la ſi ut re mi*, pris en montant ou en deſcendant, a été préſenté aux François raſſemblés (*uu*), & enſuite dans des Ecrits publics, comme un troiſième & nouveau Mode, diſtinct de ceux que les Muſiciens connoiſſent ſous les noms de *Majeur* & de *Mineur*. L'on s'obſtine même à faire reparoître de tems en tems ce prétendu nouveau Mode, ſous le nom de *Mixte* (*xx*), malgré ce qu'en a écrit Rameau dans ſes *Nouvelles Réflexions ſur la Démonſtration du Principe de l'Harmonie*, Paris 1752, depuis la page 27 juſqu'à la page 35 ; malgré les lumières qu'a répandues, ſur la nature de ce Mode, M. Serre de Genève, ſoit dans ſes *Eſſais ſur les Principes de l'Harmonie*, Paris 1753, ſoit dans les Ecrits où il avoit eu le zèle de s'en occuper (Mercures de Septembre 1751 & de Janvier 1752).

§. 139. En Italie, le même ancien douzième Mode a été propoſé comme la réformation de notre Mode mineur ; en un mot, comme l'exemplaire ſur lequel nous devons déformais arranger l'Echelle de ce Mode (*yy*).

(*uu*) Concert des Thuileries à Paris, le 30 Mai 1751, jour de la Pentecôte, où, dans nos Temples, l'on venoit de chanter le Pſeaume *Dixit Dominus*, du Troiſième Ton, c'eſt-à-dire, ſur la même Gamme qui donne le Cinquième Mode & le Douzième de nos Anciens, ou le Troiſième & le Quatrième des Plainchaniſtes. *Voyez* Note *aaa* ci-après. Apparamment que l'Aſſemblée de ce jour-là n'étoit pas compoſée de Gens qui euſſent été à Vêpres.

(*xx*) *Hiſtoire générale, critique & philologique de la Muſique*, &c. Paris, chez Piſſot, 1767, pag. 119, 126 & ſuiv.

(*yy*) Il ſembleroit plus raiſonnable, ſi cela pouvoit s'allier avec les Principes de la Muſique moderne, de propoſer le chant *mi fa ſol la ſi ut re mi*, comme la réformation du Mode majeur, plutôt que comme la réformation du mineur. Car ce chant, ſoit en montant, ſoit en deſcendant, forme, avec l'Echelle *ut mi fa ſol la ſi ut*, un Duo parfait, en *C-ſol-ut* majeur.

Tous les Duo à la tierce, & en mode majeur, offrent aſſez ſouvent, dans la tournure du Premier Deſſus, ce prétendu Mode réformé, ſur-tout dans les Duo

Ainſi,

CHANT. Mi Fa Sol La Si Ut Re Mi,
Nº I. avec divers Accompagnemens.

Gravé par P.L.Charpentier.

Ainsi, d'après la Gamme *mi fa sol la si ut re mi*, que l'Auteur de cette réforme donne pour modèle, le Mode mineur de *la*, par exemple, devra porter un bémol à la clef, & dire *la si♭ ut re*, &c; celui de *re* devra en porter deux; celui de *sol*, trois, & ainsi de suite. Quant aux Modes mineurs avec des dièses, il est aisé de voir, en suivant le principe de cet Auteur, qu'il faudra toujours employer, dans ces Modes, un dièse de moins que ceux que l'oreille & les Règles reçues avoient indiqués. Voyez *Dissertazione del P. Don Giovenale Sacchi, del numero e*

Italiens. Ainsi, d'après les idées de l'Auteur du Mode réformé, l'on pourroit, en Italie, dire de ces sortes de Duo, que le Premier Dessus seroit en mode mineur, & le second Dessus, en mode majeur, tandis que d'après les idées de l'Inventeur du troisième mode, on diroit, en France, des mêmes Duo, que le Premier Dessus seroit du troisième mode, & le second Dessus, du premier mode, c'est-à-dire, du mode majeur. Mais ceux qui ont des principes ou tant soit peu d'oreille, n'auront, dans tous les Pays, qu'un même langage à l'égard de ces Duo, n'y verront qu'un même mode, celui du Second Dessus. C'est ce que tout Musicien peut éprouver, en chantant la Gamme d'*ut* avec quelqu'un qui y forme un Premier Dessus, à la Tierce, comme dans l'Exemple suivant.

Gamme d'ut en Duo.

Premier Dessus. ⎨ *mi fa sol la si ut re mi : mi re ut si la sol fa mi.*
Gamme d'*ut*.   ⎩ *ut re mi fa sol la si ut : ut si la sol fa mi re ut.*

Au reste, en traitant le Chant *mi fa sol la si ut re mi* comme *sujet*, & y ajoutant des Accompagnemens (voyez la Planche ci à côté), on peut encore démontrer que ce Chant ne sçauroit en aucune manière être regardé, ni comme la Gamme *réformée* du Mode mineur, ni comme celle d'un Mode quelconque qui ne seroit ni notre Mode majeur, ni notre Mode mineur.

Qu'on fasse exécuter par des Musiciens les trois morceaux que je joins ici: qu'on leur demande ensuite dans quel ton & en quel Mode ils auront joué, leur décision vaudra peut-être mieux, du moins est-il constant qu'elle sera d'un plus grand poids dans l'esprit de plusieurs personnes, que toutes les raisons par lesquelles on pourroit établir que le Douzième Mode de nos Pères, ou si l'on veut, que l'Octacorde de Pythagore (voyez pag. 24), le Chant *mi fa sol la si ut re mi*, n'est ni un *nouveau* Mode, ni un Mode *mixte*, ni l'Echelle *réformée* du Mode mineur.

Z

delle mifure delle corde mufiche e loro corrifpondenze, Milan
1761, chap. 6, 7, 8, & fuiv.

« Confeffiamo adunque (dit l'Auteur), che l' Ordine
» minore, fecondo la noftra confuetudine, è imperfetto;
» dovendo per efempio , il C minore portare quattro
» B-molli, dove egli n' ha tre (ʒʒ) folamente, &c. »
Cap. 9, §. 92, pag. 75.

§. 140. Pour fentir l'abfurdité de ces deux fortes de
Modes, il n'y a qu'à les oppofer l'un à l'autre. Le modèle,
le chant, que propofe l'Auteur Italien, étant le même que
celui de l'Auteur François, on en conclurra aifément que
l'idée de Mode mineur réformé, pour un même chant,
exclut celle de *troifième Mode* ou *Mode mixte;* ou que
l'idée de Mode mixte eft incompatible avec celle que peut
offrir notre Mode mineur, qu'on auroit feulement réformé.
En effet, fi le chant *mi fa fol la fi ut re mi*, doit être, en
Italie, l'Echelle rectifiée du Mode mineur de *mi*, comment
ce même chant feroit-il auffi l'Echelle d'un Mode que nous
voulons inventer en France ?

§. 141. Mais, tout ce qu'il y a à concevoir dans l'ordre
des fons de cette Echelle, c'eft que cet ordre n'eft jamais
autre chofe qu'un chant, comme je l'ai déjà nommé, qu'un
Air, fi l'on veut, pris arbitrairement, ou de la Gamme du
Mode majeur d'*ut*, commençant & finiffant par la Tierce,

(ʒʒ) On lit ici *Due*, dans l'Ouvrage que j'ai fous les yeux; mais il y a long-
tems qu'en Italie on ne peut vouloir dire, *Deux bémols*, en parlant du Mode
mineur d'*ut*. J'ai cru devoir fuppofer le mot *tre* dans le texte du Père Sacchi : je
préfume que ce mot étoit dans fon manufcrit. Les François mêmes fçavent aujour-
d'hui que le ton d'*ut*, Mode mineur, porte effentiellement trois Bémols, le *fi*,
le *mi* & le *la*.

par la note *mi ;* ou bien, pris de la Gamme descendante du Mode mineur de *la*, commençant & finissant par la Quinte, par la même note *mi*. Je dis *arbitrairement*, parce que cela dépend de la valeur que le Théoricien aura fixée aux sons, & que dans la Pratique, sur-tout en admettant le système *tempéré*, cela est bien plus arbitraire encore, & n'est déterminé que par les divers accompagnemens auxquels le Compositeur voudra faire rapporter chacun des sons de cette forte de Chant. Voyez la Planche, pag. 177.

§. 142. C'est sans doute par une idée confuse de cet arbitraire, qu'on a donné en France le nom de *Mode mixte* au chant *mi fa sol la si ut re mi*, sans avoir fait attention que tout autre chant seroit également un *Mode mixte*, si la liberté de rapporter tels sons d'un Mode donné, à tel ou tel autre Mode, constituoit cette espèce imaginaire de Mode mélangé, ou mixte.

§. 143. En général, un chant quelconque sera du Mode auquel le Compositeur, qui a des principes, voudra le rapporter, ou auquel le seul instinct le lui fera rapporter, si, dépourvu de principes, il a du moins une oreille exercée aux modulations, ou accoutumée à une certaine harmonie qui ne soit pas toujours dans le même ton. Mais s'il s'agit de théorie, ce même chant ne pourra être d'un autre Mode que de celui auquel la valeur, fixée à chaque son, le fera appartenir.

§. 144. C'est ainsi que les valeurs que le Père Sacchi attribue aux sons qui composent son Echelle, pag. 57 de sa *Dissertation*, la fixent invariablement dans le Mode mineur de *la*. C'est ce qui sera démontré à la Note 39, §. 220 & suiv.

Z ij

§. 145. Pour ce qui regarde l'Echelle de notre Auteur François, le peu de notes fur lefquelles il a hafardé des nombres, dans fon *Hiftoire de la Mufique* (page 120), ne fait que contrarier fa propre idée, en préfentant des fons totalement étrangers au Mode qu'il avoit en vue. En effet, fon *la* 27 appartient inconteftablement ou au Mode majeur de *fol*, ou à celui de *re*, puifqu'il eft la troifième Quinte de l'*ut* 1, Terme radical de l'*ut* 32 de cet Auteur ($\begin{smallmatrix} 1 & 3 & 9 & 27 \\ ut & fol & re & la \end{smallmatrix}$). Or, un *la* 27, felon les principes des Modernes, n'eft point le relatif mineur d'un tel *ut*. Le relatif d'un *ut* entonné à 32, eft $26\frac{2}{3}$, & non 27, qui n'eft ni la Tierce mineure d'*ut*, ni même un fon du Mode d'*ut*; car il appartient, comme je l'ai dit, ou au Mode de *fol*, ou à celui de *re*.

§. 146. D'ailleurs, le *mi* 40 de notre Hiftorien, n'eft pas la Quinte de fon *la* 27. On fçait que la Quinte de 27 eft $40\frac{1}{2}$: ainfi le Mode *mixte*, dans lequel la Quarte, ou *Quatrième note*, doit être un fon très-effentiel, puifque, felon ce qu'en dit l'Auteur lui-même, page 126 de fon *Hiftoire*, ce Mode diffère de ceux que nous connoiffons, *en ce que fa Quatrième note lui tient lieu de Dominante, ce qui fait qu'il fe partage par cette Quatrième note, & ce qui peut lui donner la propriété de plagal* (aaa): ainfi, dis-je, le Mode mixte, d'après le *mi* 20 & le *la* 27 de l'Auteur (*pag.* 120), fe trouve, contre fon intention, n'avoir pas même

---

(aaa) Cette conjecture n'en étoit pas une il y a deux fiècles. Le douzième Mode *mi la mi*, étoit réellement le *plagal* de l'onzième, *la mi la*, de nos Pères. Voyez dans les *Inftitutions* de Zarlin, l'Exemple du Chapitre X de la IVe Partie, édit. de 1589, pag. 399, ou l'*Effempio univerfale de tutti i Modi*, du Chap. XI, pag. 401. Au refte, pour donner ici une idée de ces douze Modes de nos Anciens,

de Quarte, de *Quatrième note*, qui puisse opérer tous les effets qu'il vient de décrire : car les deux sons *mi* 20 & *la* 27, ne sçauroient former une Quarte entr'eux, puisque le *la* y est trop haut d'un comma. Les Musiciens sçavent que la Quarte de 20 est 26⅔, & que ce son, selon nos principes, forme en même-tems une Tierce mineure juste avec 32, dont il est naturellement le mineur relatif. Or, un *la* 27, non-seulement n'est pas la Tierce d'un *ut* 32, mais il n'est pas même du Mode de cet *ut*, comme nous l'avons remarqué. Cela se trouve d'ailleurs dans tous les Livres de Principes. Voyez les *Élémens de Musique*, par M. d'Alembert, *Première Partie*, Chapitre 6, & les Notes *i* & *r* du même Ouvrage, édition de 1762; l'*Exposition* de M. de Béthizy, édition de 1764, pag. 112 & suivantes, où ces sortes de Questions sont très-bien détaillées.

Quoique

---

je vais en présenter le Tableau, d'après la doctrine de Zarlin : il y en a six, appellés *authentiques*, & six collatéraux ou *plagaux*. Je n'exprimerai de chacun que les notes essentielles qui les constituent; les notes intermédiaires se prennent de la Gamme d'*ut*, sans y ajouter aucun dièse ni bémol.

Modes authentiques.		*Modes collatéraux.*	
Le Premier,	*ut sol ut;*	—— Le Second,	*sol ut sol.*
Le Troisième,	*re la re;*	—— Le Quatrième,	*la re la.*
Le Cinquième,	*mi si mi;*	—— Le Sixième,	*si mi si.*
Le Septième,	*fa ut fa;*	—— Le Huitième,	*ut fa ut.*
Le Neuvième,	*sol re sol;*	—— Le Dixième,	*re sol re.*
L'Onzième,	*la mi la;*	—— Le Douzième,	*mi la mi.*

La note du milieu, dans les uns & les autres de ces Modes, est ce que nos Anciens appelloient la *Dominante* : elle est Quinte dans les Modes principaux, & Quarte dans les collatéraux. L'oreille & l'expérience ne nous ont laissé de tous ces Modes, que le *Premier* & l'*Onzième* : nous avons appellé l'un *Mode majeur*; l'autre, *Mode mineur*. Les différentes combinaisons que l'on peut faire des sept notes naturelles que renferment ces deux Modes, ne sont jamais autre chose que différentes phrases de chant, prises de l'un ou de l'autre Mode, & non des Gammes, des modèles d'autres Modes.

§. 147. Quoique la connoiſſance du Mode, ou même des différens Modes auxquels une phraſe de chant peut appartenir, ne ſoit également, dans le fond, qu'une connoiſſance élémentaire, néanmoins j'ai cru devoir fournir, à la Note 39 de ce Mémoire, une Méthode pour connoître avec préciſion ce que c'eſt qu'un *Mode*. Objet bien différent des Modes de nos Anciens : car c'eſt du mélange des idées différentes que comporte le mot *Mode*, pris dans le ſens des Anciens ou dans le ſens des Modernes, que naiſſent les abſurdités qu'il ſera toujours aiſé de propoſer avec ſuccès ſur cette matière, tant que la nature de ce que nous voulons appeller *Mode*, ne ſera pas mieux connue.

§. 148. Cette Méthode nous fera voir plus particulièrement à quoi ſe réduiſent le Mode *mixte* & le Mode *réformé* : il eſt aſſez important, ce me ſemble, pour nous & pour les Italiens, que nous ayions une fois à cet égard quelque choſe de démontré. Je préſume ſur-tout que le ſçavant Père *Sacchi* me ſçaura gré de cette Démonſtration, puiſqu'elle eſt conforme aux excellens Principes qu'il établit lui-même, dans ſa *Diſſertation* ſur la valeur des Sons (*Le miſure delle corde muſiche*); Ouvrage dont ceux des Praticiens Italiens qui ont encore quelque goût pour les Principes, pourront faire un très-grand profit : car le Père Sacchi ſe plaint, & nous le ſçavons auſſi d'ailleurs, que parmi les Compoſiteurs Italiens (*i noſtri Compoſitori d'Italia*, pag. 7), les Règles, les Obſervations, *gli ammaeſtramenti dell' arte, forſe non mai furono coſì poco eſtimati, come oggi ſono.* (*Diſſertaʒ.* pag. 8).

NOTE XXX.

Raisons pour supposer plutôt le Systême des Égyptiens
conforme à celui des Chinois, quant à l'étendue,
qu'à celui des Modernes.

§. 149.

(30) *pag. 63.* IL est plus naturel de modeler le Systême
Egyptien sur celui des Chinois, que de vouloir l'arranger
sur le notre. Outre les vicissitudes que l'étendue de notre
Systême a éprouvées, il y a une forte de raison physique
qui me détermine au parti que j'ai pris.

§. 150. Cette raison est facile à deviner, si l'on fait
attention : 1°. que le Systême des Grecs se terminoit, du
côté du grave, au son qui, dans notre Systême, répond
à l'*A* capitale : 2°. qu'à ce son, Gui d'Arezzo, pour l'Italie,
en a ajouté un autre, plus bas d'un degré, sçavoir, le *sol*
qui répond au *Gamma :* 3°. que les Italiens ne brillent pas
pour les voix de Basse, & que chez nous, & en tirant vers
le Nord, une vraie voix de Basse doit descendre jusqu'au
fa , c'est-à-dire, à un son plus bas encore d'un degré que
celui qui, dans le Systême de Gui, est regardé comme le
plus grave possible.

§. 151. Ainsi, en observant le procédé que suit constamment la Nature, dans les différens climats, on trouvera
que c'étoit vers l'aigu, plutôt que vers le grave, que je
devois étendre le Systême Egyptien.

§. 152. Je ne l'ai porté, d'ailleurs, qu'à un demi-ton
au-dessus de notre Systême vocal, au *si-bémol* qui répond
à *bbb.* Or ce *si-bémol,* nous ne faisons pas difficulté de

l'employer nous-mêmes dans nos chants de *Deſſus* , nous dont le Syſtême des Voix (par rapport au *fa* de la Baſſe) eſt naturellement plus grave que celui des Grecs & que celui de Gui.

§. 153. Ce *ſi-bemol*, au reſte , eſt conſtaté par une infinité de morceaux de Muſique ; on peut même remarquer que la mal-adreſſe de nos Compoſiteurs, arrive aiſément aujourd'hui juſqu'à l'*ut* au-deſſus de ce *ſi* , dans des morceaux de Premier ou même de Second Deſſus chantans. D'où je conclus qu'en général , mon *ſi-bémol* ne ſçauroit être contredit, quand même il s'agiroit ici d'un Syſtême Européen, d'un Syſtême à voix graves. Certainement ceux qui font chanter l'*ut*, dans nos Climats , n'auront pas de peine à accorder le *ſi-bémol* aux Egyptiens.

NOTE XXXI.

Par quelles raiſons tout treizième terme d'une Progreſſión triple donnée , doit être exclu d'un Syſtême de Muſique.

§. 154.

(31) *pag. 66.* LE treizième terme *ut-bémol*, donneroit le Mode ou Tétracorde de MI-BÉMOL, *mi♭ re♭ ut♭ ſi♭.* Il faut remarquer que ce Tétracorde ſeroit compoſé des trois termes *mi♭, re♭, ſi♭,* & d'un nouveau ſon, *ut-bémol,* qui recommence lui-même un autre ſyſtême , un nouvel ordre de ſons, pris au deſſous de ceux que donnent les douze premiers termes.

§. 155. Cet *ut-bémol* étant d'une intonation plus baſſe que le *ſi*, premier terme, & les autres ſons chromatiques,

fournis

foürnis par cette nouvelle branche de la Progreffion triple,
participant de la même intenfité d'intonation, ils ne
pourroient fe mêler avec les premiers fans en interrompre
la marche, fans troubler, pour ainfi dire, l'ordre qui réfulte
des douze premiers termes de la Progreffion.

§. 156. Pour abréger les explications, voici un Éxemple
qui, de la gauche à la droite (d'*a* à *b*, &c.), préfente une
férie de fons toujours montans; & de la droite à la gauche
(d'*i* à *h*, &c.), des fons toujours defcendans.

ut♭ fi ut re♭ mi♭♭ re mi♭ fa♭ mi, &c.
  a   b   c   d   e   f   g   h   i

§. 157. Ce renverfement d'idées dans l'ordre des fons
qui réfulte des douze premiers termes, comme on a pu le
remarquer dans les chants montans *a b*, *e f*, *h i*, ou dans
les chants defcendans *i h*, *f e*, *b a*, ce renverfement, dis-je,
a obligé les fages Egyptiens d'exclurre entièrement de la
Progreffion triple le treizième terme, l'*ut-bémol;* & en
général, de retrancher, de cette Progreffion, tout treizième
terme, après tel autre terme donné. C'eft à cette exclufion
du treizième terme, que Pythagore a donné le nom littéral
de *comma*, ou *retranchement*, voulant ainfi perpétuer la
règle & l'idée de la chofe; il eft malheureux qu'il n'ait pu
y réuffir. Voyez ce que j'ai dit au fujet de ce comma,
Note 16, §. 67.

§. 158. La raifon du peu de fuccès des précautions
qu'avoit prifes Pythagore à cet égard, eft très-fimple: c'eft
que ce Philofophe n'ayant préfenté aux Grecs que le produit
de huit termes de la Progreffion triple, dans le Syftême qu'il
leur a donné (voyez le Tableau, pag. 24), le neuvième

A a

terme de cette Progreſſion, le dixième & les ſuivans, juſqu'au treizième, ſe trouvoient tout auſſi bien retranchés pour les Grecs, tout auſſi bien ſupprimés pour eux, que le treizième terme lui-même, qu'ils n'ont jamais connu. En un mot, on peut dire que, chez les Grecs, la Progreſſion triple étoit réellement *coupée* au neuvième terme, à *mi-bémol*. Car cette corde, ce *mi-bémol*, malgré les fauſſes interprétations de quelques Modernes, n'a jamais fait partie ni du Syſtême des Grecs, ni de celui de Gui d'Arezzo, mort long-tems avant l'apparition du *mi-bémol* (*bbb*).

NOTE XXXII.

Origine des Dièſes, *dans la Progreſſion ſous-triple.*

§. 159.

(32) *pag.* 66. Si on pouſſoit plus loin ces Modulations, on rencontreroit des Dièſes, qu'il faudroit ſuppoſer fournis par une Progreſſion ſous-triple, c'eſt-à-dire, fournis par des Termes antérieurs à celui qu'on avoit d'abord choiſi pour *premier*, antérieurs à *ſi*. Par cette opération, le terme

---

(*bbb*) Si les Grecs poſtérieurs à Pythagore ont ajouté d'autres ſons à leur Syſtême, c'eſt en prenant à rebours du principe qui le conſtituoit. Principe qu'ils n'y ſoupçonnoient déjà plus. Nous en avons la preuve dans leurs Tétracordes chromatiques *la fa*✳ *fa mi* & *mi ut*✳ *ut ſi*, comme nous le verrons à la Note 32. Ces Tétracordes les conduiſirent à diviſer l'octave par les douze ſemi-tons ſuivans : *la ſol*✳ *ſol fa*✳ *fa mi re*✳ *re ut*✳ *ut ſi ſi♭ la*, au lieu de la diviſion *la la♭ ſol ſol♭ fa mi mi♭ re re♭ ut ſi ſi♭ la*, que leur auroit fourni le principe de Pythagore, & le procédé qu'indiquoit aſſez préciſément le *ſi-bémol* de leur ſyſtême, la *Trite ſynemmenon.*

hypate, ou 1, qui doit engendrer tous les autres termes, deviendroit lui-même le produit de celui qui l'auroit précédé, pendant que celui-ci deviendroit à son tour le produit d'un autre, & ainsi successivement jusqu'au moindre terme auquel on se seroit arrêté, & c'est alors ce moindre terme qui devroit être regardé lui-même comme le principe, le fondement, la source primitive & la plus reculée (*hypaton*) de tous les termes qui le suivroient.

§. 160. Or ces termes inverses, ces nouveaux termes ajoutés au-devant du premier, ne peuvent être, dans ce cas, que des *fractions* de ce premier, que des portions ou divisions de l'unité ; doctrine totâlement étrangère aux Grecs, chez qui *l'unité*, dans les nombres, fut toujours regardée comme *indivisible*, comme le principe de tous les autres nombres, la *source* même *de toutes choses* (*ccc*) ; & ces Principes passerent chez les Latins les plus instruits. « Unum autem quod *monas* dicitur (dit Macrobe), ipse » non numerus, sed fons & origo numerorum. Hæc monas » (ajoute-t-il) initium finisque omnium, neque ipsa principii aut finis sciens, ad summum refertur Deum, &c ». *In Somn. Scip. lib. 1, cap. 6.* Voyez Boëce, *Arithm. lib. 1, cap. 7, De principalitate Unitatis.*

§. 161. Ainsi le Tétracorde qui, dans le cas présent, suivroit *mi re ut si*, seroit, *si la sol fa✳* : celui-ci seroit

---

(*ccc*) Principium rerum omnium . . . . Ex quâ omnia sunt, ipsa vero ex nullo, indivisibilis, &c. *Theo Smyrn. de Unitate, pag.* 155.

Quippe Unitatem, tanquam principium consonantiæ rerum omnium, & efficientem causam veteres arbitrabantur. Omnia enim fieri, & per eam in unum compaginationem (harmoniam) contineri. *Aristid. Quintil. Mus. lib. 3, edit. & versionis Meibom. pag.* 121.

fuivi de *fa✶ mi re ut✶*, &c, &c. En voici la Série ; avec
les fractions qui doivent fuivre le terme 1, & qui repréfentent des douzièmes rétrogrades (c'eſt-à-dire, en montant), comme *ſi, fa✶, ut✶*, &c ; car il faut ſe ſouvenir
que, chez les Anciens, l'ordre naturel eſt *ſi mi la re ſol*,
&c, dont notre ordre *ſi fa✶ ut✶ ſol✶*, &c, eſt l'inverſe. On
ſçait que c'eſt à Gui d'Arezzo que nous devons cette manière
de marcher. *Voyez* Note 10, §. 37, pag. 113.

SÉRIE DE MODULATIONS PAR DIÈSES.

$$1. \quad \tfrac{1}{3} \quad \tfrac{1}{9} \quad \tfrac{1}{27} \quad \tfrac{1}{81} \quad \tfrac{1}{243} \quad \tfrac{1}{729}$$

Si la ſol fa✶ mi re ut✶ ſi la ſol✶ fa✶ mi re✶ ut✶ ſi la✶ ſol✶ fa✶ mi✶, &c.

§. 162. On voit par cet Exemple, combien les Grecs
modernes, qui ont imaginé le chromatique *la fa✶ fa mi*,
& *mi ut✶ ut ſi*, en copiant le chant *re ſi ſi♭ la*, qui réſultoit
du mélange des deux Tétracordes *mi re ut ſi* & *re ut ſi♭ la*,
combien, dis-je, ils étoient éloignés de leurs principes !
L'on peut même regarder l'invention de leur chromatique
comme une époque aſſez frappante de la perte des principes anciens, parmi eux, & celle de leur énarmonique
comme le point le plus marqué de la décadence de leur
Muſique (*ddd*).

§. 163. Mais, pour ne parler ici que de la formation
légitime du chromatique : puiſque les Grecs poſtérieurs à

(*ddd*) Auſſi Platon, & tous ceux qui conſervoient encore quelques idées con-
fuſes du principe, rejettoient-ils hautement le genre énarmonique. C'eſt de-là
qu'eſt venue la fable que ce genre de Muſique, à cauſe de ſa très-grande difficulté, étoit tombé en déſuétude. *Propter nimiam ſui difficultatem ab uſu receſſit*,
dit Macrobe, *in Somn. Scip. lib. 2, cap. 4.*

Pythagore regardoient le fon *re*, du Tétracorde des dif-
jointes, comme *ftable*, lorfqu'il étoit la *nète* du Tétracorde
fynemmenon, comment n'ont-ils pas vu ce qu'indiquoit
alors cette propriété, cette idée de *ftable*, qu'ils attachoient
eux-mêmes à ce fon *re*, lequel, conjointement avec les
autres fons *ftables* de leur fyftème, fçavoir, le *fi*, le *mi* &
le *la*, leur donnoit, dans ce cas, une fuite de Tétracordes
conjoints, *fi mi*, *mi la*, *la re?* Voyez Note *f*, pag. 5 du
Mémoire. Indication qu'il fuffifoit d'entrevoir pour ajouter
fans effort de nouveaux Tétracordes à ceux ci, & obtenir
ainfi légitimement cette divifion du fyftème total en femi-
tons, qu'ils n'ont trouvée qu'à force de tatonnemens & en
prenant les chofes, comme je l'ai dit ailleurs, à rebours
du principe qui conftituoit leur fyftème ! *Voyez* Note *bbb*,
pag. 186.

§. 164. En effet, fi d'une part, la première corde fixe
du fyftème, eft *fi*; la feconde, *mi*, & la troifième, *la*,
ces cordes formant enfemble les deux Quartes ou Tétracordes *fi mi* & *mi la* : fi, d'autre part, la première corde
mobile, devenue *ftable*, étoit *re*, laquelle fourniffoit le
troifième Tétracorde *la re*, comment les Grecs n'ont-ils
pas vu que la nouvelle corde mobile, à qui il appartenoit
de devenir ftable, étoit très-naturellement *fol*, formant le
quatrième Tétracorde, *re fol?* qu'enfin la Quarte de ce *fol*,
c'eft-à-dire, *ut*, donnoit le Tétracorde *fol ut?* que *fa*
donnoit *ut fa?* que *fi♭* donnoit *fa fi♭?* & qu'on avoit ainfi
les fept Quartes ou Tétracordes, *fi mi*, *mi la*, *la re*, *re fol*,
fol ut, *ut fa*, *fa fi♭?*

§. 165. Ces réflexions auroient pu ramener facilement
les Grecs au principe de leur Mufique ; du moins leur

auroient-elles fourni plus de Tétracordes chromatiques qu'ils n'en ont fçu trouver ; fçavoir, les quatre Tétracordes chromatiques *fol mi mi♭ re, ut la la♭ fol, fa re re♭ ut* & *fi♭ fol fol♭ fa*, formés, comme on voit, par une combinaifon très-fimple des fons primitifs, dits *naturels*, & des fons chromatiques que fourniffent les nouveaux Tétracordes diatoniques *fol fa mi♭ re, ut fi♭ la♭ fol*, &c, fans qu'il foit befoin pour cela de fortir, ni du Principe, ni du Syftême, ni du Plan qu'on avoit embraffés. Il eft vrai que cette déviation des Principes, chez les Grecs modernes, nous a fait trouver nos *Dièfes;* mais cela ne les juftifie pas.

§. 166. Par la manière dont nous venons de procéder, & qui n'eft autre chofe, comme on voit, que fuivre le fil d'un même principe, le Syftême des Grecs fe feroit trouvé naturellement diftribué par femi-tons. Et combien, dans la fuite, cette diftribution eût-elle épargné de calculs, d'opérations mathématiques, des divifions du *ton*, abfolument imaginaires, foit à Ariftoxene, foit aux autres *harmoniques* (*eee*), dont malheureufement les proportions irrationnelles, quoique le fruit d'un travail opiniâtre, ne peuvent nous être d'une plus grande utilité pour notre fyftême, qu'elles ne l'ont été à leurs Contemporains pour le leur !

§. 167. En effet, fans parler ici d'une infinité de fyftêmes de fons, qui font comme autant de déraifonnemens fur cette matière, qu'on faffe feulement attention aux différentes fortes de Genre diatonique, de Genre chromatique,

─────────

(*eee*) Voyez ce qui concerne les Muficiens appellés *Harmoniques*, parmi les Grecs, Art. 4, §. 36, 37, du Mémoire.

& de Genre énarmonique, mifes en avant par les Grecs
poftérieurs à Pythagore, pour voir jufqu'à quelles abfurdités
a pu les entraîner la perte du principe.

Fixons-nous feulement aux cinq efpèces de Diatonique
de Ptolémée (*Harmonicor. lib. 2, cap. 14*); le Diatonique
mol, le *tonique*, l'*ancien* ou *diaton*, l'*intenfe* & l'*égal*
(voyez *ooo* de la Note 35). N'eft-ce pas comme fi l'on
entreprenoit de diftinguer cinq fortes d'*a*, cinq fortes
de *b*, &c? ou comme nous dirions : Le François-*provençal*,
le François-*languedocien*, *gafcon*, *efpagnol* ou *allemand*,
& le François propre, le François de la Cour?

§. 168. Il y a une prononciation précife & convenue
pour le François, comme pour tout autre Langue ; mais
il y a des millions de manières dont il eft poffible de s'écarter
de la prononciation avouée. De même, il y a un ton, un
accent propre, une valeur fixée à chaque fon mufical, &
non cinq ou vingt manières feulement de s'écarter de cette
valeur, de cet accent propre ; cinq ou vingt manières de
détonner : elles font infinies.

§. 169. Avec la moindre réflexion fur cet objet, on ne
peut qu'être choqué du peu de fertilité des Inventeurs des
différentes fortes de diatoniques ou de chromatiques, &c ;
d'autant plus qu'aucun principe (du moins recevable) ne
les retenoit, & que l'erreur, fi l'on s'en rapporte aux faits
les plus ordinaires, femble bien plus facile à faifir que la
vérité. Auffi, combien d'autres fortes de Diatoniques n'a-
t-on pas propofé depuis Ptolémée? Qu'il eft heureux pour
nous que l'oreille s'en tienne toujours à l'ancien Diatonique,
à celui des Pythagore, des Platon, au feul, en un mot,
que connuffent les anciens Grecs!

NOTE

NOTE XXXIII.

Les Instrumens des Anciens appropriés à des Modes déterminés. Différence entre les Instrumens dits Stables *& les Instrumens* Mobiles *des Modernes.*

§. 170.

(33) *pag. 67.* LE Cor & la Trompette nous retracent encore la conſtitution des Inſtrumens des Anciens. Il y a des occaſions où, dans notre Muſique, nous employons différens Cors, c'eſt-à-dire, des Cors de différens tons, ſelon les changemens de Modes d'un morceau à l'autre d'une même Pièce. C'eſt particulièrement en Italie & en Allemagne que cet emploi de différens Cors ou de diffé-rentes Trompettes a lieu quelquefois. Le Compoſiteur en avertit alors en écrivant, dans ſa Partition, *Corni in G, Corni in F,* &c ; ou *Trombe in D, in C,* &c.

§. 171. Si l'on vouloit ſuppoſer une Muſique entièrement exécutée par des Cors (pourvu qu'il n'y eût pas des Modes mineurs), alors, dans les différentes Modulations qui ſe préſenteroient, l'on verroit des Cors de différens tons ſe ſuccéder les uns aux autres : telle étoit à peu près la Muſique des Anciens.

§. 172. Leurs Inſtrumens étant *ſtables,* l'Inſtrument qui étoit conſtitué ou qui étoit monté pour un Mode, n'auroit pu être employé pour tout autre, ſans qu'on en eût changé la conſtitution, ou ſans qu'on l'eût remonté pour cet autre Mode.

Au reſte, les Inſtrumens dits *ſtables,* ſont ceux où l'intonation eſt déterminée & indépendante de celui qui

les

les joue. Tels font le Cor, la Trompette, &c, l'Orgue, le Clavecin, & tous nos Inftrumens à touches. Les Inftrumens dits *mobiles*, font ceux qui peuvent entonner librement comme la voix; tels font le Violon, le Violoncelle, & en partie la Flûte, le Haut-bois, & quelques autres Inftrumens qui ont les deux propriétés. Ceux-ci font *ftables*, eu égard au Mode pour lequel ils font percés; mais ils acquièrent la propriété de *mobiles* au moyen de la pofition combinée des doigts, par laquelle on obtient des fons d'un autre Mode, c'eft-à-dire, des fons étrangers au Mode propre de l'Inftrument. Un *ut*, par exemple, un *fa*, naturels, un *fol-dièfe*, un *fi-bémol*, &c, font étrangers au ton propre de la Flûte, au ton pour lequel elle eft percée, c'eft-à-dire, au ton de *re*, Mode majeur, que l'ordre des trous fait entendre naturellement. Ainfi, pour ce ton & ce Mode de *re*, la Flûte eft un Inftrument *ftable*; elle eft *mobile* pour tout autre ton & pour tout autre Mode. Quant aux Flûtes des Anciens, les Paffages que j'ai rapportés dans le Texte prouvent qu'elles étoient uniquement *ftables*, ainfi que tous leurs autres Inftrumens.

N O T E   X X X I V.

Définition du Tempéramment. *Obfervations fur deux Queftions des Modernes, touchant la Mufique des Anciens.*

§. 173.

(34) *pag. 68.* LE *Tempéramment*, pour ceux qui ne fçavent pas ce que c'eft, confifte à difcorder, fur un

B b

Inftrument à touches, comme l'Orgue, le Clavecin, &c,
tous les demi-tons qui fe rencontrent entre un Son donné
& fon octave, de manière qu'aucun de ces demi-tons ne
puiffe être dit appartenir à tel ou tel Mode.

C'eft-là le Tempéramment qu'on peut dire le plus rai-
fonnable, & c'eft auffi celui qu'ont propofé quelques Auteurs en différens tems, & en particulier *Rameau*, dans
fa *Génération harmonique*, chap. 7.

§. 174. Il y en a un autre : celui que fuivent ordinaire-
ment les *Facteurs*, & c'eft de celui-là que j'ai entendu
parler dans le Texte. Il confifte à accorder quelques-uns
des Demi-tons, renfermés entre un Son & fon octave,
relativement à un petit nombre de Modes, bien qu'il réfulte de cette opération une plus grande difcordance pour
les autres Modes. Voyez à ce fujet le *Traité des Accords
& de leur fucceffion*, Paris 1764, Note 58, pag. 151.

Au refte, fi les *Facteurs* s'en tiennent toujours à l'ancienne
manière d'accorder, on pourroit dire d'abord que c'eft,
fans doute, pour ne pas apprendre deux fois leur métier
(voyez Ibid. pag. 154). Mais peut-être eft-ce auffi parce
que le Tempéramment, confidéré en lui-même, étant un
vice dans la Mufique, vice pour vice, les Facteurs préfèrent
celui qu'ils ont une fois contracté; d'autant que les Organiftes & les Particuliers pour qui ils accordent, s'en rapportent communément à eux; & cela n'eft pas étonnant,
puifque des Auteurs graves, parmi nous, fondent la théorie
de la Mufique fur la doctrine de ces mêmes Facteurs.
Voyez Note 4, §. 15.

§. 175. Il eft fingulier qu'avec un efprit & une oreille
accoutumés au *Tempéramment*, à l'à-peu-près des fons a

nous nous mêlions quelquefois de differter touchant l'effet
que pouvoit produire, ou que pouvoit ne pas produire, la
Mufique, chez les Grecs anciens!

De-là vient cette curiofité que nos Sçavans ont eue
quelquefois de rechercher, *fi les Grecs faifoient ufage, ou
non, de ce que nous appellons Harmonie*, c'eft-à-dire, *du
Contre-point.*

§. 176. Pour traiter comme il faut la première de ces
queftions, il faudroit, ce me femble, faire attention une
fois, que fi les Grecs anciens étoient extrêmement affectés
de la Mufique, c'étoit de la leur : c'étoit, s'il faut le dire,
au moyen des fons que comportoit leur ancienne Mufique,
qu'ils étoient excités, & nullement par les fons faux ou
tempérés de la notre. D'ailleurs, le tact des Grecs, cette
difpofition particulière d'organes, par laquelle l'Auditeur
pouvoit fe monter, pour ainfi dire, au ton de l'impreffion
que vouloit produire le Poëte-Philofophe qui compofoit
alors & les paroles & la Mufique (car celle-ci, dans les
premiers tems, n'alloit pas fans la parole), doivent toujours
être mis en confidération.

§. 177. Quant à la queftion fur l'Harmonie, dans le fens
que nous donnons à ce mot, fi les Grecs la pratiquoient,
ce n'étoit certainement pas en faifant ufage de nos Accords;
ce ne pouvoit être qu'au moyen des leurs. Sur quoi il eft
bon de faire quelques réflexions.

§. 178. A la feule idée des mots *Contre-point, Compofition, Harmonie,* un Moderne fe repréfente d'abord, tout
au moins, notre Accord parfait : *un Son ; fa tierce, fa
quinte & fon octave.* Si nous n'étions pas fi fçavans, nous
aurions peut-être déjà deviné ce qui pouvoit fe paffer chez

B b ij

les Grecs. Ils n'avoient pour toutes confonnances, pour tous accords, *parfaits* ou *imparfaits*, & pour tous accords diffonans : en un mot, pour toute harmonie (& tout le monde le fçait!), que la quarte, la quinte & l'octave. Or les Grecs (ou les Arabes) n'ont pu, fur un Son donné, ne faire entendre que deux autres parties fupérieures, que deux autres fons, formant ou la quinte & l'octave, ou la quarte & l'octave : s'ils ont donc *compofé à différentes parties*, ce n'a pu être qu'à trois. Pour fçavoir s'ils l'ont fait, il refte à donner au *Contrapunctifte* de l'Europe le plus habile, le plus exercé dans l'arrangement des parties, & qui aura le plus d'imagination, le plus de verve & de goût, les outils des Grecs anciens, le fond d'accords : *quinte, octave,* pour une branche; & *quarte, octave,* pour l'autre; lui demander feulement, non la grande compofition des Grecs, mais un petit *Duo* (*fff*).

§. 179. Si les deux parties que produira notre habile *Contrapunctifte,* font fupportables l'une & l'autre, qu'elles chantent tant foit peu, nous pourrons croire alors que les Grecs en pouvoient bien faire autant (& fans doute un peu plus), & il ne fera pas fi ridicule de conclurre de la

---

(*fff*) Si cela ne gênoit pas un Compofiteur, je voudrois lui donner la Baffe grecque à faire au Tétracorde *mi re ut fi.* Il fe fouviendra que chaque noté de ce chant ne peut former, contre la Baffe, que la Quarte, la Quinte ou l'Octave, car c'eft-là toute l'harmonie des Grecs (*voyez* Note 22, §. 90). Ce font-là, comme je l'ai dit, tous leurs outils, & un Moderne peut, encore aujourd'hui, s'affurer par lui-même de ce qu'il feroit poffible de produire avec ces outils. L'énumération que je viens d'en faire, & qu'on trouve chez tous les Auteurs Grecs, met aujourd'hui la queftion fur l'harmonie des Anciens, entre les mains du fimple Compofiteur : il peut très-aifément la décider. Je répète ici les *accords* des Grecs : la Quarte, la Quinte, l'Octave, & leurs répliques ; & fur-tout point de *diffonances,* ni de *fufpenfions,* & par conféquent point de *préparation* ou de *réfolution* exigées ; *contrapunto fciolto,* comme font les *Fauxbourdons.*

poffibilité au fait, comme il l'eft d'argumenter de nos idées
à celles des Grecs. Mais, pourquoi ne demande-t-on pas
fi les Grecs avoient des *Menuets*, des *Chaconnes*, des *Fugues*,
des *Contre-fugues*, &c ?

NOTE XXXV.

Sur l'indivifibilité du Ton. *Origine des proportions factices
que fuivent les Modernes, pour leur Demi - ton
Diatonique, & leurs deux fortes de Tierces.*

§. 180.

(35) *pag. 68.* Si la volonté déterminée de divifer le
Ton n'étoit plus forte, dans l'efprit de ceux qui s'adonnent
à ce genre d'occupation, que toutes les raifons qu'on
pourroit apporter contre l'inutilité de leur travail, il feroit
aifé de faire voir que, comme en Mufique il n'y a pas
des fons qui foient la portion d'un intervalle confonnant,
comme feroit de l'octave, de la quinte, de la quarte, &c,
de même l'harmonie, l'oreille, les règles d'intonation,
n'admettent pas des fons qui feroient la moitié, ou telle
autre portion d'une intervalle diatonique, ou moindre que
le diatonique ; comme, du ton, du demi-ton, ou du
comma.

§. 181. Il eft inconféquent que les Partiteurs du ton
ne divifant pas plus que tout le monde, en différentes
parties, aucun des intervalles confonnans, ni même aucun
des intervalles moindres que le ton, ils veuillent tourner
leur attention du côté de ce *ton*, & employer leur tems à
en extraire des portions plus ou moins petites, fans que

ces portions de ton puiſſent leur être de quelqu'utilité, à moins qu'ils ne veuillent s'en ſervir pour noter le *parler* ou la déclamation, car la Muſique ne peut faire uſage que de ſons *rationels.*

§. 182. Si l'on a fait quelqu'attention au fond de ce Mémoire, on aura dû s'appercevoir qu'une quinte, par exemple, & une quarte, ne ſont autre choſe que le produit de deux termes voiſins dans la Progreſſion triple, & rapprochés ſous la forme de quinte ou de quarte, au moyen des octaves; que le ton n'eſt de même que le produit de trois termes, ou, ce qui eſt la même choſe, de deux douzièmes ou quintes harmoniques, rapprochées par le même moyen.

§. 183. En effet, 1, 3, 9, ou *ſi mi la,* donnent, entre leurs extrêmes rapprochés, le ton *ſi la,* en deſcendant, d'où les Anciens ont fixé le modèle du ton dans la comparaiſon du premier terme de la Progreſſion triple, à celui qui en eſt le troiſième, ces deux termes étant ſuppoſés rapprochés de trois octaves, pour ne former plus entr'eux qu'un intervalle de ſeconde (*ggg*).

§. 184. C'eſt par les mêmes principes que le Diton peut ſe définir, *la ſomme de cinq termes de la Progreſſion triple, dont les extrêmes ſont rapprochés de ſix octaves.* Par exemple, les cinq termes 1, 3, 9, 27, 81, dans leſquels 1 ſera élevé de ſix octaves, donneront la tierce ou diton 64, 81,

---

(*ggg*) Les Grecs modernes ne ſe ſont pas doutés de cela, mais ils nous ont tranſmis fidèlement le rapport ſeſqui-octave, le rapport *Epogdoos* ou de 8 à 9, pour le ton, & le rapport 243 : 256, pour le limma. C'eſt par des ſeſqui-octaves qu'ils condenſoient les Quartes; ce qui reſtoit après avoir placé deux tons dans l'enceinte d'une Quarte, étoit le limma (voyez Note 23).

fi fol, en defcendant. C'eft ainfi que le Limma n'eft également que la fomme de fix termes, dont le premier & le dernier font rapprochés de huit octaves. En effet, les deux extrêmes des termes 1, 3, 9, 27, 81, 243, étant rapprochés de huit octaves, donnent le limma 256, 243, *fi ut*, en montant, ou 243, 256, *ut fi*, en defcendant (*hhh*).

§. 185. Qu'on me change à préfent le rapport de ce limma : qu'on me fuppofe 256 augmenté ou diminué d'un centième, par exemple, ou d'un millième, & comparé à 243 ; ou bien, qu'on compare ce même nombre à 243 augmenté ou diminué d'une fi petite quantité qu'on voudra : Dans le premier cas, ce ne fera plus le principe, le premier terme de la Progreffion triple, qu'on aura comparé à fon fixième ; ce fera un nouveau principe, un fon arbitraire

---

(*hhh*) Par les définitions que j'ai données à la Note 16, & par celles-ci, il eft aifé de conclurre que le *limma* n'eft pas individuellement, comme nous l'ont toujours repréfenté les Grecs, de 243 à 256 ; ou bien, que le limma n'eft pas toujours dans le rapport particulier du premier terme de la Progreffion triple au fixième, mais qu'il fe rencontre encore entre quel terme que ce foit de cette Progreffion & fon fixième : entre le fecond, par exemple, & le feptième ; entre le troifième & le huitième, tous ces termes étant fuppofés rapprochés de huit octaves. En un mot, en trouvera toujours le limma, ou demi-ton diatonique, entre la huitième octave d'un terme donné & fon fixième. Ainfi, la huitième octave du fecond terme, ou 3, de la Progreffion triple, fçavoir, 768, formera également un limma avec le feptième terme de la même Progreffion, c'eft-à-dire, avec 729 (voyez les Tables qui font à la fin de l'Ouvrage). De même la huitième octave de 9, c'eft-à-dire, 2304, formera un limma avec le huitième terme 2187 ; & ainfi du refte.

Il en eft de même du Diton : Comme on a un Diton du terme 1 au terme 81, on l'a de même de tout autre terme à fon cinquième ; de 3, par exemple, à 243, *mi ut*, en defcendant ; de 9 à 729, *la fa* ; &c. Il ne s'agit plus que de porter le premier terme qu'on aura choifi, jufqu'à fa fixième octave, pour avoir la valeur rapprochée du Diton. En portant ici *ut* 3 jufqu'à 192 (voyez la *Deuxième Table*), & 9 jufqu'à 576 (voyez la *Troifième Table*), on aura 192, 243 pour *mi ut*, & 576, 729 pour *la fa*. Il eft aifé, par cette méthode, de trouver l'expreffion numérique particulière de tout autre Diton, car la Mufique eft de beaucoup plus fimple que nos Théories ne la préfentent.

comparé au nombre 243, engendré par la Progreſſion qui
commence par 1. Dans le ſecond cas, il eſt viſible qu'on
ne feroit plus que comparer le premier terme de la même
Progreſſion, à un Son qui lui eſt étranger, à un Son dont
le terme 1 n'eſt plus le générateur, la baſe, le principe.

§. 186. On peut appliquer ce raiſonnement au réſultat
des deux termes rapprochés 1 & 9, c'eſt-à-dire, à l'expreſſion numérique 8, 9, au ton, en un mot, & l'on ſe
convaincra aiſément de l'impropriété qu'il y auroit, ſoit à
augmenter ou à diminuer la valeur de cette expreſſion, ſoit
à diſtribuer en différentes portions l'intervalle indiviſible
qu'elle exprime, à partir le ton enfin.

§. 187. Comme je ne préſume pas que ces raiſons puiſſent
ébranler le moins du monde, ni détourner de leur travail
les partiteurs du ton, on pourroit leur demander d'où vient
qu'aucun Auteur, ſoit grec, ſoit moderne, ne s'eſt jamais
porté à altérer la proportion, tant du limma, de l'apotome
& du comma de Pythagore, que de nos demi-tons ou de
nos comma? Pourquoi perſonne, que je ſçache, n'a encore
oſé imaginer que l'intervalle du limma, par exemple, pût
conſiſter en autre choſe que dans le rapport de 243 à 256?
Or, quel inconvénient y auroit-il, d'après la manière de
penſer des partiteurs du ton, d'altérer tant ſoit peu cet
intervalle, le rétrécir, comme je l'ai déjà inſinué, en lui
donnant la proportion de $243\frac{1}{4}$, ou $243\frac{1}{8}$, $243\frac{1}{16}$, $\frac{1}{100}$, &c,
à 256; ou de l'aggrandir, en le portant à celle de 243
à $256\frac{1}{100}$, $\frac{1}{1000}$, &c? Certainement la quantité qu'on ôteroit
ou qu'on ajouteroit ici au limma, n'eſt rien en comparaiſon
de ce qu'on y a ajouté pour en former notre demi-ton, ou
de ce qu'on a retranché du ton, pour le porter de ſa

proportion

proportion naturelle de 8 à 9, à la proportion factice & par trop rétrécie de 9 à 10.

Mais peut-être ne sera-t-il pas inutile de faire une fois l'histoire, pour ainsi dire, de l'altération de ces deux Intervalles. C'est au Genre énarmonique des Grecs postérieurs à Pythagore, qu'on en doit l'origine, ou, pour mieux dire, c'est dans le Genre énarmonique que ce vice a pris sa source. Développons cet objet tout à fait neuf, & trop important pour les Modernes qui suivent bonnement les proportions irrationelles que ce genre fantastique a jettées dans le monde.

Observation sur l'origine des Proportions factices du Demi-ton majeur des Modernes & de leurs deux sortes de Tierces, la majeure & la mineure.

§. 188. Le rapport du Limma des Grecs anciens fut toujours, comme on sçait, de 243 à 256. Notre Demi-ton majeur étant de 15 à 16, correspond à l'expression 240 : 256, que je rapproche, au moyen des octaves, de la proportion 243 : 256, pour faciliter la comparaison de l'une à l'autre; car le nombre 240 n'est autre chose que la Quatrième octave de 15, & le représente, de même que 256 représente 16, dont il est également la Quatrième octave, ou si l'on veut, le Quatrième synonyme, comme 16 l'est du terme 1. Voyez la *Première Table*, à la fin de l'Ouvrage.

§. 189. Il est aisé de voir que l'intonation du demi-ton 240 : 256, est infiniment plus intense que celle du limma 243 : 256; que d'un *ut*, par exemple, comme 240 à un *si*

C c

comme 256, la voix doit beaucoup plus defcendre qu'elle
ne le fait d'un *ut* 243 au même *fi* 256; ou, ce qui eft la
même chofe, il eft aifé de fe convaincre qu'un *ut* 243, tel
que celui des Grecs anciens, eft de beaucoup plus grave
qu'un *ut* élevé à 240, comme l'eft le notre. D'où vient
donc un agrandiffement fi confidérable pour l'intonation
du demi-ton *ut fi* ou *fi ut*, intervalle toujours très-petit de
fa nature, même en comparaifon des tons les plus rétrécis,
comme feroient celui de 10 à 11, de Ptolémée, ou celui
de 9 à 10, du même Auteur, beaucoup plus connu des
Modernes? Le voici.

§. 190. Après la perte du principe, les Muficiens Grecs
les plus fçavans, fe faifant une étude de diftribuer en différentes portions l'intervalle indivifible du ton, ont été
conduits très-naturellement à s'effayer auffi fur le limma.
Or ce limma, ce petit demi-ton, divifé feulement en deux
portions, leur a donné, entre *fi* & *ut*, deux intervalles
qu'ils ont appellés *énarmoniques*, d'où le chant où l'on a
fuppofé idéalement ces intervalles employés, a pris auffi
le nom d'*Énarmonique* (*iii*). C'eft ce que les François

(*iii*) Tous les Auteurs Grecs ne fe font pas fervis du même mot pour défigner
ce Genre. La plûpart lui donnent le nom d'*énarmonique*, ἐναρμόνιον (*enarmonicum*);
d'autres, & ce font les plus anciens, l'appellent *harmonique*, ou fimplement
l'*harmonie*, ἁρμόνιον, ἁρμονία (*harmonicum, harmonia*). Mais l'idée qu'ils avoient
tous & du genre & des intervalles particuliers qui le compofent, eft toujours la
même, d'autant que les mots *harmonique* & *énarmonique* n'ont qu'une même
racine.
Inutilement chercheroit-on dans les Auteurs, foit anciens, foit modernes, ce
qu'on doit entendre précifément par l'une ou l'autre de ces dénominations. On
fçait que chez les Grecs le mot *harmonie*, particulièrement en matière de Mufique,
fignifie *proportion*, *rapport*, *convenance*, &c : or les dénominations dont nous
parlons peuvent aifément faire naître mille fauffes idées. Voyez, par exemple,
ce que penfe M. Burette, du Genre dont il s'agit ici, dans le dixième volume des

appellent *enharmonique*, & qu'ils prononcent par *a*, comme on dit *en Arithmétique*, *en Logique*, *en Harmonie*, &c.

§. 191. Ce genre de Chant, trouvé, dit-on, par Olympe,

Mémoires de l'Académie des Inscriptions, page 279, vraisemblablement d'après ce qu'en avoit dit Boëce (*Musica*, *lib.* 1, *cap.* 21), qui appelle ce Genre *optimè atque aptè conjunctum*. En un mot, ces dénominations peuvent, en particulier, faire croire que les autres Genres de Chant, le *Diatonique* & le *Chromatique*, seroient eux-mêmes privés d'*harmonie*, ne seroient pas, veux-je dire, composés d'intervalles dont les proportions fussent justes, d'intervalles qu'on pût, à la rigueur du terme, appeller *harmoniques* (*optimè atque aptè conjuncta*).

Une légère attention aux noms de *Canoniques* & d'*Harmoniques*, qui distinguoient chez les Grecs les deux Sectes principales de leurs Musiciens (voyez §. 36, 37 du Mémoire), pourra nous fournir une idée assez précise de ce que ces mêmes Grecs entendoient par les dénominations d'*harmonique* ou d'*énarmonique*, qu'ils donnoient au Genre dont nous parlons.

1°. Les Musiciens *Canoniques* ou *Pythagoriciens*, étoient ceux qui suivoient les proportions authentiques, celles que leur avoit transmises Pythagore, & que les Grecs instruits regardoient comme inviolables.

2°. Les Musiciens appellés *Harmoniques*, étoient ceux qui cherchoient ou qui se faisoient eux-mêmes de nouvelles proportions, sans doute faute de connoître le principe sur lequel étoient fondées les authentiques ; il est à remarquer qu'Aristoxene, l'antagoniste des Musiciens *Canoniques*, & le plus ancien Auteur Grec que nous ayions sur la Musique, ne parle jamais du Genre énarmonique que sous les noms d'*Harmonie*, de *Genre harmonique*, & probablement ce n'est que d'après lui que d'autres Auteurs se sont servis des mêmes termes.

Il me semble qu'on peut conclure de ce peu d'observations, auxquelles je crois pouvoir me borner ici, que le Genre dit *harmonique* ou *énarmonique*, n'est autre chose qu'un système de Chant, dont les intervalles qui le composent ont entr'eux certaines proportions, mais proportions factices, & qui ne sont pas les authentiques ; proportions purement arbitraires, qui ne peuvent être ramenées au principe qui nous donne, avec tant de simplicité, tous les intervalles nécessaires pour composer les deux autres genres de Chant, le Diatonique & le Chromatique (voyez Note 32, §. 165).

Aussi le Genre énarmonique peut-il, dans un sens, être regardé comme l'ouvrage des Musiciens harmoniques (l'*Œuvre* des *Chercheurs de Rapports*). Ce sont vraisemblablement de tels Musiciens qui l'ont inventé, conduits à cette ridicule découverte par la perte du Principe qui donne le *Ton*, le *Limma* & l'*Apotome*, c'est-à-dire, les seuls intervalles dont on ait besoin pour composer le genre diatonique & le genre Chromatique. Principe que nous voyons se refuser constamment à ces intervalles fictifs & irrationels, qu'on suppose idéalement diviser le Demi-ton en deux portions, soit égales, soit inégales, & constituer ainsi un genre mathématique, un genre fait pour l'esprit & non pour l'oreille, le genre Énarmonique.

Ce genre hétérodoxe (car il faut bien en venir à dire la vérité), n'est, au reste, qu'une mauvaise imitation du Chromatique. En effet, comme dans ce dernier genre l'on descend, dans l'enceinte d'une Quarte, d'un grand intervalle

n'a pas manqué d'être adopté par tous ceux que les Principes
n'éclairoient pas d'aſſez près pour apprécier cette ſorte
d'Harmonie. Didyme, le premier, enſuite Ptolémée, pour
être moins gênés dans l'eſpace rétréci du *limma*, & pouvoir
le partager plus aiſément en deux portions énarmoniques,
n'ont pas fait difficulté d'agrandir ce demi-ton. C'eſt eux
qui ont pouſſé l'*ut* juſqu'à 240, en partant de la valeur 243
que lui aſſigne le Principe de la Progreſſion triple. Principe
que l'opération même de ces Auteurs démontre leur avoir
été auſſi inconnu, qu'à tant d'autres qui les ont précédés,
car certainement ils n'euſſent pas touché à l'intonation de
l'*ut*, à la valeur 243, s'ils en euſſent vu la ſource dans 1,
3, 9, 27, 81, 243, où il implique de ſubſtituer 240 à 243.
Enfin, n'étant point retenus par ce principe, ils ont porté
le Demi-ton diatonique à la proportion très-agrandie de 15
à 16, ou 240 : 256.

& de deux petits, c'eſt-à-dire, d'une Tierce mineure & de deux *Semi-tons*, de
même, dès que ce *Semi-ton* a été regardé comme une portion du Ton, comme
une *moitié* de Ton (nous l'appellons *Demi-ton*), de même, dis-je, il a paru
très-conſéquent de vouloir auſſi procéder, en deſcendant, par une Tierce majeure
& deux *Quarts* de Ton, dans l'enceinte de la même Quarte. L'homme s'arrêta-t-il
jamais à une première erreur? & n'eſt-il pas aiſé de s'appercevoir que celle qui a
produit l'Énarmonique, découle très-naturellement de la diviſion du Ton en
Demis, en *Tiers*, en *Quarts*, &c? On trouvera même fort étonnant que les
Grecs n'ayent pas été plus loin à cet égard. L'oreille n'étant plus conſultée, ſoit
dans ces diviſions du Ton, ſoit dans les Genres de Muſique qu'on en compoſoit,
quel obſtacle, en effet, pouvoit-elle y mettre? Auſſi voyons-nous que les Modernes ont été beaucoup au-delà du point où s'arrêtoient communément les Grecs,
quant à la diſſection des Intervalles! Je dis *communément*, parce qu'il ne faut
pas comprendre Ariſtoxene dans ma propoſition; cet Auteur paroît, à l'égard du
Son, avoir porté ſa penſée preſque auſſi loin que l'a fait M. Sauveur, dans ſes
effrayans Principes d'Acouſtique (*Mémoires de l'Académie des Sciences*, 1701).
Probabile eſt, dit Ariſtoxene, *nullum eſſe intervallum, quod modulantes in infinita
ſecemus, ſed eſſe aliquem maximum numerum, ſecundum quem intervallorum ſingula
à melodia dividantur*. Harmonicor. Elementor. lib. 2, ex verſione Meibomii,
pag. 53.

§. 192. Cet agrandiſſement a été fait, comme on voit, aux dépens de la tierce, ou, ce qui eſt la même choſe, aux dépens de l'un ou de l'autre des deux tons qui, après le demi-ton, achèvent de compléter la quarte dans tout Tétracorde donné, comme ſeroient ici le ton *ut re*, ou le ton *re mi*, ou la tierce *ut mi*, du Tétracorde *ſi ut re mi*. Or, Didyme a pris ſur le *re* de ce Tétracorde, en laiſſant *mi* dans ſon intonation ; Ptolémée, au contraire, a laiſſé *re* dans ſon intonation, & a pris ſur le *mi* (*kkk*). En un mot, Didyme a diminué le ton *ut re* ; Ptolémée, le ton *re mi* ; d'où ces Auteurs ſe ſont trouvés avoir, dans leur ſyſtême, deux ſortes de tons : celui qui reſtoit intact, & celui qui étoit altéré ; l'un, toujours dans le rapport ſeſqui-octave, ou de 8 à 9 ; l'autre, dans le nouveau rapport de 9 à 10, réſultat de l'agrandiſſement du demi-ton, porté à la proportion de 15 à 16, ou 240 : 256, au lieu de celle de 243 à 256 qu'il avoit auparavant, ou pour mieux dire, au lieu de la proportion que lui aſſigne le Principe 1, 3, 9, 27,81,243, en élevant le terme 1 juſqu'à 256, pour le rapprocher de 243, & former ainſi cet ancien demi-ton, ce limma, qu'on voit bien ici n'avoir rien de commun avec l'opération de l'homme.

§. 193. Par celles de Didyme & de Ptolémée, la ſomme totale des deux tons, c'eſt-à-dire, le *Diton* ou Tierce majeure, aux dépens de laquelle, comme je l'ai dit, s'eſt fait l'agrandiſſement du Demi-ton, n'a plus que le rapport rétréci de 4 à 5, ou 64 : 80, au lieu du rapport authentique

---

(*kkk*). Nous n'avons aucun Ouvrage de Didyme ; c'eſt Ptolémée qui nous a conſervé l'opinion de cet Auteur. *Harmonicor. lib.* 2, *cap.* 14.

de 4 à $5\frac{1}{16}$, ou 64 : 81, que lui affigne le Principe du fyftême des Grecs, la Progreffion triple (voyez §. 184 de cette Note).

§. 194. Enfin, du rétréciffement du Diton, réfulte, pour le *Semi-diton*, ou Tierce mineure, qui conjointement avec le Diton doit compofer une Quinte jufte, réfulte, dis-je, le nouveau rapport, néceffairement agrandi, de 5 à 6, ou 80 : 96, au lieu du rapport de $5\frac{1}{16}$ à 6, ou 81 : 96, que fournit pour cette Tierce le Principe dont je viens de parler (*lll*). Principe (il eft bon de rappeller cela de tems en tems), qui n'eft autre chofe qu'un corollaire, une conféquence néceffaire de la proportion qu'on a fixée à une première Quarte ou une première Quinte donnée, dont on a une fois bien apprécié l'intonation. Voyez Note *a* de l'*Avertiffement*.

§. 195. Il ne faut pas croire que ce foient-là tous les vices que l'agrandiffement du Demi-ton ait introduits dans le Syftême harmonique. Tous les Intervalles que ceux-ci produifent par le renverfement, fe préfentent de même fous une forme altérée.

1°. Le Demi-ton de 15 à 16 donne, dans fon renverfement, une feptième majeure trop foible, dans le rapport de 16 à 30, ou 256 : 480, au lieu de celui de 256 à 486,

---

(*lll*) Par la Méthode expofée au Paragraphe 184 de cette Note, il eft vifible que la Tierce mineure $5\frac{1}{16}$: 6, ou 81 : 96, n'eft que le rapprochement des deux Termes 3 & 81, de la Progreffion triple. Dans l'expreffion 81 : 96, le Terme 3 eft élevé de cinq octaves : Voyez la *Deuxième Table*, à la fin de l'Ouvrage. Dans l'expreffion $5\frac{1}{16}$: 6, le Terme 3 eft élevé feulement d'une octave, mais le Terme 81 eft diminué de quatre, comme : $40\frac{1}{2}$, $20\frac{1}{4}$, $10\frac{1}{8}$, $5\frac{1}{16}$, d'où réfulte l'expreffion $5\frac{1}{16}$: 6.

que cet intervalle doit avoir, en tant que renverfé du limma, ou demi-ton, 243 : 256.

2°. Le ton de 9 à 10 donne, par renverfement, une feptième mineure trop forte, dans le rapport de 10 à 18, au lieu de celui de 10$\frac{1}{8}$ à 18, ou 81 : 144, que cet intervalle doit avoir.

3°. La Tierce majeure de 4 à 5 donne, par renverfement, une fixte trop forte, de 5 à 8, ou 10 : 16, au lieu de la proportion de 10$\frac{1}{8}$ à 16, ou 81 : 128, qui conftitue cet intervalle.

4°. Enfin la Tierce mineure de 5 à 6 donne, par renverfement, une fixte majeure trop foible, de 6 à 10, au lieu de 6 à 10$\frac{1}{8}$, ou 48 : 81, qui eft la vraie forme de cet intervalle (*mmm*).

§. 196. On ne conçoit pas quelle raifon ont eue les Modernes d'adopter cette foule d'intervalles altérés, eux qui ne faifant pas ufage des fons énarmoniques propofés par les Grecs poftérieurs à Pythagore, n'avoient nul befoin d'agrandir le limma ou demi-ton, pour fe donner ce ton tronqué de 9 à 10, au moyen duquel, altérant eux-mêmes la forme de plufieurs intervalles, ils font étonnés enfuite

---

(*mmm*) Je paffe fous filence un vice plus ridicule encore; celui qui, dans dans notre Syftême, nous fait placer les demi-tons majeurs à l'endroit où doivent fe trouver les mineurs; & ceux-ci à l'endroit qu'occupoient les majeurs.

Chez les Grecs, il y a, de *la* à *fi-bémol*, un limma, c'eft-à-dire, un demi-ton moindre, ou *mineur*, & de *fi-bémol* à *fi*, il y a un apotome, c'eft-à-dire, un demi-ton plus grand, ou *majeur*. Or, par l'agrandiffement du limma, il fe trouve au contraire de *la* à *fi-bémol* un demi-ton majeur, & de *fi-bémol* à *fi*, un demi-ton mineur. Cette inverfion eft un des grands points de la théorie des Modernes. Mais heureufement l'oreille remet les chofes dans leur fituation primitive, & l'on voit avec plaifir prefque tout le monde, lorfqu'il s'agit de Chromatique, entonner exactement les Demi-tons dans la forme & la pofition que leur affignent les Principes des Grecs anciens. Voyez Note 28, *Seconde Expérience*, §. 121.

de trouver, dans la Mufique, des confonnances *qui ne font pas parfaitement juftes* (*nnn*).

§. 197. Mais il eft aifé de voir que l'autorité feule des Grecs modernes, & en particulier celle de Ptolémée, leur a fervi de principes & d'exemple, pour introduire dans leur fyftême deux fortes de tons, l'authentique, de 8 à 9, & un autre dont on a retranché quelque chofe, celui de 9 à 10; d'où, pour s'entendre, ils ont appellé ce dernier, *mineur*, & l'autre, *majeur*.

§. 198. Cette doctrine, au refte, nous vient immédia-

(*nnn*) Voyez l'*Expofition de la Théorie & de la Pratique de la Mufique*, Seconde Partie, Chapitre 4, Article 2, *Première Propofition*, Edition de 1764, pag. 111.
Dans une Série de Sons, comme *ut* 1, *fol* 3, *re* 9, *la* 27, les Modernes, pour les raifons expofées aux Paragraphes 194, 195, de cette Note, pofant le *la* à $26\frac{2}{3}$, trouvent enfuite que la Tierce authentique *la* 27, *ut* 32 (fynonyme d'1), n'eft pas jufte, parce qu'elle n'eft pas conforme à la Tierce factice $26\frac{2}{3}$: 32, & que la Quinte factice *re* 18 (fynonyme de 9) & *la* $26\frac{2}{3}$, n'eft pas jufte, parce qu'elle n'eft pas conforme à la Quinte authentique 18 : 27; ils raifonnent de même à l'égard de quelques autres Intervalles. Le Son 81, porté à 80, fournit auffi fes fingularités. Voyez, dans l'Ouvrage que je viens de citer (*Expofition*, &c.), la Quatrième *Propofition*, la Cinquième & la Sixième, *pag.* 118 *& fuiv.* L'explication des Expériences qui concernent la Voix, dans ces *Propofitions*, eft que le Son que nos Principes fuppofent à 80, la Voix l'entonne à 81; il lui eft ainfi fort aifé (& cela ne doit pas paroître étonnant) de fe retrouver au point d'où elle étoit partie, fans toucher à celui où l'attendoit le Théoricien. En effet, la Voix ne *tempère* point, comme nous l'avons vu, Note 28, §. 119; or le Diatonique *Synton* de Ptolémée eft un Genre tempéré : voyez *nn* de la même Note, pag. 162. On fçait que ce que nous appellons *notre* Diatonique, n'eft que celui-là, n'eft que le Synton de Ptolémée. *Stabilito da Tolomeo*, dit M. Tartini, *il Tetracordo Diatonico fintono*, *e per confeguenza la fcala* (notre Echelle Muficale), *a quefto fi fottofcriffero i pofteri, ed è quefto rifpetto alla fcala il Diatonico genere di vera prima origine.* Differtaz. di Giuf. Tartini, Padova, 1767, pag. 53, 54.
Au refte, ces *Pofteri* de M. Tartini, ne doivent s'entendre que des Hommes venus depuis Zarlin. Car nous verrons à l'Article XII de ce Mémoire, §. 134. qu'à ne compter même que de Gui d'Arezzo, les *Pofteri* de ce tems-là n'ont eu, *jufques vers la fin du feizième fiècle*, d'autre Genre Diatonique que celui de Pythagore. *Voyez* Note 28, §. 117 & fuiv.

tement

tement de Zarlin , dont les Ouvrages fur l'Harmonie font fondés uniquement fur le Diatonique *Synton* de Ptolémée (voyez Note 28). Or, c'eft de ce Diatonique que procèdent toutes les proportions factices dont nous parlons, le ton de 9 à 10, le Demi-ton de 15 à 16, &c, &c.

§. 199. On fera peut-être curieux de fçavoir pourquoi , parmi d'autres fortes de proportions qu'a proporfées Ptolémée , comme, 1°. le Ton de 7 à 8, dans fon Diatonique *Mol* & dans fon *Toniaque* , ou *Tonique* (*tonici*), & celui de 10 à 11, dans fon Diatonique *Egal;* 2°. le Demi-ton de 11 à 12, dans le même Diatonique *Égal;* celui de 20 à 21, dans fon Diatonique *Mol*, & celui de 27 à 28, dans fon *Diatonico-tonique* (000); d'où découlent différentes formes de tierces, foit majeures , foit mineures : on fera peut être curieux , dis-je , de fçavoir pourquoi, parmi tant de proportions , & fi différentes entr'elles, Zarlin a mieux aimé fe fixer à celles que préfente le Diatonique *Synton ?* & pourquoi , felon ce que nous avons obfervé au commencement de la Note 28, pourquoi , dis-je, il a voulu regarder celles-ci, comme les feules naturelles ? Le voici en peu de mots :

C'eft qu'il retrouvoit les Confonnances, dans l'ordre des nombres de l'arithmétique, appellé *naturel,* fçavoir : 1, 2,

(000). In fextâ Pagellâ (Tab. 3), fecundum nos, *Mollis Diatoni;* in rationibus fefquifeptimâ, & fefquinonâ, & fefquivigefimâ : in feptimâ, fecundum nos itidem, *Tonici Diatoni;* in rationibus fefquioctavâ, & fefquifeptimâ, & fefquivigefimâfeptimâ : in octavâ . . . (*Diatonici* veterum) : in nonâ , fecundum nos, *Intenfi Diatoni;* in rationibus fefquinonâ, & fefquioctavâ, & fefquidecimâquintâ : in decimâ demum, fecundum nos, *Æquabilis Diatoni;* in rationibus fefquinonâ, & fefquidecimâ, & fefquiundecimâ *Claud. Ptolem. Harmonicor. lib.* 2, *cap.* 14, *ex verf. Wallis, Oper. Math. Tom.* 3 , *pag.* 90.

3, 4, 5, 6; voilà ce qui l'a fixé, voilà ce qui lui a fait trouver *naturel* le Diatonique Synton de Ptolémée, voilà enfin toutes ses raisons. Voyez ses *Inſtitutions Harmoniques*, Ire Part. chap. 15 & 40 (*ppp*).

§. 200. Il y a vraiment de l'harmonie entre les nombres 1 & 2, c'eſt l'Octave. Il y en a de 2 à 3, c'eſt la Quinte; de 3 à 4, c'eſt la Quarte. Mais il ne s'enſuit pas de-là qu'il doive s'en trouver de 4 à 5, & de 5 à 6, dès que les proportions qui réſultent de ces nombres n'en offrent point, ou ce qui eſt la même choſe, dès que ces proportions ne ſont qu'arithmétiques & non muſicales.

Néanmoins ſi les Modernes vouloient abſolument qu'il y

(*ppp*) Dans nos Syſtêmes modernes, en maſquant les Principes de Zarlin, on a voulu les étayer par des Phénomènes phyſiques. En France, la *Réſonance du corps ſonore*; en Italie, le *Troiſième ſon*; mais dans tout cela, nos Modernes n'ont pas fait un pas de plus. C'eſt toujours dans *Zarlin* (*Inſtit. Harm. loc. cit.*) que repoſe l'ancien fond de leurs Principes : c'eſt la Série *naturelle* des nombres 1, 2, 3, 4, 5, 6, qui a produit tous ces Principes *naturels* que trouvent nos Modernes dans les Phénomènes qu'ils nous citent. Voyez le *Trattato di Muſica* de M. Tartini, Padoue, 1754, & ſa Diſſertation *De Principj dell' Armonia*, 1767.

On connoît, par exemple, ce célèbre *Accord parfait* que Rameau a employé dans *Pygmalion*, tel que le donne *la nature* dans la réſonance d'un corps ſonore? (voyez la *Démonſtration* de Rameau, pag. 29, ou les *Élémens de Muſique* par M. d'Alembert, édition de 1762, pag. 20, à la Note). Eh bien! voici ce que diſoit Zarlin des conſonnances placées ſelon l'ordre de ſa *ſextuple harmonique*, 1, 2, 3, 4, 5, 6, ſçavoir : le ſon Grave, 1; ſon octave, 2; ſa douzième, 3; ſa double octave, 4; ſa dix-ſeptième, 5; enfin ſa dix-neuvième, 6, octave de la douzième : ou bien, comme l'a énoncé Zarlin, Iº. l'octave, 1, 2; IIº. la quinte, 2, 3; IIIº. la quarte, 3, 4; IVº. la tierce majeure, 4, 5; Vº. la tierce mineure, 5, 6. (*loco inf. cit.*)

« Se tali conſonanze fuſſero poſte ne i Contrapunti, ſe ciò ſi poteſſe far ſempre
» commodamente, a i lor luoghi proprii & *naturali*; non è dubbio, che ne
» naſcerebbe un concento tanto harmonioſo, quanto l'huomo ſi poteſſe imaginare.
» Et di ciò potiamo veder l'eſperienza ſempre ne gli Iſtrumenti artificiali,
» maſſimamente nell'Organo, ove poſte le conſonanze nominate, per ordine
» l'una dopo l'altra, ſecondo c'hò moſtrato, non ſi può dire il buon effetto
» che fanno », *Iſtit. Harm. Part. 3, cap. 61. Venet. 1589, pag. 305.*

eût de l'harmonie entré les nombres 4, 5, 6, puisque ce
font-là leurs grands principes, par quels autres principes,
pourroit-on demander, ne trouvent-ils plus eux-mêmes
aucune harmonie légitime de 6 à 7, & de 7 à 8? Car
la raison de trouver de l'harmonie de 6 à 7 est la même
que celle qui en fait trouver de 5 à 6; & cette raison
devient encore plus pressante de 7 à 8, s'il conste, ou si
l'on prouve qu'il y en a eu jusqu'au nombre 6, dans la
Série 1, 2, 3, 4, 5, 6. J'entends, harmonie musicale,
harmonie de sons, harmonie enfin pour l'oreille, & non
harmonie de nombres, ou de quantités en proportion
arithmétique.

§. 201. Quoiqu'il en soit, la doctrine de Zarlin une
fois établie chez les Modernes, le ton tronqué, ou mineur,
une fois admis parmi eux, la seule idée de deux sortes de ton
dans la Musique, suffisoit pour leur faire regarder le *ton*, pris
en général, comme une étendue, une distance, tantôt plus
grande, tantôt plus petite, comme une sorte de quantité,
susceptible d'accroissement ou de diminution; en un
mot, comme un *intervalle* divisible (*qqq*), quand même
quelques Auteurs Grecs ne leur auroient pas fourni cette
idée.

§. 202. Aussi la plûpart de nos Modernes n'ont-ils pas
hésité de diviser le ton, ou de le supposer divisé en autant

(*qqq*) Les moins habiles le divisent d'abord en neuf *comma*; ils sous-divisent
ensuite le comma en deux parties, ce qui fait dix-huit portions pour un ton.
Voyez l'article *Comma* dans le Dictionnaire de Brossard.

Le Comma, dit plaisamment cet Auteur, *se subdivise mathématiquement en deux*
Schifma, *dont dix-huit font un ton.*

Dans ce cas-là les Praticiens n'ont pas tort d'en vouloir aux *Mathématiques.*

de portions que cela convenoit davantage aux syſtêmes que l'erreur même de la diviſibilité du ton leur faiſoit enfanter.

§. 203. Les uns, en ſe moulant ſur les Demi-tons d'Ariſtoxène, ſe ſont contentés de partager le ton en deux portions égales ; d'autres, d'après le même Auteur (*édit. Meib.* pag. 25, 46), ſe ſont faits des *tiers* de ton, des *quarts* de ton, des *douzièmes* de ton, &c.

Tel autre, voyant comme une ſomme de ſix tons dans une octave, a imaginé de la diſtribuer en une multitude de petites parties, pour être comme autant d'élémens du ton, & pour le bien dire, d'atomes de ton, dont on pourroit au beſoin récompoſer & ce ton, & tout intervalle donné (*rrr*) ; projet aſſez plauſible, s'il n'y avoit pas un principe qui donnât tous les intervalles légitimes dont on peut avoir beſoin en Muſique, Or, pour trouver des intervalles exharmoniques, des proportions irrationelles, il n'eſt pas beſoin de méthodes (*sss*).

(*rrr*) M. Sauveur (*Principes d'Acouſtique*) ne mettoit dans l'étendue d'une octave, que 3010 de ces ſortes d'atomes. Mais il eſt viſible qu'à ſuivre l'idée de ce Sçavant, il feroit aiſé d'en mettre un bien plus grand nombre. En effet, dès que l'*intonation* n'eſt plus conſultée, qu'eſt-ce que trois mille & dix portions pour toute une octave ? ou, pour parler le langage des Partiteurs du ton, pour une ſomme de ſix tons ? Car cinq tons & deux *demi*, font bien, ſelon eux, & ſelon les règles de l'Arithmétique, la ſomme de ſix tons.

(*sss*) Si les autorités pouvoient être de quelque poids auprès des Partiteurs du ton, il feroit aiſé de leur en apporter ici de très-reſpectables, priſes ſoit chez les Grecs, ſoit chez les Modernes, touchant l'indiviſibilité conſtante du ton ; telles ſeroient celles d'Euclide, de Ptolémée même, de Boëce, du Stapulenſis (Le Fevre d'Eſtaples) ; enfin de Zarlin, de Salinas, & de quelques autres Modernes qui, adoptant le ton de 9 à 10, ne pourroient, par conſéquent, être régardés comme ſuſpects dans cette matière. A tout haſard, je rapporterai ici un paſſage de Théon de Smyrne, que j'extrais, non du chapitre où cet Auteur démontre que le ton n'eſt pas diviſible, mais de celui où il traite du Semi-ton,

§. 204. En partant de leur ton *mineur*, les Modernes ont établi qu'une tierce majeure, comme *ut mi*, ou *fa la*, &c, seroit déformais compofée d'un ton majeur, ou jufte, & de ce ton *mineur*, de 9 à 10. De-là, le diton des Grecs anciens, la tierce compofée de deux tons juftes, de 8 à 9, n'a plus été pour eux qu'un intervalle *faux*, difcordant, une tierce trop forte, vû qu'elle porte ce *comma majeur*, ce quatre-vingtième, qu'ils en ont ôté. Nous avons vu, §. 184, pag. 198, que la tierce de 64, eft 81; or les Modernes la mettent à 80. La différence eft d'$\frac{1}{80}$.

§. 205. Ce qu'il y a de fingulier, après une décifion fi peu fondée, quoiqu'autorifée par cette foule d'Auteurs qui ont écrit depuis Zarlin, c'eft que la tierce de 64 à 81, que nos Modernes ont toujours foin de repréfenter comme très-difcordante, dans leurs Écrits, eft précifément celle qu'ils chantent eux-mêmes, lorfqu'ils quittent la plume; du moins eft-il vrai que c'eft celle qu'on chante communément (*Voyez* Note 28), que c'eft celle que nous font

à caufe que dans cet endroit il fait mention d'*Ariftoxène*. On fçait que c'eft d'après les principes de ce Muficien, que les Partiteurs des intervalles ont été appellés *Ariftoxéniens*. Ainfi l'opinion du Chef étant réfutée, & par un Grec même, fes Sectateurs, qui ne laiffent pas que d'être encore en affez grand nombre aujourd'hui, pourront faire leurs réflexions. Ils verront du moins, par le paffage de Théon, qu'il n'eft pas nouveau que l'idée d'Ariftoxène ait été regardée comme ridicule.

« Semitonium equidem quafi femiffis toni dicitur, non quomodò cenfet Arifto-
» xenus, veluti femicubitus cubiti femiffis eft, fed prout eft intervallum tono mi-
» nus, quomodò etiam femivocalem litteram vocamus, non tanquam vocis fe-
» miffem, fed quia perfectè eundem fonum non reddit. Oftenditur enim tonus
» in duas æquales partes fcindi non poffe, dum in ratione fefquioctavâ confide-
» ratur. *De Semitonio*, cap. 8, verf. Bullialdi, pag. 83.

Sans doute que Macrobe avoit lu Théon, lorfqu'il nous dit (*In Somn. Scip. lib.* 2, *cap.* 1) : *Sonum tono minorem veteres quidem femitonium vocitare volue-runt. Sed non ita accipiendum eft, ut dimidius tonus putetur; quia nec femivo-calem in litteris pro medietate vocalis accipimus.* Edit. Plant. 1597, pag. 96.

entendre les Inſtrumens libres, tels que le Violon, le Violoncelle, &c, lorſque ces Inſtrumens ſont entre les mains
de ceux qui ne conſultent que l'oreille. (Entre pluſieurs
virtuoſes que je pourrois citer, je ne nommerai ici que
M. Duport, pour le Violoncelle, à Paris, & M. Vachon
pour le Violon).

§. 206. Ces Juges d'acouſtique, je parle de nos Ecrivains,
appuyent leurs raiſonnemens ſur des effets phyſiques aſſez
connus aujourd'hui. Ils ont trouvé que la *dix-ſeptième*, ou
tierce, que fait entendre un corps ſonore dans ſa réſonance,
étoit à peu près conforme à leurs principes, à cette théorie
de Zarlin, fondée ſur l'ordre naturel des ſix nombres 1, 2,
3, 4, 5, 6; d'où ils n'ont pas manqué de prendre *la Nature* à témoin contre les Grecs & leur *diton*. En effet, ce
diton ne ſe trouve point dans les nombres que Zarlin re-
gardoit comme harmoniques. La tierce de 4 à 5 n'y a pas
la même intonation que le diton, 4: $5\frac{1}{16}$.

§. 207. Enfin, il reſtoit aux Modernes à introduire
dans la Muſique le ſon d'$\frac{1}{7}$, que fait entendre un corps
ſonore dans ſa réſonance. Auſſi quelques Auteurs nous ont-
ils déjà propoſé cet intervalle exharmonique, les uns comme
une nouvelle conſonnance (*ttt*); d'autres comme le modèle

(*ttt*) *Trattato di Muſica ſecondo la vera ſcienza dell' Armonia*, par M. Tartini; Padoue, 1754, chap. 4.
   Dunque una tal ſettima, dit l'Auteur, pag. 128, *è conſonante, non diſſonante*;
& cette conſonnance, ajoute M. Tartini, n'a pas beſoin d'être ni *préparée*, ni
ſauvée; ce ſeroit, ſelon lui, vouloir s'ingérer de corriger *la nature*. On ſçait
que ce mot, dans les Ecrits ſur la Muſique, joüe un très-grand rôle en Italie
(*Voyez* ci-devant, pag. 174, le paragraphe 135.& la Note ss). *Dunque*, dit
M. Tartini, *una tal ſettima non ha biſogno di eſſer apparechiata, nè di eſſer
riſoluta; può aſcender, e può diſcendere*, &c; *altrimenti ſarebbe lo ſteſſo, che
pretender con l'arte noſtra di correggere la FISICOARMONICA NATURA*, pag. 128, 129.

de l'intonation qu'on doit donner à la septième dite *mineure* (*uuu*), trompés sans doute par le nom impropre d'*harmoniques*, qu'on a donné, dans ces derniers tems, aux sons supérieurs au fondamental, que produit naturellement un corps sonore dans ce cas, & que quelques-uns ne regardent que comme le développement &, pour ainsi dire, l'expansion du son fondamental (*xxx*). C'est ainsi que l'homme pourroit être conduit un jour à se nourrir des feuilles, de l'écorce, du bois même de tel arbre, dont il aime le fruit, puisque ces matières, dont par le seul instinct d'autres animaux se nourrissent déjà, sont *produites* par chaque arbre, tout aussi *naturellement* que son fruit; & qu'à prendre les choses à la rigueur, elles ne sont, dans le fond, que le *développement* d'un même germe; qui, du reste, ne sçauroit donner rien que de très-NATUREL. *Comment croire en effet, a-t-on dit au sujet du son d'$\frac{11}{7}$, qu'un son que la nature présente n'est pas celui qu'elle doit présenter?* Théor. de la Musiq. pag. 5.

§. 208. Ce n'est pas tout encore. Les Modernes s'étoient contentés jusqu'à présent de déclamer contre le diton des Grecs, & par une conséquence nécessaire, contre leur *semi-diton*, ou tierce mineure; il falloit que la même erreur qui leur fait condamner ces intervalles, conduisît quelques personnes qui aiment à suivre un raisonnement, jusqu'à douter de la justesse du rapport de la Quinte.

(*uuu*) Voyez l'*Abrégé des Règles de l'Harmonie*, par Levèns, Bordeaux 1743; la *Théorie de la Musique*, Rouen 1764.

(*xxx*) *Théor. de la Musique*, Introduction, pag. VII, & chap. I, pag. 4, n°. 6. Il résulte, dit l'Auteur, pag. 7, que l'on peut exprimer sur une ligne les degrés DU SON, comme on exprime sur un thermomètre les degrés de chaleur, &c.

M. Rouſſeau de Genève nous apprend, dans ſon Eſſai ſur l'*Imitation Théâtrale*, Amſt. 1764, pag. 10, qu'une perſonne très-reſpectable *a trouvé que le rapport de la quinte n'eſt de 2 à 3 que par approximation.*

Il n'y a rien d'incroyable à cela. En poſant, par exemple, à 80, le ſon *mi*, tierce d'*ut* 64, conformément à la doctrine de tous ceux qui ont écrit ſur l'Harmonie depuis les ouvrages de Zarlin, il eſt conſtant que le rapport aſſigné à la quinte paroîtra toujours trop fort, vu que dans une ſérie de quatre quintes, comme *ut ſol*, *ſol re*, *re la*, *la mi*, l'on arrivera à *mi* 81, ſi l'on ſuit l'antique progreſſion des quintes *ut* 1, *ſol* 3, *re* 9, *la* 27, *mi* 81.

Or, comme ce *mi* 81 ſurpaſſe le *mi* 80, de la quantité que les Modernes ont appellée *Comma majeur*, & qui, comme on voit ici, eſt d'un quatre-vingtième, il eſt clair, puiſqu'il y a quatre quintes d'*ut* à *mi*, par la marche que nous avons tenue, *ut ſol*, *ſol re*, *re la*, *la mi*, il eſt clair, dis-je, que chacune de ces quintes peut, à bon droit, être regardée comme trop forte de la quatrième partie de ce *comma*, c'eſt-à-dire, d'un trois-cent-vingtième, & par conſéquent, que ſon antique rapport de 2 à 3, doit, ſur la foi de tous les Auteurs qui ont écrit depuis deux ſiècles, être porté à quelque choſe de moins, pour être réputé juſte (*),

(*) *Ce raiſonnement vient d'être renouvellé avec beaucoup d'appareil dans des Obſervations touchant les deux ſortes d'Accords parfaits, inſérées dans le Journal des Sçavans, Juin 1769, ſecond volume. Voyez le morceau qui porte pour titre, Expérience qu'on propoſe de faire pour connoître ſi le ſyſtême des rapports des Sons, &c, eſt le véritable. J'ai lu ce morceau avec la plus grande ſatisfaction : il prouve que ſon Auteur, du moins dans l'expérience qu'il propoſe, chante exactement ſelon les proportions de Pythagore ; car à la fin de ſon Expérience cet Auteur ne ſe trouve pas avoir hauſſé d'un comma, ainſi que cela lui arriveroit s'il entonnoit ſa tierce majeure mi ut (en Z) comme il croit l'avoir entonnée, c'eſt-à-*

Cette

Cette conféquence eft irréfragable en argumentant du
mi de Zarlin, je veux dire, en partant, comme nous l'avons
fait, d'un *mi* fuppofé à 80. Mais voici le raifonnement
qu'un enfant peut faire dans une matière que les erreurs
des Modernes ont rendue fi abftraite, fi épineufe & fi in-
conciliable avec la raifon, dans certains points.

1°. Selon les Modernes, à compter depuis Zarlin, le *mi*,
tierce d'*ut* 64, doit être 80, d'après le rapport unanimement
adopté aujourd'hui de 4 à 5.

2°. Par l'ordre des quintes, cette même tierce d'*ut*,
ce *mi*, arrive à 81, ce qui correfpond au rapport de 4
à $5\frac{1}{16}$.

Donc, diroit l'enfant, *ou le rapport que les Anciens
avoient fixé à la quinte, ou celui qu'on affigne depuis deux
fiècles à la tierce, font faux*, L'UN OU L'AUTRE.

C'eft au Lecteur à décider lequel des deux rapports, de

_____

dire, dans le faux rapport de 4 à 5. *Voyez l'Explication que j'ai donnée de ces*
fortes d'Expériences, à la Note nnn, *pag.* 208. Ce fait vient à l'appui de ce que
j'ai tâché d'établir dans ma Note 28, depuis le Paragraphe 113. Je fuis perfuadé
que tôt ou tard la vérité fe fera jour.

Au refte, une autre Expérience que propofe le même Auteur touchant le Syftême
de Pythagore, fembleroit contrarier celle dont nous venons de parler, s'il ne
conftoit pas que dans l'intonation de la Tierce mineure re fa, *de laquelle dépend*
la nouvelle Expérience, l'Auteur a un peu trop élevé fa voix, en cherchant
ce qu'il appelle le point de FA, *par préoccupation fans doute à l'arrangement qu'il*
vouloit donner aux différentes fortes de Demi-tons (voyez mmm, *pag.* 207).
J'invite l'Auteur à répéter cette feconde Expérience. Elle confirmera de plus en plus
le réfultat de la première, lorfqu'il ne forcera point fa Tierce re fa, *comme cela*
doit être. Il peut, pour plus de fûreté, fe fervir de la Méthode d'*Ariftoxène*,
qui eft de prendre fa Tierce par les confonnances (voyez f de la Note 4, pag. 29),
c'eft-à-dire : en montant d'abord de Quarte, re fol, defcendant enfuite de Quinte,
fol ut, & remontant de Quarte, ut fa ; en un mot, en exécutant le chant re fol
ut fa, & comparant les deux extrêmes re fa. Cette Méthode coïncide avec celle de
l'Auteur, dans fa première Expérience, mais elle eft de beaucoup plus fimple &
infiniment plus fûre, puifqu'on ne paffe pas par les Tierces, qui font ici ce qui eft
en queftion, & qui, comme nous le voyons, peuvent faire manquer ces fortes
d'Expériences.

N O T E XXXV.

l'authentique ou de celui que la perte du principe a fait imaginer pour la tierce, doit être l'exemplaire & la règle de l'autre (*yyy*).

(*yyy*) L'on pourroit encore se figurer, comme l'ont fait quelques Sçavans, que le rapport de la Quinte a été mal assigné par les Anciens, si en partant d'*ut*, par exemple, & arrivant, par la Progression triple, à sa douzième Quinte en montant, sçavoir *si✕*, l'on se mettoit dans l'esprit que ce *si-dièse* doit être le même Son qu'*ut*, c'est-à-dire, que l'une de ses octaves. L'erreur de la Tierce factice est fondée sur l'autorité d'une multitude d'Ecrivains qui se sont copiés mutuellement depuis Zarlin, & l'on n'est pas toujours obligé de vérifier si tout le monde se trompe; mais ici je ne vois absolument rien qui puisse ni établir, ni autoriser seulement, une telle idée.

Par la Progression triple, prise en montant, le *si-dièse* est 531441, & la dix-neuvième octave d'*ut*, qui est celle dont il s'agit ici, n'arrive qu'à 524288; d'où, par l'idée que je suppose, l'on pourroit se persuader que la valeur de la Quinte n'est pas juste, puisque la somme d'une douzième Quinte, donnée par la Progression triple, excède la valeur de l'*ut*, dix-neuvième octave d'1.

Mais il suffit de sçavoir que cet excès est précisément ce qu'on entend par le *comma* de Pythagore, pour en conclurre que l'intervalle qui porte ce nom, quelque petit qu'il soit, ne suppose pas que les deux sons qui le forment soient à l'unisson : je dis *intervalle*, pour être entendu (voyez le Dictionnaire de M. Rousseau, au mot *Comma*).

D'ailleurs, il faut observer que la Progression triple ne peut jamais donner d'octaves. Ainsi l'on ne peut exiger que le *si-dièse* que fournit cette Progression, quoique passant à côté de l'*ut*, doive pour cela faire corps avec lui, sonner l'*octave* contre lui, au lieu de faire entendre ce petit intervalle dont nous parlons, au lieu de sonner le *comma*, qui n'a, & ne peut avoir rien de commun avec l'*ut*.

Ce *comma*, au reste, ce treizième terme d'une Progression-triple donnée, non-seulement ne coïncide en rien avec le premier terme de la même Progression, mais il recommence lui-même un ordre de Sons tout différent du système qu'offrent les douze premiers termes (voyez Note 31, §. 154); & c'est pour cela, comme je l'ai dit au commencement de la Note 16, que les Egyptiens l'excluoient totalement de ce système, convaincus, par l'oreille & par le calcul, que ce Son n'est point une des octaves du premier terme. Or, l'action d'exclurre un tel Son de la catégorie des autres (comme l'exprime le mot *comma*, pris à la lettre & dans sa signification primitive, Note 16, §. 67,), attestera toujours qu'il n'est ni à l'unisson ni à l'octave d'aucun d'eux, malgré le témoignage contraire que présentent, à la vue, nos Instrumens à touches, & à l'esprit, les Théories que les Modernes bâtissent, soit d'après la construction imparfaite & grossière de ces sortes d'Instrumens, soit pour justifier cette construction. Théories, desquelles il seroit absurde de partir, pour décider si le rapport de 2 à 3, pour la Quinte, est bien ou mal assigné.

NOTE XXXVI.

Conséquences où conduisent naturellement les idées des Modernes touchant l'exécution de l'Énarmonique.

§. 209.

(36) *pag. 69.* S1 le chant chromatique - énarmonique *la la✻ si♭*, par exemple, peut être suppléé par le simple chant chromatique *la la✻ la✻*, ou par le simple diatonique *la si♭ si♭*, comme le veulent les Modernes, à l'égard des Instrumens à touches, pourquoi, sur un Instrument qui ne seroit monté que pour exécuter des tons & des demi-tons majeurs, le chant *ut re re mi mi*, par exemple, ne pourroit-il pas, d'après la même idée, suppléer le chant *ut ut✻ re re✻ mi ?* Pourquoi encore, sur l'Instrument Chinois, dont nous avons parlé à l'Article II de ce Mémoire, & que nous avons vu n'avoir point de Demi-tons, pourquoi, dis-je, les chants *mi re re si* ou *mi re si si*, pris l'un & l'autre sur le premier tétracorde de cet Instrument, ne pourroient-ils pas, par les mêmes principes, suppléer exactement le chant *mi re ut si ?* Ou pourquoi les chants *la sol sol mi*, *la sol mi mi*, pris sur le second tétracorde, ne suppléeroient-ils pas également bien le chant *la sol fa mi ?* Car l'Instrument Chinois n'est, à le bien prendre, que la *carricatura* de nos Instrumens à touches : ceux-ci ne veulent pas des quarts de ton, l'autre n'admet pas les Demi-tons, & ma comparaison n'est certainement pas une *charge.*

§. 210. Il est étonnant que ceux qui croyent à l'exécution de notre genre énarmonique, telle que la supposent

E e ij

les Auteurs les plus graves d'entre les Modernes, n'ayent pas encore poussé jusques-là l'application du principe sur lequel on établit cette exécution! Principe (si c'en est un) qui mettroit néanmoins un Timbalier fort à son aise. Car en frappant tantôt trois *la* & un *re*, tantôt un *la* & trois *re*, il exécuteroit, ou du moins pourroit soutenir avoir exécuté, par l'une & l'autre de ces deux manières, les chants *re ut*✳ *si la* & *la si ut*✳ *re*, vu qu'il n'a pas à sa disposition les Timbales qu'il lui faudroit pour cela; qu'il n'a pas, veux-je dire, ni la Timbale *si*, ni la Timbale *ut*✳, qui peuvent rendre ces chants à la lettre; tel que le Claveciniste, qui, n'ayant pas sur son Instrument tous les sons dont il auroit besoin, joue confidemment un *ut* pour un *si*✳, un *si*♭ pour un *la*✳, &c, &c, sçachant bien qu'un très-grand nombre d'Auteurs, d'après les principes des Facteurs d'Instrumens à touches, se chargent pour lui d'établir que ces divers sons ne sont que le même. C'est ainsi que les Faiseurs de Timbales pourroient d'abord soutenir que la Timbale *re* ou que la Timbale *la*, sont identiquement la même chose que l'*ut*✳ ou que le *si*. La théorie de l'exécution de l'énarmonique parmi les Modernes, appliquée ensuite à cette proposition, la justifieroit pleinement; & sans doute ceux qui jouent des Timbales ne manqueroient pas d'adopter une telle opinion, vu l'avantage qu'ils auroient de pouvoir exécuter quatre sons différens, au moyen de deux seules Timbales, comme cela arrive sur l'Orgue ou sur le Clavecin, où l'on exécute tous les jours vingt-un sons avec les douze que le *Facteur* y a mis. Voyez néanmoins la Note 4, §. 15, 16, afin que tout ceci ne soit pas pris à la lettre. Il y a tant de personnes qui regardent un *re-dièse,* par exemple, & un *mi-bémol*, comme identiques, qu'il faudroit presqu'avertir que je ne parle pas ici férieusement, bien que j'aye raisonné très-conséquemment au principe sur lequel les Modernes fondent leurs transitions énarmoniques. « Au lieu de *re✳ fa✳ la ut*, dit Rameau, je puis dire *fa✳* » *la ut mi♭*; car *mi-bémol* & *re-dièse* ne sont qu'un même » Son dans le Tempéramment ». *Gener. Harm.* pag. 152.

NOTE XXXVII.

Égaremens des Anciens touchant la prétendue Harmonie Musicale des Planètes.

§. 211.

(37) *pag.* 71. Que de folies n'a-t-on pas débitées à ce sujet, lorsque les Planètes regardées une fois comme des Dieux parmi les Chaldéens, que ces Dieux adoptés d'abord par les Egyptiens, & que des Egyptiens passant ensuite chez les Grecs, ils sont enfin devenus, dans l'esprit de ceux-ci, des Hommes, nés, dans tel ou tel pays, &c, &c; lorsque les signes des sons de la Musique que les Egyptiens, ou pour dire ici la chose comme je la vois, que les Chaldéens avoient fait correspondre aux Planètes (Article V, §. 60, 61), ont été confondus avec les Planètes mêmes, & que l'harmonie fixée entre ces sons, se mêlant insensiblement avec l'Astronomie, on a voulu voir, entendre même, une Musique réelle dans les Cieux; lorsque, de-là, les Philosophes se mettant à reconstruire le Monde selon leurs idées, se sont attachés à observer entre ses différentes parties, principalement entre les Astres, les loix rigoureuses

des proportions muſicales (₮₮₮) ; lorſque d'autres, comme
on voit dans le Traité *de la Création de l'Ame*, de Plutarque, appliquant ces proportions, tantôt aux mouve-
mens des Planètes, tantôt à leurs grandeurs, à leurs diſ-
tances, à leurs diamètres, &c, ont cru y trouver des explications phyſiques de cette harmonie céleſte, qui n'étoit à
la lettre, que l'harmonie, l'expreſſion numérique, des ſons
déſignés par les noms des Planètes , & rangés d'une certaine manière ! Tel ſeroit, parmi nous celui qui ſe pro-
poſeroit d'expliquer l'harmonie des ſept premières lettres de
l'Alphabet qui correſpondent à nos *notes*, ou celle des
ſyllabes de l'Hymne de Saint Jean, par leſquelles nous
exprimons les ſons de notre Gamme. On ne finiroit point
ſi l'on entreprenoit l'énumération la plus ſuccinte des
abſurdités, & l'on peut très-bien dire, des folies, qu'on
trouve ſur ces matières, ſoit chez les Auteurs anciens,
ſoit chez leurs Expoſiteurs ; & cela, comme je l'ai déjà
inſinué, pour avoir voulu attribuer aux Planètes, conſi-
dérées comme Corps Céleſtes, ou comme Dieux, ce qui
n'avoit été inſtitué que relativement aux ſons de la Muſique, nommés, chez les Anciens, du nom des Planètes.

    Nous trouvons dans Plutarque des traces ; mais fort
défigurées, de cette inſtitution. Voici le paſſage dont je
veux parler: *De la Création de l'Ame*, Traduct. d'Amyot,
Paris, 1597, tom. 2, pag. 617, n°. XXVIII.

(₮₮₮) « A ces pompeuſes fictions, dit M. Greſſet (*Diſcours ſur l'Harmonie*),
 » je pourrois joindre les ſonges brillans de Pythagore, vanter la magnifique har-
 » monie des Aſtres, leur marche mélodieuſe, leurs révolutions cadencées, & ce
 » concert ſublime que forment tous les Corps céleſtes & les Cieux divers; mais
 » des rêveries ne ſont point mes preuves ». M. Greſſet a raiſon : mais ces *rêveries*
ne ſont pas de Pythagore.

« Plufieurs auffi accommodent à ceci les inventions
» Pytagoriques, triplans la diftance des corps depuis le
» milieu, ce qui fe fait en mettant l'*unité* fur le Feu,
» & fur l'Antichthone, c'eft-à-dire, fur la Terre oppofée
» à la nôtre, *trois :* fur la Terre *neuf,* fur la Lune *vingt-*
» *fept,* fur Mercure *octante-un,* fur Vénus *deux cens*
» *quarante-trois,* & fur le Soleil *fept cens vingt-neuf ; . . .*
» & réduifent ainfi par triplation les autres Aftres : mais
» ils fe mefcontent & fe fourvoyent grandement de la
» raifon, *&c.*

On pourra comparer ce paffage avec l'exemple que je
donnerai à la deuxième Section de cet Article, pag. 76.

§. 212. Quant à ce que j'ai dit des Chaldéens, au commencement de cette Note, voyez *c* de la Note 2, pag. 94.
J'ajoute ici un paffage de la *Géographie ancienne abregée*,
par M. d'Anville, tome fecond, pag. 194, article de la
Méfopotamie.

« *Charran,* felon l'idiome oriental, ville très-ancienne,
» d'où partit Abraham, pour fe rendre dans le pays de
» Canaan, étoit diftinguée par un attachement au Sabéïfme,
» dès les premiers tems du culte rendu à la Milice du
» Ciel ».

Ce *Charran,* au refte, eft le *Charan* de la Bible (*vul-
gatæ editionis*) ; Voyez *Judith,* chap. 5, ℣. 9 ; *Actes,*
chap. 7, ℣. 2.

NOTE

NOTE XXXVIII.

L'ordre des Jours de la Semaine, selon les Égyptiens, constaté par un Bronze antique.

§. 213.

(38) *pag. 74.* L E P. de Montfaucon, dans son *Supplément à l'Antiquité expliquée,* parle d'un Bronze qui constate l'ordre des jours de la Semaine, chez les Egyptiens. Je vais rapporter ici les paroles de ce Sçavant, & la Planche du Bronze ; l'on verra que ce n'est pas moi qui veux que la Semaine commence par *Saturne*, comme ce n'est pas moi non plus qui fais correspondre le premier terme de la progression triple à la corde *hypate* du système des Grecs, à la corde désignée par Saturne.

« L E Pere des Dieux, dit le sçavant Bénédictin, devoit
» tenir le premier rang, & aller devant ses Fils & ses Des-
» cendans. Un Bronze antique de M. Bon, Premier Pré-
» sident de la Chambre des Comptes de Montpellier, est
» l'unique jusqu'à présent où nous voyions la Semaine repré-
» sentée en figures. Les Dieux qui président aux jours de
» la Semaine paroissent là comme dans une Barque, Sa-
» turne y est le premier. Après lui vient le Soleil, qui
» dans les bas tems passoit pour Appollon. Il porte une
» Couronne radiale telle qu'on la voit quelquefois dans ses
» images. Le Lundi est marqué par Diane-Lune, qui porte
» le Croissant sur la tête. Mars occupe le milieu de la
» troupe ; son Casque est fait comme une calotte, dont
» le sommet se termine en une pointe tortue, mise là pour
                                                      » l'aigrette.

» l'aigrette. Mercure se reconnoît aisément aux aîlerons
» de son Pétase. Jupiter vient après, & Vénus termine
» la bande.

» Voilà donc la Semaine représentée par une Barque
» chargée de sept Dieux, marquant les sept Jours qui la
» composent; Saturne le Samedi, le Soleil le Dimanche,
» la Lune le Lundi, Mars le Mardi, Mercure le Mercredi,
» Jupiter le Jeudi, Vénus le Vendredi». *Supplément à l'Antiquité expliquée*, Paris, 1724, tom. 1, chap. 7, pag. 37, 38,
Planche XVII.

NOTE XXXIX.

*Méthode pour connoître avec précision ce que c'est qu'un
Mode, selon les Principes des Modernes. Nouvel Examen
du Mode réformé & du Mode mixte, par cette Méthode.*

§. 214.

(39) *pag. 86.* On peut réduire toute la doctrine des
Modernes, touchant les Modes, à la Méthode suivante:

F f

Difpofez par tierces tous les fons qui compofent un Mode, de manière que ces tierces forment entr'elles trois accords parfaits conjoints, vous aurez le Mode de la Quinte du premier Son.

Ce Mode fera majeur fi les accords parfaits font majeurs, il fera mineur fi les accords parfaits font mineurs.

§. 215. La valeur radicale de chacun de ces fons, fe tire de la proportion triple, pour ceux qui font difpofés par Quintes, & de la proportion quintuple, pour ceux qui font les Tierces majeures de ceux-ci.

Au refte, je me fers ici du mot *Quinte*, & de celui de *Tierce*, conformément à l'ufage de la Pratique. On fçait qu'à la rigueur, les Quintes dont je parle font, dans la Progreffion triple, de vraies douzièmes, & que les Tierces, dans la Progreffion quintuple, font des dix-feptièmes. Mais la Pratique connoît beaucoup mieux ces fortes d'Intervalles fous la dénomination de Quintes & de Tierces, & ces noms font indifférens, dès qu'il ne s'agit pas du local des fons, comme je l'ai fait remarquer à l'Article V de ce Mémoire, §. 50, pag. 29 & 30.

Voici un Exemple qui préfente un certain nombre de ces Quintes & de ces Tierces.

	Tierces.	
fa 1	. . . .	*la* 5 . .
ut 3	. . . .	*mi* 15 .
fol 9	. . . .	*fi* 45 .
re 27	. . . .	*fa*✳ 135 .
la 81	. . . .	*ut*✳ 405 .
mi 243	. . . .	*fol*✳ 1215 .

(Quintes. ... Quintes.)

§. 216. Si nous prenons les cinq premiers fons, *fa*, *ut*,

fol, re, la, de la première Colonne de cet Exemple , & les Tierces des quatre premiers de ces fons, *la , mi , fi , fa✱,* dans la feconde Colonne, en les combinant enfemble & les rangeant par tierces, chacun avec la même valeur qu'il porte dans fa Colonne , nous aurons les fons de trois Modes différens; fçavoir, ceux des Modes majeurs d'*ut* & de *fol,* & ceux du Mode mineur de *mi ,* relatif de *fol.* Chaque fon préfentera la valeur radicale d'où l'on tire fon intonation, pour le Mode dans lequel on le confidère, comme dans l'Exemple fuivant :

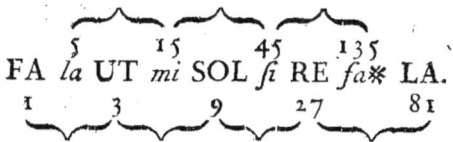

5   15   45   135

FA *la* UT *mi* SOL *fi* RE *fa✱* LA.

1   3   9   27   81

Les fept fons du Mode d'*ut* font contenus dans lés trois prémières accolades inférieures de cet Exemple, *fa la ut mi fol fi re.* Ceux du Mode de *fol,* dans les trois dernières de ces mêmes accolades , *ut mi fol fi re fa✱ la ,* & les fons du Mode mineur de *mi* fe trouvent dans les accolades fupérieures *la ut mi fol fi re fa✱.*

§. 217. Comme les fons de cet Exemple , par les valeurs radicales qui en expriment l'intonation, feroient ou extrêmement éloignés les uns des autres, ou dans des pofitions contraires à celles que préfente l'ordre des notes (ainfi que de *fa* 1 à *la* 5 , où il y a une dix-feptième, au lieu d'une tierce propre, ou comme de *la* 5 à *ut* 3, où le *la* eft plus aigu que l'*ut, &c.*), pour arranger ces fons en échelle diatonique , il faut les rapprocher les uns des autres par autant d'octaves qu'il fera néceffaire , en

F f ij

évitant les fractions. Ainsi, selon ces deux conditions, l'Échelle ou Octave-diatonique du Mode d'*ut*, ne pourra être repréſentée par de moindres nombres que les ſuivans :

24	27	30	32	36	40	45	48
ut	*re*	*mi*	*fa*	*ſol*	*la*	*ſi*	*ut*;

l'Octave du Mode de *ſol*, priſe également dans ſes moindres termes, ſera :

144	162	180	192	216	240	270	288
ſol	*la*	*ſi*	*ut*	*re*	*mi*	*fa✳*	*ſol*;

enfin les ſons qui compoſent l'Octave, ou Gamme deſcendante du Mode mineur de *mi*, ſera :

240	216	192	180	160	144	135	120
mi	*re*	*ut*	*ſi*	*la*	*ſol*	*fa✳*	*mi*.

§. 218. Cette Méthode, au reſte, doit s'entendre dans toute la rigueur que portent nos Principes : il faut que les trois accords parfaits qu'on pourra former d'une Série quelconque de ſept ſons, ſoient abſolument juſtes, ayant leurs quintes dans la proportion de 2 à 3, & leurs tierces, dans celle de 4 à 5, ſi elles ſont majeures, ou dans celle de 5 à 6, ſi elles ſont mineures. Il n'y a pas ici d'à-peu-près ni de tempéramment à ſous-entendre : cette Méthode, je le répète, doit ſe prendre dans toute la rigueur mathématique que portent nos Principes, abſtraction faite des idées fauſſes, ou étrangères à ces Principes, que peuvent ſe former les Praticiens touchant l'Intonation.

Application de la Méthode pour la connoiſſance des Modes, ou, nouvel Examen du Mode réformé & du Mode mixte.

§. 219. ON peut employer cette Méthode pour mettre à l'épreuve, pour ainſi dire, toute Série de ſons qui ſeroit propoſée comme un Mode. On connoîtra aiſément, par cette Méthode, 1°. à quel Mode, ou à combien de Modes une telle ſérie pourroit appartenir ; 2°. ſi les ſons qui la compoſeront devront, ſelon nos principes, être regardés comme rationels ou comme irrationels, comme légitimes ou comme illégitimes, comme juſtes ou comme faux ; en un mot, on connoîtra facilement ſi les ſons propoſés ſont conformes aux règles de l'Intonation, ou s'ils ſont produits ſimplement par l'ignorance de ces mêmes règles.

§. 220. Si je propoſe, par exemple, la ſérie *mi fa ſol la ſi ut re mi*, en aſſignant à chaque ſon la valeur que je veux y ſous-entendre, il n'y a, des ſept ſons différens qu'elle contient, qu'à en former trois accords parfaits, ou majeurs ou mineurs, ſelon que l'exigeront les valeurs fixées à chaque ſon, l'on connoîtra ainſi tout d'un coup dans quel Mode pourra être cette ſérie, ou de quels Modes elle pourra être compoſée. Quant aux ſons illégitimes, ce ſeroit abuſer de la patience du Lecteur, que d'en donner ici des exemples. Tout ce qui n'émane pas de la Progreſſion Triple, ou de la Progreſſion Quintuple, rapportées à un premier terme commun, eſt irrationel, c'eſt-à-dire, *faux* : il eſt aiſé de ſe faire une idée de quelqu'une des manières dont on peut s'écarter de ce principe. Voici l'intonation que je donne à chacun des sons que je propose :

$$
\begin{array}{cccccccc}
30 & 32 & 36 & 40 & 45 & 48 & 53\frac{1}{3} & 60 \\
mi & fa & sol & la & si & ut & re & mi.
\end{array}
$$

§. 221. Il est visible que ces sons ne peuvent être arrangés en accords parfaits majeurs, puisque le *re* $53\frac{1}{3}$, ne peut former, avec *sol* 36, une quinte juste. Ils ne pourront non plus être disposés par accords parfaits mineurs, si l'on commence par le *la* 40, comme : *la ut mi*, *mi sol si* & *si re fa*, puisque dans le dernier accord parfait, le son *fa* 32 (ou 64) ne formeroit point avec *si* 45, une quinte juste ; les Praticiens mêmes sçavent que la quinte de *si* est *fa✳*, dont la valeur, quant à l'intonation, seroit ici $67\frac{1}{2}$ ou 135, selon qu'on rapproche le *si* du *fa✳*, ou le *fa✳* du *si*.

§. 222. Mais si je donne aux sons de ma Série la disposition suivante :

$$
re\ fa\ la\ ut\ mi\ sol\ si,
$$

j'aurai, dans les trois accords parfaits justes *re fa la*, *la ut mi*, *mi sol si*, que cette disposition présente, le Mode mineur *de la quinte du premier son*, comme je l'ai énoncé dans la Méthode, §. 214, pag. 226, c'est-à-dire, le Mode mineur de *la*, relatif du majeur d'*ut*. En voici l'origine dans les sons radicaux.

$$
\text{Mode de } la.
$$

$$
\begin{array}{cccccccc}
 & 1\frac{2}{3} & & 5 & & 15 & & 45 \\
SI\flat & re & FA & la & UT & mi & SOL & si. \\
\frac{1}{3} & & 1 & & 3 & & 9 &
\end{array}
$$

§. 223. C'eſt de ce fond qu'on peut tirer, & l'Échelle deſcendante du Mode mineur de *la*, & tout autre chant diatonique qu'on pourroit former, ſoit en commençant par la tierce de ce Mode, par ſa quarte, par ſa quinte, ou par tel autre intervalle qu'on voudra. La ſérie *mi, fa, ſol, la*, &c, que j'ai propoſée, commence par la quinte de ce Mode de *la*. L'on peut donc la définir, *un chant diatonique pris du Mode de* LA, à commencer par ſa quinte, un *Air*, une *Chanſon*, ſi l'on veut, compoſée des degrés diatoniques du Mode de *la*; en un mot, la Gamme de *la*, préſentée du côté de ſa quinte. Que ſi on veut conſidérer les ſept ſons de ce Mode à la manière des Grecs, c'eſt-à-dire, en deſcendant, comme nous ſommes forcés de le faire lorſque nous voulons nous rendre compte des dièſes ou des bémols que comporte la Gamme d'un Mode mineur, ce ſera alors, au lieu des deux tétracordes conjoints *la ſol fa mi* & *mi re ut ſi*, qui compoſent notre Mode mineur de *la*, ce ſera, dis-je, les mêmes tétracordes, préſentés comme disjoints. Voyez l'Article IV de ce Mémoire, pag. 17, *ſur l'Inverſion des Tétracordes*, ou ſimplement, dans le Tableau de la page 24, le *Grand Syſtême* dit de Pythagore, qui n'eſt autre choſe que *notre* Mode mineur de *la*.

§. 224. Ce ſont ces deux Tétracordes disjoints, ou ſi l'on veut, c'eſt cette même Série que j'ai propoſée au §. 220, & que nous venons d'examiner, que le Père Sacchi prend pour être du Mode de *mi*, ou plutôt pour le Mode de *mi* lui-même, non tel que nous le connoiſſons, mais corrigé, ſelon le Père Sacchi, dans ſa Seconde-note, laquelle, comme le veut l'Auteur (*voyez* Note 29, §. 139),

ne doit plus former qu'un Demi-ton avec la note Finale
(*Nota del Tuono*), dite *Tonique* en France (*aaaa*).

Voici l'expreſſion numérique des ſons de ce Mode corrigé, ou, *réformé*, telle qu'elle eſt décrite dans l'exemple que
le Père Sacchi en a donné à la page 57 de ſa Diſſertation. Il faut remarquer que l'Auteur fait ſolfier ſon échelle
par les notes *ut reb mib fa ſol lab ſib ut* ; mais cela ne
change rien aux ſons originaux, *mi fa ſol la ſi ut re mi*,
que préſente également l'Exemple du Père Sacchi.

Échelle du Mode mineur réformé.

		30	32	36	40	45	48	$53\frac{1}{3}$	60
		mi	*fa*	*ſol*	*la*	*ſi*	*ut*	*re*	*mi*.
Nombres radicaux.		15	1	9	5	45	3	$1\frac{2}{3}$	15

Je n'ai fait qu'ajouter à cet Exemple les nombres radicaux auxquels ſe réduiſent les valeurs ſupérieures qui ſont
le texte du Père Sacchi. Ces nombres radicaux étant ici
les mêmes que ceux qu'on trouve rangés par ordre dans
la figure qui termine le Paragraphe 221, il ſera aiſé

(*aaaa*) Je n'ai conſidéré ce Mode, dans la Note 29, §. 139, que ſelon les
notes muſicales, priſes d'une manière indéterminée. Ici je conſidère l'intonation
de ces notes, d'après les valeurs fixées aux ſons par le Père Sacchi. Là je n'ai
jugé du Mode *réformé* & du Mode *mixte*, qu'à la manière des Praticiens ; ici je
parle aux Théoriciens. Un *ut* ou un *re*, hauſſés ou baiſſés, entonnés juſtes ou à
peu près, ſont toujours l'*ut*, ſont toujours le *re*, pour le Muſicien de pratique ;
mais la théorie n'en ſeroit plus une, ou il faut avouer que ce ſeroit-là une théorie
bien abſurde, ſi le Son 32, par exemple, & le Son 33, ou même le Son 32
& le Son $32\frac{1}{1000}$, venoient à y être regardés comme un même Son. Je ſçais que
cette préciſion déplaît au Praticien ; mais doit-il ſe flatter qu'on arrange jamais
aucune Science ſur ſes idées ? Or la Muſique eſt une Science, & bien que nous
ayions des Profeſſeurs aſſez peu inſtruits pour l'ignorer ou pour oſer le conteſter,
je ne dois pas entreprendre ici de le leur prouver. *Voyez* Note *k* de l'*Avant-
propos*, pag. 9.

au Père Sacchi, fi ce Mémoire lui tombe entre les mains,
de reconnoître, par la figure dont je parle, que fon échelle
n'eft autre chofe qu'un chant, pris du Mode de la quarte
même de l'échelle ; en un mot, que le chant *mi fa fol la
fi ut re mi* , comme je l'ai déjà dit, §. 223, n'eft autre
chofe que *la Gamme de* LA *préfentée du côté de fa quinte.*
Le Père Sacchi en conviendra d'autant plus aifément, que
la Méthode que je fournis dans cette Note, eft fondée fur
les mêmes principes qu'il a fi bien établis en divers endroits
de fa Differtation, particulièrement au Chapitre XI, §. 105,
pag. 83, où l'on trouve ces mots remarquables : *Così ven-
gono a trovarfi nell' Ordine maggiore trè terze maggiori, e nel
minore, trè minori.* C'eft auffi le réfultat de ma Méthode.

§. 225. Quant au nouveau Mode propofé en France, fous
les mêmes notes muficales, *mi fa fol la fi ut re mi* (Voyez
Note 29, §. 138), l'Auteur de cette *nouveauté* n'a pas été
affez heureux que de rencontrer, comme le Père Sacchi,
un Mode quelconque, dans ce qu'il appelle *Mode mixte.*
Voici les valeurs que notre Auteur a fixées aux trois fons
mi la ut de fa gamme, dans fon *Hiftoire Générale de la
Mufique,* pag. 120.

$$20 \qquad 27 \quad 32 \qquad 40$$
$$mi \quad fa \quad fol \quad la \quad fi \quad ut \quad re \quad mi.$$

§. 226. Il eft vifible, je parle aux Théoriciens, que cette
octave diatonique n'eft autre chofe qu'un chant modulé,
je veux dire, un compofé de fons, pris, les uns d'un
Mode, les autres d'un autre, comme le démontre la figure
fuivante :

Mode

Gg

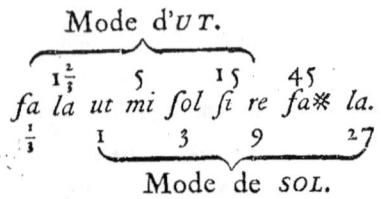

Mode d'*U T.*

fa *la* ut mi ſol ſi re fa✳ la.

Mode de *SOL.*

§. 227. L'on voit, par cet Exemple, que le *la* 27 de l'Auteur François, ſe trouve ici dans le Mode de *ſol ;* que ſon *fa*, eſt du Mode d'*ut*, & que les notes *ut*, *mi*, *ſol*, *ſi*, *re*, ſont communes aux deux Modes de *ſol* & d'*ut.* L'on peut reconnoître encore, par le même Exemple, pourquoi le *la* 27, ne forme point une conſonnance juſte avec *mi*, ni avec *ut*, comme je l'ai fait remarquer à la Note 29, §. 146. En effet, c'eſt que ce *la*, eſt ici quinte de *re*, & non tierce de *fa*, comme doit l'être le *la* relatif du Mode d'*ut*, ſelon nos principes.

§. 228. Il eſt vrai qu'en général le Praticien ne voit guères un *ut*, un *re*, un *la*, &c, que d'une manière indéfinie, & que faiſant abſtraction de l'intonation préciſe d'une note, il l'a croit propre à tout uſage ; mais il faut dire auſſi que ce n'eſt pas-là la Muſique. Cette Science, comme de raiſon, a des principes d'Intonation. *Le ſon*, dans la définition commune, *eſt l'objet de la Muſique ;* & c'eſt ſur la valeur des ſons que roule principalement la Théorie. Le Praticien peut bien ſe contenter de l'à-peu-près des ſons, mais cela n'empêche pas que la partie eſſentielle de la Muſique, la Théorie, ne conſiſte à la préciſion.

Je ſouhaite que la Méthode que j'ai donnée dans cette Note, puiſſe mieux faire connoître ce que nous appellons

Mode. Objet totalement différent de ce que nos Pères entendoient par ce mot, fur quoi il eft bon de rappeller ici
quelques idées, vu l'occafion & l'extrême befoin.

§. 229. Un Mode, chez nos Pères, n'étoit autre chofe
qu'une différente combinaifon de l'échelle muficale (Voyez
l'Exemple de la Note *aaa*, pag. 181). Ainfi les combinai-
fons *re mi fa fol* LA *fi ut re*, ou *la fi ut* RE *mi fa fol la; mi
fa fol* LA *fi ut re mi*, ou *la fi ut re* MI *fa fol la*, &c, &c,
étoient pour eux autant de *modes* ou *manières* de difpofer
les notes de la Gamme d'*ut*, depuis une note donnée de
cette gamme, jufqu'à fon octave. Le terme de *Mode* avoit
ainfi, chez eux, un fens littéral, c'eft-à-dire, très-fimple,
très-jufte, & très-intelligible.

§. 230. L'idée que nous attachons aujourd'hui au même
mot, étant tout à fait différente (du moins doit elle l'être,
puifqu'elle s'applique à un tout autre objet), on ne fçauroit
être trop en garde contre l'expreffion littérale de ce mot,
fi l'on ne veut pas prendre pour des *Modes*, certaines phrafes
de Chant, ou comme l'entendoient les Anciens, toute
Série diatonique de huit fons, toute Octave-diatonique
donnée. Ces Octaves ont aujourd'hui, chez nous, une
forme déterminée, & l'on fçait que nous n'avons que deux
formes, celle du Mode majeur & celle du Mode mineur.

§. 231. Il eft impoffible, dans nos Principes, d'avoir plus
de deux Modes, puifqu'il n'y a que deux fortes d'Accords-
parfaits : le majeur, qui conftitue le Mode appellé *Majeur;*
le mineur, qui conftitue le Mode appellé *Mineur.*

§. 232. L'on pourroit ajouter à cela, que comme le
renverfement d'un Accord-parfait ne produit jamais qu'une
combinaifon, qu'une forte d'image de cet Accord-parfait,

de même la transposition des sons qui constituent l'échelle
d'un Mode , ne peut jamais être regardée que comme une
combinaison de cette échelle , comme une disposition différente , qui présente seulement un Chant , un Air différent
de celui de l'échelle , mais toujours dans le Mode de
l'échelle ; ou pour mieux dire , cette disposition ne présente que le même Mode. Car l'ordre observé entre les
sons d'une échelle quelconque ne constitue pas plus le
Mode , que l'ordre qu'on a mis entre les lettres d'un
alphabet ne constitue cet alphabet (*bbbb*). En effet , on peut
très-bien apprendre un alphabet , soit en le prenant dans
le sens qu'il est exposé , soit en le prenant à rebours , soit
en prenant chaque lettre au hasard. On aura ainsi différentes manières de réciter cet alphabet , mais cela ne donnera pas de *nouveaux* alphabets , des alphabets différens.
Une gamme est l'*alphabet* d'un Mode : mais on ne crée pas
de *Mode* pour en avoir transposé les élémens.

§. 233. Observons encore que si une série de sons ,
combinés d'une manière ou d'un autre , appartient à divers
Modes , alors on n'aura autre chose , dans une telle Série ,
qu'un chant modulé , & jamais un *nouveau* Mode , jamais
un *troisième* Mode. On aura bien un chant mélangé de
Modes , composé de divers Modes , comme l'est presque
toute la musique , mais non un Mode mixte. Autrement
une Sonate en *G-re-sol* , un peu modulée , ne pourroit plus
passer pour être du Mode de *sol;* il faudroit dire alors qu'elle

---

(*bbbb*) Je prends ici le mot *Alphabet* dans le sens de *Tableau ,* abstraction faite
de l'arrangement particulier que l'étymologie & le sens littéral de ce mot supposent
naturellement.

feroit d'un Mode *mixte*. Dans ce cas, l'Air le plus fimple,
qui module un moment au ton de fa Dominante, ou, pour
parler plus exactement, au ton de fa Quinte, fera donc
auffi dans un Mode *mixte?* Bien plus, lorfque les Sons
qui compofent un Chant ne fubiffent aucune altération,
les Accompagnemens de ce Chant ne peuvent-ils pas en
jetter les Sons dans un autre Mode, fans que ce Chant,
confidéré en lui-même, devienne un Mode *mixte?* Voyez
la Planche de la page 177, N°. 2, mefures 3, 4 & 5.

Mais, fans aller fi loin, la Gamme d'*ut*, Mode majeur,
qui, de l'aveu des Compofiteurs & des Accompagnateurs,
paffe en *G-re-fol*, lorfqu'elle defcend d'*ut* à *fol* par degrés
conjoints, eft donc, dans ce cas, un vrai nouveau Mode,
un vrai Mode mixte, puifqu'elle eft principalement alors
compofée de Sons pris de divers Modes?

§. 234. Au refte, lorfque j'ai dit, *un chant modulé*, en
parlant d'une Série de Sons qui appartient à divers Modes,
j'ai entendu, comme tout le monde, par *moduler*, l'action
de paffer des Sons d'un Mode à des Sons d'un autre Mode,
comme cela arrive lorfqu'on paffe d'*ut* en *G-re-fol*, dans
la Gamme dont je viens de parler. Ainfi le chant *la* $26\frac{2}{3}$
la 27, par exemple, eft une modulation auffi réelle, dans
l'efprit de celui qui compte pour quelque chofe la valeur
des fons, que peut l'être la modulation des deux notes *fa*
fa✻, qui en feront la Baffe fi on veut; & quoique le chant
formé du *la* $26\frac{2}{3}$ & du *la* 27, ne puiffe s'exprimer par
l'écriture groffière de nos notes, ce n'eft pas-là une raifon
pour en conclurre, ni pour objecter, que la modulation
que je lui attribue, n'exifte pas.

NOTE

NOTE XL.

Les Effets physiques d'un Corps sonore ne sçauroient être cités pour des modèles d'Intonation, dès qu'on reconnoît que plusieurs de ces Effets s'écartent des loix de l'Harmonie.

§. 235.

(40) *pag. 88.* JE viens de renvoyer à la Note 28 : c'est cette Note, au reste, qu'il faut lire avant d'objecter que les phénomènes de la résonance du Corps sonore & du *Troisième Son,* ont confirmé les principes modernes. Je pourrois ajouter ici, que pour pouvoir établir, par ces sortes de phénomènes, des proportions contraires à celles qui résultent d'une Série de Quintes, il faudroit, ce me semble, avoir démontré auparavant (& c'est ce qu'aucun Auteur que je sçache n'a fait encore) que la Nature, relativement aux Principes que nous adoptons, que la Nature, dis-je, est infaillible dans tous les effets qui concernent le Son, ou du moins qu'elle n'est en défaut dans aucun des effets particuliers qui nous sont connus.

§. 236. Par exemple, si nous rejettons comme faux, comme trop bas, le son qui répond à $\frac{1}{7}$, dans la résonance d'un corps sonore ; si, dans les Instrumens, dits *naturels,* tels que le Cor & la Trompette, nous réprouvons, comme trop forte, la sorte de Quarte que ces Instrumens font entendre à $\frac{1}{11}$ (*cccc*) ; si nous condamnons, comme trop

(*cccc*) « La Trompette & tout Instrument qui se sonne de même, » n'ont de sons parfaitement d'accord entr'eux, que ceux qui naissent

foible, la forte de Sixte qu'ils donnent à $\frac{1}{13}$, ou, comme trop forte, celle qu'ils entonneroient à $\frac{1}{14}$, octave du fon d'$\frac{1}{7}$, déjà rejetté dans la réfonance du corps fonore, comment pouvons-nous nous autorifer de ces fortes d'effets, phyfiques, il eft vrai, mais non muficaux ? Comment pouvons-nous vouloir prendre pour modèle de la Tierce majeure (ou Dix-feptième), le Son qui, foit dans le Cor ou la Trompette, foit dans la réfonance d'un Corps fonore, foit dans l'expérience du *Troifième Son*, répond à $\frac{1}{5}$, puifqu'il eft évident que ce Son, ainfi entonné, eft plus bas que la Tierce qui réfulte d'une Série de Quintes juftes, ou, ce qui eft la même chofe, qui réfulte de la Progreffion triple ? D'autant que cette Tierce n'eft, dans ce cas, qu'une

---

» de l'harmonie de la fucceffion fondamentale d'une feule Quinte......
» Les fons du $\frac{1}{7}$, du $\frac{1}{11}$ & du $\frac{1}{13}$, n'étant point harmoniques de 1,
» ni de 3, font toujours faux dans ces Inftrumens ; $\frac{1}{7}$ fait une Septième
» trop foible, $\frac{1}{11}$ une Quarte trop forte, & $\frac{1}{13}$ une Sixte majeure trop
» foible. $\frac{1}{14}$ feroit la même Sixte majeure de beaucoup trop forte,
» puifqu'il eft l'octave d'$\frac{1}{28}$, qui furpaffe $\frac{1}{27}$, où cette Sixte majeure
» fe trouve déjà trop forte d'un comma ; ce qui fait qu'on lui préfére
» $\frac{1}{13}$, octave d'$\frac{1}{26}$, qui diminue cet excès, mais un peu plus qu'il ne
» le faut ». *Rameau, Génér. Harm.* chap. 6, art. 4, pag. 61, 62.

Il faut obferver, au refte, que Rameau, dans ce paffage, n'a pas fait attention au fon d'$\frac{1}{7}$ dont il parle ; car ni la Trompette, ni aucun des Inftrumens de ce genre, ne donnent cette forte de Son. Ils font feulement entendre fon octave à $\frac{1}{14}$, lorfqu'on ne veut pas *préférer* $\frac{1}{13}$ à celui-ci, comme le dit Rameau.

" Cum Tuba per Diapente (*ut fol*), Diateffaron (*fol ut*), Ditonum (*ut mi*), & Semiditonum (*mi fol*) progreffa eft, non tonum
» (*fol la*), aut fefquifextam (*fol fi♭$\frac{1}{7}$*) tono paulò majorem, fed
» Diateffaron (*fol ut*) facit & iterat, ac fi natura fefquifextam atque
» fefquifeptimam (*fi♭$\frac{1}{7}$, ut$\frac{1}{8}$*) perofa, ab his intervallis abhorreret :
» quapropter ea tranfgreditur, eligitque Diateffaron totius Harmoniæ
» bafim, ut Difdiapafon perficiat ». *Merfen. Harmonicor. Inftrumentor.*
Lib. 2, Propof. 21, Edit. Parif. 1636, pag. 104.

conféquence néceffaire, un produit, un corollaire d'un Principe que nous adoptons ? Que c'eft d'ailleurs, cette même Tierce que non-feulement nous entonnons dans une infinité de circonftances, mais que nous fommes forcés d'entonner par une impulfion naturelle, par un fentiment occulte de la Série de Quintes, dont cette Tierce eft le réfultat, comme on a pu s'en convaincre par toutes les Expériences citées à la Note 28 ?

§. 237. Qui eft-ce, en effet, qui n'entonnera pas un *Diton*, une vraie Tierce majeure, compofée de deux tons majeurs, de *la* à *fa*, par exemple, ou de *mi* à *ut* (foit à la Voix, foit fur un Inftrument libre, comme le Violon ou le Violoncelle) dans les chants alternatifs de Quinte & de Quarte, *la re fol ut fa* ou *mi la re fol ut*, à moins qu'il ne foit troublé dans fon opération par les fons irra-tionels de quelque Inftrument tempéré ou à touches, qui pourroit l'entraîner dans fes intonations factices, s'il y prête l'oreille ?

§. 238. Au refte, ceux qui, dans l'un ou l'autre des deux Chants que je viens de propofer, pourroient ne pas s'ap-percevoir du Diton qu'ils auroient entonné de *la* à *fa* ou de *mi* à *ut*, n'ont qu'à ajouter un *mi*, après le *fa* du premier Chant, ou un *fi*, après l'*ut* du fecond, en cette manière : *la re fol ut fa mi*, ou, *mi la re fol ut fi*.

§. 239. Le petit efpace qu'il leur reftera de *fa* à *mi*, ou, de *fi* à *ut*, comme je l'ai déjà fait remarquer à l'occafion de la *Troifième Expérience* de la Note 28, §. 122, les convaincra que les tons *la fol* & *fol fa*, du premier Chant, ou les tons *mi re* & *re ut*, du fecond, ont dû être majeurs, & former, foit de *la* à *fa*, foit de *mi* à *ut*,

un

un vrai Diton ancien, une vraie Tierce majeure, dans la proportion authentique de 64 à 81, & non la Tierce factice, précaire & tempérée de 64 à 80.

§. 240. Les raisons particulières qui ont jetté les Grecs modernes dans la fauſſe proportion de cette Tierce, n'étant pas les nôtres, comme on l'a vu à la Note 35 (§. 196), pourroient-elles jamais nous porter à entonner une Tierce ſi viſiblement, & l'on peut dire, ſi groſſièrement altérée? Et bien que nous puiſſions l'entonner, lorſque nous voulons ſuivre un Cor de chaſſe, une Trompette, &c, ou quelque Inſtrument accordé à cette fauſſe intonation (*dddd*), il n'eſt pas moins certain que ce ne ſera jamais là l'Intonation

---

(*dddd*) Quoique j'aye toujours ſuppoſé, dans ce Mémoire, que le Violon, le Violoncelle, & par conſéquent l'*Alto-Viola*, fuſſent généralement accordés par Quintes juſtes, ou, comme on dit, par Quintes *fortes*, aînſi que cela ſe pratique en Italie, je ne puis me diſſimuler (& l'on me l'auroit peut-être bien objecté) qu'il y a en France, ou, pour mieux dire, qu'il peut y avoir des Perſonnes qui tempèrent les Quintes de ces Inſtrumens. Quoiqu'il en ſoit, cette méthode ne me paroît ni aſſez établie, ni aſſez répandue pour que j'aye dû en tenir compte dans cet Ouvrage. J'aime à me perſuader, au contraire, qu'il y a parmi nous très-peu de Violoniſtes températeurs, malgré que Rameau diſe, dans ſa *Génération Harmonique*, pag. 91, que les habiles Maîtres *diminuent un tant ſoit peu les Quintes*, & malgré le Commentaire un peu outré qu'a fait, de ce Paſſage, un de nos Auteurs, lorſqu'il nous aſſure que *tous les Inſtrumens, juſqu'au Violon même, ont beſoin du tempérament*, & que, *ſans le tempérament, il n'y auroit point d'Inſtrument de muſique.* Expoſition de la Théor. & de la Prat. de la Muſiq. édit. de 1764, pag. 128.

Toutes ces idées, au reſte, ne ſont jettées que pour ne pas avouer que nos Inſtrumens à touches ſont imparfaits. Mais, je le demande, nos Neveux, ou ceux qui cultiveront les Sciences après nous, ne s'en appercevront-ils pas? Ne verront-ils pas que douze Sons n'ont pu dans aucun tems, ni dans aucune tête bien organiſée, en repréſenter vingt-un ou vingt-deux? *Voyez* Note 4, §. 15 & 16. M'objectera-t-on le procédé d'Ariſtoxène? On ne fera que m'apprendre que cet Auteur s'eſt trompé, & qu'il avoit tort de vouloir donner une même intonation au *Limma* & à l'*Apotome*; au Demi-ton diatonique & au Demi-ton chromatique : car voilà le nœud de la difficulté, voilà l'objet riſible du Températeur, voilà ce qui rendra toujours infructueux & ſon travail & celui du Facteur d'Inſtrumens à touches, & les efforts du Théoricien qui calcule ou qui combat pour eux.

H h

naturelle de la Voix, l'Intonation qu'elle formera de son propre mouvement, quand elle fera délivrée de tout ce qui pourroit la contraindre, la fubjuguer ou la pervertir, quand elle fera feule en un mot. Mais écoutons Zarlin fur cette matière : pourrois - je mieux finir ces Notes qu'en laiffant parler le Propagateur des Proportions factices des Modernes, le Père de toutes nos Théories? (Voyez *ppp* de la Note 35, pag. 210).

    « Quefto potiamo dir della voce humana, che quantun-
» que molte volte fia violentata dal fuono degli Iftrumenti
» arteficiali, non refta per quefto, che dopo che fi fcom-
» pagna, non ritorni alla fua prima natura ». *Iftit. Harm.*
Part. 2, cap. 45, édit. de 1589, pag. 166.

Fin des Notes.

SÉRIE
De treize Termes en Progression Triple.

1.	Premier terme.
3.	Deuxième terme.
9.	Troisième terme.
27.	Quatrième terme.
81.	Cinquième terme.
243.	Sixième terme.
729.	Septième terme.
2187.	Huitième terme.
6561.	Neuvième terme.
19683.	Dixième terme.
59049.	Onzième terme.
177147.	Douzième terme.

Comma. 531441. Treizième terme.

TABLES
De la Progression Double de chacun des Termes de la Série précédente.

PREMIÈRE TABLE.

Progression Double de l'Unité.

I	
2.	Iʳᵉ octave.
4.	IIᵐᵉ.
8.	IIIᵉ.
16.	IVᵉ.
32.	Vᵉ.
64.	VIᵉ.
128.	VIIᵉ.
256	

256.	VIIIᵉ octave.
512.	IXᵐᵉ.
1024.	Xᵉ.
2048.	XIᵉ.
4096.	XIIᵉ.
8192.	XIIIᵉ.
16384.	XIVᵉ.
32768.	XVᵉ.
65536.	XVIᵉ.
131072.	XVIIᵉ.
262144.	XVIIIᵉ.
524288.	XIXᵉ.

DEUXIÈME

Hh ij

DEUXIÈME TABLE.

Progreſſion Double de 3, Deuxième Terme de la Progreſſion Triple.

3.	
6.	Ire octave.
12.	IIme.
24.	IIIe.
48.	IVe.
96.	Ve.
192.	VIe.
384.	VIIe.
768.	VIIIe.
1536.	IXe.
3072.	Xe.
6144.	XIe.
12288.	XIIe.
24576.	XIIIe.
49152.	XIVe.
98304.	XVe.
196608.	XVIe.
393216.	XVIIe.

TROISIÈME TABLE.

Progreſſion Double de 9, Troiſième Terme de la Progreſſion Triple.

9.	
18.	Ire octave.
36.	IIme.
72.	IIIe.
144.	IVe.
288.	Ve.
576.	VIe.
1152.	VIIe.
2304.	VIIIe.
4608.	IXe.
9216.	Xe.
18432.	XIe.
36864.	XIIe.

73728.	XIIIme octave.
147456.	XIVe.
294912.	XVe.

QUATRIÈME TABLE.

Progreſſion Double de 27, Quatrième Terme de la Progreſſion Triple.

27.	
54.	Ire octave.
108.	IIme.
216.	IIIe.
432.	IVe.
864.	Ve.
1728.	VIe.
3456.	VIIe.
6912.	VIIIe.
13824.	IXe.
27648.	Xe.
55296.	XIe.
110592.	XIIe.
221184.	XIIIe.

CINQUIÈME TABLE.

Progreſſion Double de 81, Cinquième Terme de la Progreſſion Triple.

81.	
162.	Ire octave.
324.	IIme.
648.	IIIe.
1296.	IVe.
2592.	Ve.
5184.	VIe.
10368.	VIIe.
20736.	VIIIe.
41472.	IXe.
82944.	Xe.
165888.	XIe.
331776.	XIIe.

73728.

SIXIÈME

SIXIÈME TABLE.

Progreſſion Double de 243, Sixième Terme de la Progreſſion Triple.

243
486. Ire octave.
972. IIme.
1944. IIIe.
3888. IVe.
7776. Ve.
15552. VIe.
31104. VIIe.
62208. VIIIe.
124416. IXe.
248832. Xe.

SEPTIÈME TABLE.

Progreſſion Double de 729, Septième Terme de la Progreſſion Triple.

729
1458. Ire octave.
2916. IIme.
5832. IIIe.
11664. IVe.
23328. Ve.
46656. VIe.
93312. VIIe.
186624. VIIIe.

HUITIÈME TABLE.

Progreſſion Double de 2187, Huitième Terme de la Progreſſion Triple.

2187
4374. Ire octave.
8748. IIme.
17496. IIIe.
34992. IVe.
69984. Ve.
139968. VIe.
279936. VIIe.

NEUVIÈME TABLE.

Progreſſion Double de 6561, Neuvième Terme de la Progreſſion Triple.

6561
13122. Ire octave.
26244. IIme.
52488. IIIe.
104976. IVe.
209952. Ve.

DIXIÈME TABLE.

Progreſſion Double de 19683, Dixième Terme de la Progreſſion Triple.

19683
39366. Ire octave.
78732. IIme.
157464. IIIe.
314928. IVe.

ONZIÈME

ONZIÈME TABLE.

Progreſſion Double de 59049, Onzième Terme
de la Progreſſion Triple.

59049

118098. 1re octave.
236196. IIme.
472392. IIIe.

DOUZIÈME TABLE.

Progreſſion Double de 177147, Douzième Terme
de la Progreſſion Triple.

177147

354294. 1re octave.
708588. IIme.

TREIZIÈME TABLE.

Progreſſion Double de 531441, Treizième Terme
de la Progreſſion Triple.

531441

1062882. 1re octave.
2125764. IIme.

FIN DES TABLES.

APPENDICE.

J'AJOUTE ici un Tableau de la formation du Syſtême des Grecs, pour rendre plus ſenſible l'authenticité, &, j'oſe dire d'avance, la ſublime ſimplicité des Proportions dites de Pythagore, dont, malgré les erreurs qui fourmillent dans *notre* Syſtême, nous retenons encore une bonne partie.

Comme l'Echelle Muſicale que M. l'Abbé Batteux a donnée, dans ſes Remarques ſur *Timée de Locres*, Paris, 1768, pag. 97, découle du même Principe que j'ai développé dans le Mémoire, je joindrai ici cette Echelle, comme n'étant qu'une extenſion de celle des Grecs, ou ce qui eſt la même choſe, du Syſtême des Grecs, qui peut en être regardé comme la baſe & le fond primitif, ſi on n'aime mieux dire, qu'une ſource commune, la PROGRESSION TRIPLE, pouſſée juſqu'à Douze Térmes, eſt l'unique fond d'où dérivent & ces deux Echelles, & tous les Syſtêmes que j'ai expoſés dans le Mémoire.

J'énoncerai à la ſuite de la valeur particulière de chaque Son des deux Echelles dont je parle, le Terme radical que cette valeur repré-ſente ; j'employerai pour cela la méthode dont je me ſuis déjà ſervi aux pages 45 & 60 de cet Ouvrage. L'on ſçait que les différentes octaves d'un Son, priſes à l'aigu ou au grave, ne ſont jamais que des *Répliques* de ce Son, des Synonymes, &, pour ainſi dire, des *Images* qui le repréſentent? En effet, c'eſt le Principe qui donne ces Syno-nymes, la *Progreſſion Double*, que les Pythagoriciens, que Platon, que Timée de Locres, appelloient *le Même* ; tandis que la Progreſſion Triple, ce Principe *toujours changeant*, ſelon eux, *toujours divers* (*), amène des Sons *toujours différens*, comme nous l'allons voir dans le Tableau, & je pourrois dire, des Syſtêmes *toujours* différens, après une certaine révolution (de douze en douze Termes), des Syſtêmes incompatibles les uns avec les autres. *Voyez* la *Seconde Obſervation*, pag. 28, §. 47, & les Notes 16, 31, §. 66, 67, 154 & ſuiv. pag. 128, 184.

FORMATION

(*) *Voyez* Plutarque, de la *Création de l'Ame*; Platon, dans ſon Timée, ou les Remarques de M. l'Abbé Batteux, ſur *Timée de Locres*, pag. 80, 91 & 193.

FORMATION
DU SYSTÊME DES GRECS.

Progression Double.		Progression Triple.		Progr. Double.		Progression Triple.	
1. (SI)	1. *a*				*la*		
la					*ſol*		
ſol					*fa*		
fa					*mi*		
mi					*re*		
re					*ut*		
ut				64.	*ſi*		
2. *ſi*					*la*		
la					*ſol*	81. *e*	
ſol					*fa*		
fa					*mi*		
mi	3. *b*				*re*		
re					*ut*		
ut				128.	*ſi*		
4. *ſi*					*la*		
la					*ſol*		
ſol					*fa*		
fa					*mi*		
mi					*re*		
re					*ut*	243. *f*	
ut				256.	*ſi*		
8. *ſi*					*la*		
la	9. *c*				*ſol*		
ſol					*fa*		
fa					*mi*		
mi					*re*		
re					*ut*		
ut				512.	*ſi*		
16. *ſi*					*la*		
la					*ſol*		
ſol					*fa* 729. *g*		
fa					*mi*		
mi					*re*		
re	27. *d*				*ut*		
ut				1024.	*ſi*		
32. *ſi*					*la*		

*Les trente-ſix Degrés harmoniques
de l'Ame du Monde, ſelon
Timée de Locres.*

I. *mi* 384. VIIe octave de *b*, ou 3.

II. *re* 432. IVe octave de *d*, ou 27.

III. *ut* 486. Octave de *f*, ou 243.

IV. *ſi* 512. IXe octave de *a*, ou 1.

V. *la* 576. VIe octave de *c*, ou 9.

VI. *ſol* 648. IIIe octave de *e*, ou 81.

VII. *fa* 729. Terme Radical, *g*.

VIII. *mi* 768. VIIIe octave de *b*, &c.

IX. *re* 864. V^e octave de *d*.

X. *ut* 972. IIe octave de *f*.

XI. *ſi* 1024. X^e octave de *a*.

XII. *la* 1152. VIIe octave de *c*.

ſol

fol	XIII.	*fol* 1296.	IV⁰ octave de *e*.

fol . . . . . . XIII. *fol* 1296. ivᵉ octave de *e*.
fa . . . . . . XIV. *fa* 1458. Octave de *g*.
mi . . . . . . XV. *mi* 1536. ixᵉ octave de *b*.
re . . . . . . XVI. *re* 1728. viᵉ octave de *d*.
ut . . . . . XVII. *ut* 1944. iiiᵉ octave de *f*.
2048.*fi* . . . . . XVIII. *fi* 2048. xiᵉ octave de *a*.

SYSTÊME
DES GRECS.

fi♭ 2187. *h* XIX. *fi♭* 2187. Terme Radical.
la . . . . . XX. *la* 2304. . . . . *la* 2304. viiiᵉ oct. de *c*.
fol . . . . . XXI. *fol* 2592. . . . . *fol* 2592. vᵉ oct. de *e*.
fa . . . . XXII. *fa* 2916. . . . . *fa* 2916. iiᵉ oct. de *g*.
mi . . . . . XXIII. *mi* 3072. . . . . *mi* 3072. xᵉ oct. de *b*.
re . . . . . XXIV. *re* 3456. . . . . *re* 3456. viiᵉ oct. de *d*.
ut . . . . . XXV. *ut* 3888. . . . . *ut* 3888. ivᵉ oct. de *f*.
4096.*fi* . . . . *fi* 4096. xiiᵉ oct. de *a*.
fi♭ . . . . . XXVI. *fi♭* 4374. Octave de *h*. . *fi♭* 4374. Octave de *h*.
la . . . . . XXVII. *la* 4608. . . . . *la* 4608. ixᵉ oct. de *c*.
fol . . . XXVIII. *fol* 5184. . . . . *fol* 5184. viᵉ oct. de *e*.
fa . . . . XXIX. *fa* 5832. . . . . *fa* 5832. iiiᵉ oct. de *g*.
mi . . . . . XXX. *mi* 6144. . . . . *mi* 6144. xiᵉ oct. de *b*.
mi♭ 6561. *i* XXXI. *mi♭* 6561. Terme Radical.
re . . . . XXXII. *re* 6912. . . . . *re* 6912. viiiᵉ oct. de *d*.
ut . . . . XXXIII. *ut* 7776. . . . . *ut* 7776. vᵉ oct. de *f*.
8192.*fi* . . . . *fi* 8192. xiiiᵉ oct. de *a*.
fi♭ . . . . XXXIV. *fi♭* 8748. iiᵉ octave de *h*.
la . . . . XXXV. *la* 9216. . . . . *la* 9216. xᵉ oct. de *c*.
fol . . . . XXXVI. *fol* 10368. viiᵉ oct. de *e*.

ON voit par ce Tableau, sur quel fondement les Proportions dites de
Pythagore, ont été établies. Il est aisé de s'appercevoir pourquoi, le rapport
de l'Octave étant de 1 à 2, & celui d'une *Douzième* de 1 à 3, pourquoi,
dis-je, la Quinte a été définie de 2 à 3, la Quarte de 3 à 4, le Ton de 8 à 9,
&c, &c.

En effet, si vous descendez du premier *Si* de ce Tableau, à son octave : ou
en d'autres termes, si vous descendez du premier nom de notes, de la première
Syllabe, à la huitième, vous trouverez l'Octave SI 1, *fi* 2. Descendez de la
syllabe *fi* 2, à sa cinquième, vous aurez la Quinte *fi* 2, *mi* 3 ; de la syllabe
mi 3 à sa Quatrième, vous aurez la Quarte *mi* 3, *fi* 4. De même, de la syllabe
fi 8, à sa suivante, on trouve le Ton *fi* 8, *la* 9 ; de la syllabe *re* 27 (marquée *d*),
à sa troisième, la Tierce mineure *re* 27, *fi* 32, & de la syllabe *fi* 64, à sa
troisième, la Tierce majeure *fi* 64, *fol* 81. Enfin, de la syllabe *ut* 243 (marquée *f*), à sa suivante, on aura le Demi-ton diatonique, ou Limma, *ut* 243,
fi 256, & de la syllabe *fi♭* 2187, marquée *h*, on aura, en remontant, le Demi-
ton chromatique, ou Apotome, *fi* 2048, *fi♭* 2187.

I i

Les autres Intervalles n'étant que des renverfemens de ceux-ci, il fera facile à tout Lecteur d'en trouver le rapport dans le Tableau. La Sixte majeure, par exemple, eft comme du *fi* 16 au *re* 27 ; la Sixte mineure, comme du *fol* 81, au *fi* 128, & ainfi du refte.

Qu'on étudie ce Tableau : & l'on verra fi Zarlin, fi Ptolémée, fi un Auteur quelconque, fi l'Homme, en un mot, peut être écouté, foit qu'il vienne nous propofer différentes fortes de *Ton*, foit qu'il veuille nous dire que la Tierce majeure, par exemple, eft dans le rapport de 4 à 5, ou 64 : 80 ; que la mineure eft dans celui de 5 à 6, ou 80 : 96, &c, &c. Il feroit fuperflu, je penfe, de revenir ici fur l'illégitimité de telles Proportions : le Tableau bien médité, fuffira pour les réfuter ; du moins en montrera-t-il indirectement toute l'abfurdité. C'eft d'ailleurs à ceux qui voudront fe déclarer en leur faveur, ou pour mieux dire, à ceux qui ne voudront pas fe départir de ces proportions factices, à nous en affigner le Principe, comme j'ai affigné celui des Proportions authentiques. Ils fe fouviendront feulement que les *Autorités*, ne font pas des *Principes*.

F I N.

E R R A T A.

Page 2, Note *a*, ligne 17, *Muffchembroek*, lifez, *Muffchenbroek*.

Page 4, Note *d*, ligne 6, *d'Arteʒʒo*, lifez, *d'Areʒʒo*.

Page 8, ligne 23, *particulièrement*, lifez, *particulièrement alors*.

Page 10, Note *m*, ligne 3, *que viennent*, lifez, *que nous viennent*.

Page 25, ligne 2 de la Note, *poft pofitâ*, lifez, *poftpofitâ*, en un feul mot.

Page 31, avant-dernière ligne, *mi*, lifez, *re*.

Page 45, ligne 21, *Lychanós*, lifez, *Lichanos*.

Page 67, Note *hhh*, ligne 5, *Nabuchonofor*, lifez, *Nabuchodonofor*.

Page 147, ligne 14, *hypothénufe*, lifez, *hypoténufe*.

Page 209, ligne 7, *proptofées*, lifez, *propofées*.

Page 247, ligne 3, *j'ofe dire*, lifez, *j'ofe le dire*.

Nota. Page 8, ligne 14, & page 69, ligne dernière, les pages citées du Dictionnaire de M. Rouffeau, font les mêmes pour l'*In-quarto* & pour l'*In-octavo*, chez la veuve Duchefne, 1768.

Page 12, ligne 5, la page citée eft pour l'*In-quarto*, & c'eft *page* 463 pour l'*In-octavo*.

Page 154, ligne 24, la page citée eft encore pour l'*In-quarto*, & c'eft *page* 11 pour l'*In-octavo*.

APPROBATION.

J'AI lu par l'ordre de Monseigneur le Vice-Chancelier, un Manuscrit intitulé : *Mémoire sur la Musique des Anciens*, avec des Notes ; & je n'y ai rien remarqué qui pût en empêcher l'impression. A Paris, ce 4 Juillet 1768.

DUPUY.

PRIVILÉGE DU ROI.

LOUIS, par la grâce de Dieu, Roi de France & de Navarre : A nos amés & féaux Conseillers, les Gens tenans nos Cours de Parlement, Maîtres des Requêtes ordinaires de notre Hôtel, Grand-Conseil, Prévôt de Paris, Baillifs, Sénéchaux, leurs Lieutenans Civils, & autres nos Justiciers qu'il appartiendra, SALUT. Notre amé le Sieur Abbé ROUSSIER, Nous a fait exposer qu'il désireroit faire imprimer & donner au Public un Ouvrage intitulé : *Mémoire sur la Musique des Anciens*, s'il nous plaisoit lui accorder nos Lettres de Permission pour ce nécessaires. A CES CAUSES, voulant favorablement traiter l'Exposant, Nous lui avons permis & permettons par ces Présentes, de faire imprimer ledit Ouvrage autant de fois que bon lui semblera, & de le faire vendre & débiter par tout notre Royaume pendant le tems de trois années consécutives, à compter du jour de la date des Présentes. FAISONS défenses à tous Imprimeurs, Libraires, & autres personnes, de quelque qualité & condition qu'elles soient, d'en introduire d'impression étrangère dans aucun lieu de notre obéissance. A LA CHARGE que ces Présentes seront enregistrées tout au long sur le Registre de la Communauté des Imprimeurs & Libraires de Paris, dans trois mois de la date d'icelles ; que l'impression dudit Ouvrage sera faite dans notre Royaume & non ailleurs, en bon papier & beaux caractères ; que l'Impétrant se conformera en tout aux Règlemens de la Librairie, & notamment à celui du 10 Avril 1725, à peine de déchéance de la présente Permission ; qu'avant de l'exposer en vente, le Manuscrit qui aura servi de copie à l'impression dudit Ouvrage, sera remis dans le même état où l'Approbation y aura été donnée, ès mains de notre très-cher & féal Chevalier, Chancelier Garde des Sceaux de France, le Sieur DE MAUPEOU, qu'il en sera ensuite remis deux Exemplaires dans notre Bibliothèque publique, un dans celle de notre Château du Louvre, & un dans celle dudit Sieur DE MAUPEOU ; le tout à peine de nullité des Présentes. DU CONTENU

252

desquelles vous MANDONS & enjoignons de faire jouir ledit Exposant & ses ayans causes, pleinement & paisiblement, sans souffrir qu'il leur soit fait aucun trouble ou empêchement. VOULONS qu'à la copie des Présentes, qui sera imprimée tout au long au commmencement ou à la fin dudit Ouvrage, foi soit ajoutée comme à l'Original. COMMANDONS au premier notre Huissier ou Sergent sur ce requis, de faire pour l'exécution d'icelles tous actes requis & nécessaires, sans demander autre permission; & nonobstant clameur de haro, charte normande & lettres à ce contraires; CAR tel est notre plaisir. DONNÉ à Paris, le quinzième jour du mois de Novembre, l'an mil sept cent soixante-neuf, & de notre règne le cinquante-cinquième. Par le Roi en son Conseil.

LE BEGUE.

Registré sur le Registre XVIII de la Chambre Royale & Syndicale des Libraires & Imprimeurs de Paris, N°. 183, fol. 94, conformément au Réglement de 1723, qui fait défenses, article XLI, à toutes Personnes, de quelque qualité & condition qu'elles soient, autres que les Libraires & Imprimeurs, de vendre, débiter, faire afficher aucuns Livres, pour les vendre en leurs noms, soit qu'ils s'en disent les Auteurs ou autrement; & à la charge de fournir à la susdite Chambre neuf Exemplaires prescrits par l'article CVIII du même Réglement. A Paris, ce 9 Janvier 1770.

BRIASSON, *Syndic.*